# 余國藩西遊記論集

余國藩著・李奭學編譯

獻給　靜華

以及芝加哥大學的師友們

# 兩脚踏東西文化・一心評宇宙文章

## ——《余國藩西遊記論集》編譯序

李奭學

### 一

從一九二三年胡適發表〈《西遊記》考證〉以來，東西學界對於這部中國古典小說的興趣始終不衰。在衆多的研究者當中，芝加哥大學神學院余國藩教授的成就①，或許最足以傲視國人。

①除了長期在芝大神學院的宗教與文學系專任外，余教授目前亦任教於比較文學委員會（Committee on Comparative Studies in Literature）、英文系、遠東語言文明系和社會思想委員會（Committee on Social Thought）。一九八八年四月起，復榮任同校神學及人文兩學院「巴克人文學講座教授」（Carl Darling Buck Professor in Humanities）。

余教授不僅窮十三載工夫，用英文完成皇皇四卷的全本《西遊記》譯注，而且勤於研究，先後以嚴謹的態度發表了數篇重要的論文。本書正文收錄的五篇專論，正可以代表余教授治《西遊記》多年的部分成績。

然而，熟悉余教授訓練背景的人都知道，他治學實則不自漢學始。少年浮海「西遊」後，余教授在紐約赫頓學院(Houghton College)與加州富勒神學院(Fuller Seminary)前後探究的，都是西方的學術，範圍廣及文史哲各方面。二十五歲入芝大，更從保羅・田立克(Paul Tillich)、大衞・格林(David Grene)、葉爾德・奧森(Elder Olson)，以及喬治・威廉生(George Williamson)等芝加哥學派的名師問學，攻讀基督教神學、歐洲古典與英國文學②。在中國文學以外，余教授多年來刊行過的專著與專論，遍及西洋上古史詩、悲劇與現代英美文學等領域③。林

②有關余教授早年的經歷，請參閱陳怡真，〈《西遊記》西遊——訪余國藩談《西遊記》英譯〉，《中國時報・人間副刊》，一九七七年二月十六、十七日。

③迄今為止，比較重要的專論有 "Milton's Epic Motives: On the Formative Principles of *Paradise Lost* as Poetic Theodicy," *Criterion*, 8 (1969): 26-34; "Faulkner's Hightower: Allergy to History," *Anglican Theological Review*, 52 (1970): 42-52; "New Gods and Old Order: Tragic Theology in the *Prometheus Bound*," *Journal of the American Academy of Religion*, 39 (1971): 19-42; "O Hateful Error: Tragic *Hamartia* in Shakespeare's Brutus," *CLA*, 16 (1973): 345-56; "Homer and the Scholars Once More," in his ed., *Parnassus Revisited: Modern Critical Essays on the Epic Tradition* (Chicago: The American Library Association, 1973), pp. 3-25; "Life in the Garden: Freedom and the Image of God in *Paradise Lost*," *Journal of Religion*, 60 (1980): 247-71。

語堂所謂「兩腳踏東西文化，一心評宇宙文章」，或許最能說明余教授的淵博，難怪夏志清教授一九七七年的一篇文章中說：「三四十歲的旅美學人間，若論博學，當推余國藩爲第一人」④。

雖然早在一九六八年余教授卽有專文論〈儒家的秩序觀〉⑤，但是他在《西遊記》方面的研究，卻遲至四年後發表〈英雄詩與英雄行：論《西遊記》的史詩層面〉時才開始⑥。文章刊出後，一九七四年又撰有〈《西遊記》的敍事結構與第九回的問題〉一文。不過，早在七一年底，余教授便在朋輩的鼓勵下著手英譯這部中國晚明的經典鉅製。首卷面世的時間是一九七七年，全書四卷付梓出版完畢，已是一九八四年夏秋之交⑦。

在余教授以前，《西遊記》以英語面世者有數家。一九一三年李提摩太(Timothy Richard)的《天國行》(*A Mission to Heaven*)爲嚴肅翻譯之始，一九三〇年海倫・海伊斯(Helen M.

④夏志清，〈陳苭苭、馬瑞志、余國藩——介紹三種中國名著的譯者〉，在夏著《新文學的傳統》（臺北：時報文化公司，一九七九年），頁三三九。

⑤Anthony C. Yu, "The Confucian Concept of Order," *Thought Quarterly Review*, 43 (1968): 249-72.

⑥Anthony C. Yu, "Heroic Verse and Heroic Mission: Dimensions of the Epic in the *Hsi-yu chi*," *Journal of Asian Studies*, 31 (1972): 879-97. 本文曾分節中譯發表，見余國藩著，景翔、申健羣合譯，〈英雄詩〉，《中國時報・人間副刊》，一九七三年十二月十三、十四日；〈英雄行〉，《中國時報・人間副刊》，一九七四年一月十四日。不過，本書〈源流〉文所錄的一節為我的新譯。

⑦Anthony C. Yu, trans. and ed., *The Journey to the West*, 4 vols. (Chicago: The University of Chicago Press, 1977; 1979; 1981; 1984).

Hayes）的《佛徒朝聖記》（*The Buddhist Pilgrim's Progress*）繼之。十三年後，英國漢學巨擘亞瑟・威里（Arthur Waley）又出版了《猴子》(*Monkey*）一書，使英譯的素質更上一層樓。一九六四年，喬治・提納（George Theiner）的《猴王》（*The Monkey King*）總結了余譯本出現前的《西遊記》英譯史。非英語的譯本爲數更多，包括路易・阿溫諾（Louis Avenol）一九五七年的法譯、盧格契夫（A. Rogačev）與高洛柯羅夫（V. Kolokolov）合譯的一九五九年俄文本 *Wu Ch'êng-ên: Putešestvije na zapad*（四册），以及衆多的日、韓文譯本⑧。

若置非英語譯本不論，各家英譯無疑以威里的《猴子》最爲人稱道，享有持久崇高的地位。然而，誠如一位譯評者所說的，威里雖然行文流暢，卻間有誤譯，不免白璧之瑕⑨。加以他和其他英譯者一樣，無意重建原著的規模，全書三百多頁的篇幅，充其量只能傳達原文三分之一的神髓。破壞了《西遊記》韻散一體的有機結構，尤常爲人詬病。反之，余譯本「骨肉俱全」，「譯文卓絕，文體繁複，適足以匹配原作的韻散變化」⑩。此所以布朗大學的中國文學教授拉鐵摩爾

---

⑧歐語系統的《西遊記》譯本簡評，請參閱何沛雄，〈讀余國藩英譯《西遊記》〉，刊《書目季刊》，第十二卷第三期（一九七八年十二月），二五—二六。亞洲國家語文譯本書目，見鄭明娳，《西遊記探源》（臺北：文開出版事業公司，一九八二年），上册，頁六一—六七。鄭書頁六八—七一，亦列有英、法、德、俄各歐語譯本之詳細書目。

⑨何沛雄，頁二五。另請參閱林以亮，〈翻譯的理論與實踐〉，在林著《文學與翻譯》（臺北：皇冠出版社，一九八四年），頁二四。

⑩見 Robert Murray 發表在 *Heythrop Journal*（April, 1981）上面的余譯本《西遊記》書評尾段。

(David Lattimore) 要在一篇書評中說道：余譯本《西遊記》一出，威譯本原已「站不住腳的原作代表地位便得拱手讓人」(〔I〕t must relinquish its always slender claim to represent…the Chinese original)⑪。持類似觀點的余譯本書評者，爲數尚有不少⑫。

但是，就像夏志清一篇書評中所說的，英譯本的成功「儘管往後會讓人視余國藩主要爲《西遊記》的譯者」，他的成就卻有甚於此者，舉凡「荷馬、莎士比亞、米爾頓、福克納、卡謬，以及其他〔西方經典巨匠〕」，「都在他評論之列」⑬。易言之，在余教授的譯家身分之外，我們還應該爲他添上批評家與學者的標籤。可惜夏志清該文僅提及余教授的西學成就，就他近年來致力的漢學領域而言，便不遑多述。實則余教授從尚在芝大撰寫博士論文開始⑭，即已潛心研究中國學問，多方涉獵說部經部與唐詩宋詞。在這篇序文裏，我無力介紹余教授全面的成就，不過，我想稍費篇幅，略談他研究《西遊記》的態度與貢獻，以盡編譯者爲人言詮之責。

---

⑪David Lattimore, "The Complete 'Monkey'," *New York Times Book Review* (March 6, 1963).

⑫參見下列書評和報導 Philip Morrison, "Fantastic Tales of Old China, the Ailments of Urban Man and Avant-garde Telescope," *Science* (1981): 45-46; Frederic Wakeman, Jr., "The Monkey King," *The New York Review of Books* (May 29, 1980); Dore J. Levy, "A Quest of Multiple Senses: Anthony C. Yu's *The Journey to the West*," *The Hudson Review* (November, 1984); Xiao Mo, "Chinese Mythological Novel Appears in US," *China Daily* (July 5, 1984)。

⑬C. T. Hsia, review of *The Journey to the West*, *New York Times Book Review* (November 27, 1977).

⑭這本論文的題目是 *The Fall—Poetic and Theological Realism in Aeschylus, Milton and Camus* (1969)。

## 二

一部《西遊記》的批評史約可含括三個階段。有清一代的重編者，甚至包括晚明評點家如李卓吾等人，大多偏重於宗教寓言的發明，以儒釋道的義理及其實踐爲是書寓意所托。陳士斌《西遊眞詮・悟一子批》各節以及劉一明《西遊原旨・讀法》，把這種「金丹大道」式的批評推展到了極致。十數年前臺省全眞教會衆刊行的《西遊記龍門釋義》，亦可納入前朝批評家的努力行列。胡適發表〈《西遊記》考證〉以後，源流的勾稽、作者的考證與版本的論釋取代了宗教主題的發微，儼然變成一九四九年中國大陸易幟前《西遊記》研究的主要範圍。胡適以降包含魯迅、鄭振鐸和陳寅恪等人的研究，開啓了這部晚明鉅著史前無例的第一個「乾嘉時代」，遺風瀰漫東西方：日人太田辰夫、內田道夫，英人杜德橋（Glen Dudbridge），中國大陸的黃肅秋、吳曉鈴，以及大陸以外的柳存仁、鄭明娳、陳炳良諸人的論著，皆可視爲此一傳統的接續⑮。明清的批評家容或不以分析《西遊記》的美學成分爲能事，但是新舊的「乾嘉學者」同樣——當然不

⑮文中諸人的著作及其他詳細的資料，請合看鄭明娳，〈《西遊記》論著目錄〉，刊《中國古典小說研究專集》，第六集（臺北：聯經出版事業公司，一九八三年），頁三三—四八，以及前揭鄭著《西遊記探源》，下冊，頁二一〇—二一一。

是完全沒有——少在這方面用力。

民初學者研究《西遊記》的方法，和他們在創作上汲汲講究的意識形態與藝術技巧適得其反。一九四九年以後政局雖變，但是大陸學界反而強調《西遊記》的政治意義，促成一九五七年以來的幾部研究論集紛紛以馬克思的辯證法掛帥⑯。「政治寓言」於是乎取代了「宗教寓言」。這種社會史觀式的論評，當然得含括臺灣學界諸如李辰冬、薩孟武諸氏的專著⑰。在另一方面，四九年以後的《西遊記》批評，卻也有他人截然兩橛的取向。余教授在〈英雄詩與英雄行〉裏，便認爲一九六八年夏志清的《中國古典小說》（*The Classic Chinese Novel: A Critical Introduction*）爲《西遊記》的美學屬性，「提供了想像力十足的長篇大論，還率先以系統方式分析該書的形式特徵，探討宗教、哲學與倫理價值，把小說的形形色色展現無遺」⑱。用比較精確的話說，余教授認爲夏著《西遊記》專章，借用了西洋文學與詩學知識，爲此一「奇書」拓展了「比較研究」的康莊大道。

---

⑯我指的是作家出版社編，《西遊記研究論文集》（北京：作家出版社，一九五七年）及江蘇省社會科學院文學研究所編，《西遊記研究——首屆西遊記學術討論會論文選》（南京：江蘇古籍出版社，一九八三年）二書。

⑰李辰冬，《三國、水滸與西遊》（一九四四年；臺北：水牛出版社重印，一九八一年），頁一〇五—三六；《文學新論》（一九五三年；臺北：東大圖書公司重印，一九七五年），頁一〇六—二四。薩孟武，《西遊記與中國古代政治》（一九五七年；臺北：三民書局重印，一九七九年）。

⑱Yu, "Heroic Verse," 880-81.

〈英雄詩與英雄行〉一面以西洋史詩的觀念評隲《西遊記》，一面又從《西遊記》的揷詩手法出發，重新釐清「史詩」的定義，不僅豐富了一部中國小說的價值，同時也賦予西洋詩學傳統新的內涵。質言之，余教授在這篇初試啼聲的名文裏，沿襲了一定程度的「比較研究」方法，試圖爲《西遊記》批評再燦生命。這種取向當然不能和批評家精湛的西洋學問分開，然而卻也因此招致物議。杜德橋在前述夏著的書評中，便曾猛烈質疑「比較」方法的適宜性，以其罔顧中國批評傳統故也⑲。

余教授顯然不同意杜氏之見，他的辯駁反映在〈英雄詩與英雄行〉首節裏。由於這篇論文在化爲本書〈源流、版本、史詩與寓言〉一文第三節時，已經剔除首節，下面請容我節譯原文部分，以明余教授的態度：

> 杜德橋〔抨擊〕夏志清，論點是否正確，尚有待商榷。對我而言，重要的不在我們是否應援用比較文學的方法來探討〔中國文學或《西遊記》〕，而是域外文化的印證是否能提供恰當的類比。夏志清的研究令人拍案叫絕。他的評論引到賽萬提斯、喬叟、拉伯雷等〔西方名家〕：比較實則銖錙悉稱，十分重要⑳。

⑲Glen Dudbridge, "C.T. Hsia: *The Classic Chinese Novel, A Critical Introduction*—A Review," *Asia Major*, n.s. XV (1970): 251.

⑳Yu, "Heroic Verse," 881.

余教授因此問道：倘若可以借用十九世紀舊俄的寫實傳統來定位《紅樓夢》，那麼荷馬的史詩何以不能用來增麗《西遊記》？或者——容我擴大這個邏輯並借用本書的實例——但丁的《神曲》何以不能在某些主題上和《西遊記》相互發明？

這種比較的態度，加上如今習以爲常的西洋詩學的運用，幾乎便架設起余教授研究《西遊記》的基本方法，成爲他的批評試金石。如果杜德橋的抨擊有理，批評家確實不該用西方觀點回顧中國文學；如果這樣做有違詮釋所要求的時空條件，那麼現代西方批評家使用現代批評觀念來月旦西方上古詩人，同樣也會出現「詮釋效用」的問題，因爲時移代遷，後人難免隔靴搔癢。所以，在一九七四年發表的〈中西文學關係的問題和展望〉一文中，余教授便再度爲他和夏志清的批評觀念間接辯護道：「即使是撰作文學史，亦不能外於評價的活動；詮釋不能在觀念上架空。由於這些是文學理論上的老生常談，是以文學研究所會引發的詮釋問題，不應該老是繞著中詩是否僅適用『土法』研究等爭議打轉。當然，我們得考慮歷史與文化架構的問題，得思及語言與文類殊相的問題，亦得參酌讀者與效果的問題。但是，即使如此，嚴肅的批評家仍然有權追索新的方法，將之應用在作品的討論上，以便了解、欣賞能夠面面俱到。」㉑這類研究態度頗有助於開

---

㉑Anthony C. Yu, "Problems and Prospects in Chinese-Western Literary Relations," *Yearbook of Comparative and General Literature*, 23 (1974): 50。

擴批評視境。〈英雄詩與英雄行〉發表之後，從者不乏其人㉒。

即使是在〈《西遊記》的敍事結構與第九回的問題〉這篇乍看似「乾嘉復辟」的文章中，余教授著眼所在，與其說是版本考證，還不如說是利用西洋批評觀念印證他的觀察。他雖然不曾明示，但亞里士多德首倡的有機結構說，顯然隱伏在全文背後。陳光蕊故事是否屬《西遊記》原本的問題，非關重要，「敍事結構」的完整與作者照顧細節的卓越能力，才是余教授命筆所寄。第九回的問題爲是非題，不是申論題。如果缺乏具體可見的版本證據，問題恐怕永難有圓滿的解答。雖然如此，在余教授優異的示範下，我們仍欣見版本批評也有結合文學批評的可能。

從更寬廣的角度看，《西遊記》第九回的問題類似「荷馬問題」。其中牽涉到的不僅是結構的安排，還應包括著作權的歸屬。中心論題則是：我們應視《西遊記》爲歷代說書智慧的累積呢？抑或爲單一作家的手筆？設使強調的是第一個問題，陳光蕊故事在廣義的《西遊記》批評中只會引發版本孰優的爭執，進而影響到民俗情節的塑造。倘若指的是作者——例如吳承恩——的原創形式，則當務之急應該要考證一五九二年的百回本與「山陽吳承恩」的關係。如此，辯駁今本第九回與「古本」《西遊記》的原委過從，方能顯露出意義。嚴格說，余教授在〈敍事結構〉

---

㉒例如 Francis K.H. So, "Some Rhetorical Conventions of the Verse Sections of *Hsi-yu chi*," in William Tay, et al., eds., *China and the West: Comparative Literature Studies* (Hong Kong: The Chinese University Press, 1980), pp. 177-94。

文裏用的是考證上的「內證」，而批評家的慧眼又強過版本學家的探索。

不過，僅就文學批評的創造性而言，余教授的論述顯然缺乏傅述先和高辛勇兩人的專著與專論中的豐富聯想㉓。這一點，明尼蘇達大學鄧維寧（Victoria B. Cass）教授稍後也曾據以指摘余譯本《西遊記・導論》（即本書〈源流、版本、史詩與寓言〉一文）㉔。〈敍事結構〉雖曾提及取經人的「放逐、遊歷和回返」等生命模式，卻未見余教授援用容格（Carl G. Jung）或傅萊（Northrop Frye）的理論解釋英雄神話：他的興趣似乎只集中在結構與修辭上面。相反的，傅、高之作乃至於張靜二的近著《西遊記人物研究》，卻頻見採用原型理論與啓蒙儀式來分析小說人物和情節。文化上的平行研究，更常舉出。類此的典型論證方式，我們不費吹灰之力，即可在傅著〈《西遊記》中五聖的關係〉尾段讀到：「在希臘傳統中，陽是表現在太陽神的理性與智慧中，陰是表現在酒神的野性與活力中。《西遊記》所力加表現的是陰陽的消長與和諧。……野性的活力加上理性的智慧，正可使陳舊的習俗變得日新又新」㉕。

可惜的是，傅述先等人的見解雖然新穎，又大力闡發了《西遊記》的心理學與文化人類學意

㉓參見 Karl S.Y.Kao, "An Archetypal Approach to *Hsi-yu chi*," *Tamkang Review*, 5/2 (1974): 63-98; James S. Fu, *Mythic and Comic Aspects of the Quest* (Singapore: Singapore University Press, 1977)。

㉔見 Victoria B. Cass 的余譯《西遊記》書評，刊 *Journal of Asian Studies*, 45/3 (1986)。

㉕傅述先，〈《西遊記》中五聖的關係〉，在傅著《青舍散記》（臺北：時報文化公司，一九七九年），頁一〇二—一〇三。

義，卻因爲不能充分應用中國傳統宗教經典，致令其詮釋僅停留在「師夷之長技」上面，缺乏鎔鑄、整合文化傳統的大氣魄。撰寫〈英雄詩〉與〈敍事結構〉時的余教授，顯然不是一個唯方法論者。從他刻意強調中國詩藝與宗教傳統，我們可以看出他不想重蹈杜德橋／夏志清式的方法爭論。果然，在一九七七年出版的英譯本《西遊記．導論》（下文為配合本書所擬文題，改稱〈源流〉文）之中，余教授的一個重點，便是利用傳統宗教思想重新探討該書的寓意。

我所以說「重新探討」，係因陳士斌、劉一明等前清批評家已經致力過秘術主題的索隱，尤其是屬於道教者。誠如李豐楙所說的，「道教的神學體系、組織型態，是一個駁雜多端的構成體，……〔有〕自己獨特的風格。其中的核心就是神仙思想」。這種思想有其世俗的考量，如「個人的長壽永生」與「社會的和諧安樂」等㉖。此所以道教強調丹道與五行生尅，重視陰陽與氣數消長。自個人來看，內外丹修煉關乎五臟和諧；從社會整體觀之，五行的生尅牽涉到人際關係的圓洽。所以神仙之說不僅是宗教上的消極避世，性命雙修本有其入世意義。余教授深入《道藏》經籍，在〈源流〉文中不但窮究《西遊記》作者所受的道教影響，抑且從丹術秘笈如《龍虎原旨》中直索小說的道教寓言，立論特殊且言之成理，更發揚光大了陳、劉等前賢的論釋傳統。在東西學界裏，除了普林斯頓大學的蒲安廸（Andrew H. Plaks）和日本北海道大學的中野美代

㉖李豐楙，《探求不死》（臺北：久大文化公司，一九八七年），頁四。

子以外㉗，少見有類似余教授之能發人所未見者。當然，以余教授浸淫神學之久，說理之甚具分析性，他的詮釋要比前賢強而有力許多。即使方之同儕，亦不遑多讓。〈源流〉文分析唐僧三徒使用的兵器與道教關係一節（參見本書頁一一五—一一九），引證排比，參合發明，相信連力斥「金丹大道」的胡適也不得不承認小說中確有「微言大義」㉘。

〈源流〉文論釋的道教寓言，實與〈敍事結構〉第三節一脈相承，又啓導了〈朝聖行〉及〈宗教與中國文學〉二文中的相關論述，可見余教授鍥而不捨的治學態度，也可見他整合本行宗教與文學的影響。〈朝聖行〉中揭櫫的「內化旅行」（interior journey）的寓言，允稱近年來以內在研究爲導向的《西遊記》批評最重要的發現。儘管余教授的理論有待再舉實證強化，但是他不棄徘徊於文學批評「正統」邊緣的全眞信徒的詮釋，一可見批評上的包容態度，二可見個人的洞察力確屬非凡。《神曲》中但丁朝神而行的寓言是否和《西遊記》有異曲同工之妙，固然有神學解釋上的異同，非寖假久之者不能徹察，但是唐三藏出入脊關，通過稀柿衕，卻有道教內丹術上的暗示，略識寓言文學的讀者，想必可以心領神會。就像斯賓塞（Edmund Spenser）《仙后》

---

㉗Andrew H. Plaks, "Allegory in *Hsi-yu Chi* and *Hung-lou Meng*," in his ed., *Chinese Narrative: Critical and Theoretical Essays* (Princeton: Princeton University Press, 1977), pp. 163-87.；中野美代子，《西遊記の秘密》（日本東京：福武書店，一九八四年）。

㉘參見胡適，〈《西遊記》考證〉，在《胡適文存》，第二集（臺北：遠東圖書公司，一九五三年），頁三九〇。

(*The Faerie Queene*)中的居仁(Guyon)和亞瑟王子(Prince Arthur)必須通過象徵五識的「克己之家」(The House of Temperance)，才能打通滯礙，重獲生命力，再尋仙后葛洛麗亞(Gloria)一樣㉙，向「靈山」而去的唐三藏一行也得通過各種關節，讓體內氣流周行各督脈，才能外而禮佛，內而丹聚，臻至道教不死的化境。

這種敍寫一脈但寓意兵分兩路的技巧，《天路歷程》(*The Pilgrim's Progress*)的作者固已熟悉不已，然而就手法之不露痕跡論，《西遊記》的作者恐怕要推天下無雙。非有深刻的宗教學養，一般人在這方面很難有認識上的火眼金睛。余教授的推理師出有名，得力於他的神學專業處料應不少。我覺得唯一需要補充的是：如果但丁的三界之旅是以外爍的方式推衍聖・多瑪斯標舉的心靈之旅，那麼唐僧的「朝聖行」也當等同於悟空在第一回所作的「朝心行」。劉一明的《西遊原旨・讀法》云：「悟空學道西牛賀洲，如唐僧取經於西天雷音。」㉚強調的無非是兩造「求心」心切。吳筠本於《抱朴子》所作的《神仙可學論》中，指出「守道」爲成仙七法之一，而其中要求的「無爲」與「自然」等老氏義理，無不需反求自心。所以唐僧的靈山行除了蘊有故事

---

㉙參見 Edmund Spenser, *The Faerie Queene*, II, ii, in J.C. Smith and E. de Seincourt, eds., *Spenser: Poetical Works* (1912; Oxford: Oxford University Press, 1985), pp. 76-80。

㉚劉一明，《西遊原旨・讀法》，收入悟元子評譯、悟一子詮解，《西遊記》(《西遊真詮》；臺北：老古文化公司影印，一九八六年)，上冊，附頁二乙。

表面的佛教意義與道教丹道寓言外，恐怕也含有清淨無爲的道教「心學」成分在內。第八十五回悟空本於禪經所吟的烏巢禪師四句偈中的「靈山只在汝心頭」㉛，不但象徵性的指出「靈山」在人體內的位置，而且還能廓清「黑漫漫西天」只有靈臺澄明才能照破的道理。悟空的「朝心行」和唐僧的「朝聖行」互爲表裏，正是《西遊記》寓言中別有寓言的高明之處。

在道教溯源與寓言上用功之外，〈源流〉一文在佛教主題上亦迭有發現，頗具啓廸作用。和丹旨的討論一樣，余教授每能從佛經出發，深入掌握《西遊記》作者談佛的旨趣。「心地頻頻掃」和「一飮一啄莫非前定」的業報觀，一直是小說著重的佛門教義。唐僧個人的身世和取經途中的各種作爲，一再呼應這兩個大主題。不過我認爲余教授在論釋佛門溯源時，較大的貢獻是：他能以批評家的法眼看出《西遊記》使用的佛門戒律寓有強烈的反諷作用，而深思這種作用，又能爲小說增強許多宗教力量。三藏勸人戒殺，然而要保證取經成功，不得不又依賴在他看來嗜殺成性的悟空。他是衆徒證道的引師，但是力難殊除六賊，反要「冥頑不靈」的大徒弟代勞，而且事成後渾然無知。在解釋小說中的種種矛盾時（參見本書頁一三二—三五），余教授借用原始佛教「空」的宇宙觀作爲立論根本，舉證歸納，最後再落實於「心的寓言」：「魔由心生」，人世經驗都是虛幻的。若不明乎此，一切戒律徒具形式。素稱「聖僧」的三藏法師，竟然容易担驚受怕，反而

㉛吳承恩，《西遊記》（北京：作家出版社，一九五四年），頁九六六。

要賴徒弟開導，便因衆徒的「心學」造詣強過他。而這位深知佛門形式作風的高僧，一再畀恃不類細行的悟空濟助，不又說明能夠「打破頑空」的悟空的作爲，才眞的是契入教理嗎？然而名分自名分，猴王終究只能屈居門下，也可見師徒一體，形式與內涵一體，才是《西遊記》的作者眞正強調的宗教實踐觀。

退一步說，讀者若想接納《西遊記》中的矛盾，首先必然得在三藏和悟空之間有所取捨或調和。全書耐人尋味處便存乎此。余教授在探討《西遊記》的佛教成分時，更大的一個貢獻是，他能進一步利用中國佛教宗派特有的思想，化解小說中的種種矛盾。在〈宗教與中國文學〉這篇近文裏，他提出一個關乎教理與創作技巧的大問題：「小說中的宗教意義，如何與充斥全書的諷寓和幽默相提並論？」（參見本書頁二一四）易言之，某種意義上是在闡明佛教，勸人志心浮屠的《西遊記》，爲何會把唐僧刻劃成一位「不濟的和尚」，膿包又糊塗？余教授的回答，把《西遊記》從「反宗教小說」的錯解中還復到其應有的宗教地位去。

包括童思高與彭海的馬克思主義批評家，一貫視《西遊記》爲批判佛教——當然含括道教——的政治小說。他們堅持的理由是，書中連篇累牘諷刺取經人和佛門，非特聖僧懦弱，連靈山勝境都不免行賄納賂，證明這部小說對釋教只有不敬，那裏稱得上是舉發教義的「宗教小說」㉜？

---

㉜參閱童思高，〈試論《西遊記》的主題思想〉；彭海，〈《西遊記》中對佛教的批判態度〉。二文俱收作家出版社編，頁五六—六九及一五八—一七一。

余教授的辯辭一針見血：這要看《西遊記》推衍的是佛教哪一宗派的義理？熟諳聖教歷史的讀者，當然不難自小說一再搬演的修心寓言看出，惠能開創發揚的中國南禪，才是作者命篇立意所在。禪宗大師示導作略，或其強調的「知」(*vidyā*) 與「見」(*darśana*)的能力，往往托於當下直觀或直覺的體會，所以「當頭棒喝」固爲思辨的啓示，具有類似效果的「呵佛罵祖」也是方便善巧 (*upāya-kauśalya*) 之一，未可等閒置之。德山宣鑒禪師有名言曰：「這裏無祖無佛，達摩是個老臊胡，釋迦老子是乾屎橛，文殊普賢是擔屎漢，等覺妙覺是破執凡夫，菩提涅槃是繫驢橛，十二分教是鬼神簿、拭瘡疣紙，四果三賢、初心十地是守古塚鬼，自救不了。」㉝既然莊嚴的教義問答都充滿類此的狂禪作風，《西遊記》何以不能刻劃一位膽小無能的「聖僧」，以便讓人體會勿執外相，我心卽佛的道理？

悟空之嗜殺實則在突顯玄奘戒殺的悲憫襟懷，此通於禪宗罵佛原在彰表佛理，而禪師以不知佛而通佛，亦可對照發明《西遊記》借唐僧醜態教人思辨佛門妙理的矛盾。從這個角度看，屢屢降魔爲宗教立下汗馬功勞的悟空，不時還得嚐嚐緊箍兒的苦楚，就一點也不足爲奇了，因爲「收心」與「放心」其理如一，全寓於此。「矛盾」云云，正是破俗諦入眞諦的法門。再費辭言之，禪門公案透過初念顯露本然的作法，正是在假矛盾與無意義的不斷對立，自內部解構出宇宙寂然

㉝普濟，《五燈會元》（臺北：文津出版社重印，一九八六年），卷七，頁三七四。

的本相。如果「南泉斬貓」或「一指禪」的暴力方便可以促成頓悟，《西遊記》貌似狂禪的輕狂敍寫，同樣足以達到爲佛門傳心法的目的。這一點不僅可以加強余教授認爲《西遊記》作者通曉釋典的假設（頁一九七），同時還可說明該作者確能在悠游於佛經之時，體察出不落言詮的深層義理與議論名學。借用余教授的話，《西遊記》的作者「幾乎不動聲色，只是靜靜的在寫作」（頁一七五），便把禪門燈史語錄的要義與技巧盡括而出。

《西遊記》呈現的三教歸一的思想，盡由一個「心」字道出：不論儒釋道，修心都是個人晉至理想狀態的基本要求。這一點，夏志清在《中國古典小說》中，已借釋門《心經》的象徵地位予以指出㉞。然而，雖說《孟子・盡心篇》中已經強調過修心養心的重要性，《西遊記》側重的卻是宋明理學家所認識的同一課題。在本書一系列的文章裏，余教授所追溯的儒教思想，多限於上層文化的新儒學；此一哲學體系如何演爲民間信仰，進而爲《西遊記》作者所用，由於篇幅之故，縷述不深。關於新儒學的出現，許倬雲在一本近著中有言簡意賅的妙喻：「若以武俠小說來比喻，儒家是少林寺的練功者，諸子百家是銅人。儒家便是在這銅人巷中不斷的接招餵招而成長；儒家在歷史上所遇到最大的銅人應該是佛教，但是儒家也因此練成新招式——新儒學。」㉟

㉞C. T. Hsia, *The Classic Chinese Novel: A Critical Introduction* (New York: Columbia University Press, 1968), p. 128。

㉟許倬雲，《中國古代文化的特質》（臺北：聯經出版事業公司，一九八八年），頁七四。

簡言之，在儒家適應文化變遷的格義過程中，已經因爲佛教和道教的衝擊而帶有宗教成分。這種「成分」——正如道家修眞爲的是成仙，佛門參禪爲的是成佛——以「成聖」的神秘目的納入民間宗教系統中。職是之故，劉一明《西遊原旨．序》才會說道：「〔《西遊記》〕造化樞紐，修養竅妙，無不詳明且備，可謂拔天根而鑽鬼窟，開生門而閉死戶，實還元返本之源流，歸根復命之階梯。悟之者在儒卽可成聖，在釋卽可成佛，在道卽可成仙，不待走十萬八千里之路而三藏眞經可取，不必遭八十一難之苦而一斛斗雲可過，不必用降妖除怪之法而一金箍棒可畢」㊱。

當然，「成聖」的觀念要變成神秘的民間信仰，先得將新儒學的意念化爲教條公式，而在這方面，釋道的學佛學仙觀念就發揮了最大的觸媒作用。以余教授在〈宗教與中國文學〉文中所引周敦頤的《周子通書》文爲例，開頭一句便是問道：「聖可學乎？」（頁二〇三）正是因爲「聖可學」，神秘性加上世俗的目的性，儒家在《西遊記》中才轉化爲「儒教」。在民間宗教傳統裏，揭示類似觀念的例證不勝枚擧，李道純的〈三教鍊虛歌〉，卽揉合神秘與目的，可爲周敦頤的話作宗教性的註解：「爲仙爲佛與爲儒，三教但傳一個虛。亙古亙今超越者，悉由虛裏作功夫。學仙虛靜爲丹旨，學佛潛虛禪已矣，叩予學聖事如何？虛中無我明天理。」㊲儒教的終極目的在這首詩裏表現得玄然又具體，可謂呼之欲出；倘若折衷此詩與周敦頤之見，則「成聖」可以透過虛

---

㊱悟元子評釋，附頁一甲。

㊲引自周紹賢，《道家與神仙》（一九七〇年；臺北：中華書局重印，一九八七年）的附錄《清淨集》，頁二七三。

靜的工夫，達到通幽明之理的境界。雖然民間信仰未曾明告我們「成聖」是否可得永壽或類似基督聖徒之進入天堂，但是在《西遊記》作者筆下，「聖人」的地位確實等同於「仙」、「佛」，具有不死的能力。君不見第一回通背猴以如下一語回答悟空的生死疑慮：「如今五蟲之內，惟有三等名色，不伏閻王老子所管。……乃是佛與仙與神聖三者，躲過輪迴，不生不滅，與天地山川齊壽」㊳。

只要心定於一，心無旁騖，超凡入「聖」不是不可能的事。余教授舉周敦頤皈依眞一的理論解釋《西遊記》第五十八回「二心攪亂大乾坤／一體難修眞寂滅」，確實合情合理，因爲心乃百神之師，一身之主，「靜處則明」，可以博通天人之際。車遲國支節是《西遊記》三教歸一最著名的一段。悟空力敗三妖道後，不但要求國王敬僧敬道，還要他「養育人才」，如此可保「江山永固」㊴，同樣在藉教條化的神秘思想究明人世維護倫序的方法，以宗教一般的意念轉托先王先聖的濟世經綸。確然，比起小說中充斥的佛道語詞，儒教意象薄弱得多了，「成聖」的需求因之相形失色。但是，我們不要忘了新儒學本合釋道生成，儒教的多數思想既已寓於二教某些義理之中，《西遊記》的作者也就無需特別拈出成聖之道。僅就小說的情節而論，三教實則難分軒輊，相輔相成。任舉修眞學佛或成聖，都免不了要在修心養性的意義網路中互相發明，所不同者

---

㊳吳承恩，頁六。
㊴吳承恩，頁五四一。

唯在背景略異而已。《西遊原旨・讀法》謂：「《西遊》貫通三教一家之理，在釋則爲《金剛》、《法華》，在儒則爲《河》、《洛》、《周易》，在道則爲《參同》、《悟眞》。故以西天取經發《金剛》、《法華》之秘，以九九歸眞闡《參同》、《悟眞》之幽，以唐僧師徒演《河》、《洛》、《周易》之義。知此者方可讀《西遊》。」㊵誠良有以也。

綜觀上文提到的幾篇專論，我們可以看出余教授治《西遊記》的態度和他對宗教主題的重視。兩者結合，彌補了胡適發表〈《西遊記》考證〉以來的許多不足。然而，誠如前面說過的，余教授並非唯方法論者；他的批評作爲實根基於雄厚的閱讀經驗。若東西合璧產生的是〈英雄詩〉與〈朝聖行〉等重要成果，「獨尊漢學」時也必然會有一些「乾嘉式」的發現。例如，胡適曾引《天啓淮安府志》證明吳承恩的著作權，田中嚴與杜德橋咸表懷疑，但是余教授「別出心裁，把《西遊記》及秦少游的詞作字質的比較，來證明《天啓淮安府志》中的話：『吳承恩性敏而多慧，博極羣書，下筆立成，淸雅流麗，有秦少游之風……。』」㊶雖然余教授謹愼的作風使他不願意有「科學式的武斷」之見，但是類此乾嘉式的小考證卻也爲整個《西遊記》的問題做過若干的貢獻。從英譯本《西遊記》首册問世以來，他在源流勾稽方面的努力亦不曾稍懈，〈宗教與中國文學〉文中溯源的儒釋道經典片段，可以印證我上面所說的話，相信對未來的《西遊記》研究

---

㊵悟元子評釋，附頁一甲。

㊶傅述先，〈新譯《西遊記》〉，《中國時報・時報周刊》，一九七七年十二月二十六日。

和批評，也會有廣泛持續的影響㊷。

## 三

從一九七一年開始發表《西遊記》研究以來，將近二十年的時間，余教授的名字一直都和這部晚明奇書分不開。然而，這並不意味著他是西方人所謂的「單書作家」(one-book author)。十數年來，他發表過的其他名著的評論或書評，爲數更夥㊸。姑且不論西方經典的論述，一九八〇年發表的〈《紅樓夢》裏的個人與家庭：林黛玉悲劇形象新論〉㊹，便標示著他跨出《西遊記》的另一思索領域。一九八七年，他又發表了範圍更廣，以中國鬼故事爲主的一篇主題學論文㊺。

㊷拙作〈祇園傳奇——略論一則佛教母題的演化〉，《中外文學》，第十五卷第十二期（一九八七年五月），七一—九四，便是受到余教授〈宗教與中國文學〉一文的啓發而撰就的。

㊸到今天爲止，余教授在報章雜誌與學報上發表過的書評短論，超過五十種以上。發表的刊物包括 *The Christian Century*, *Journal of Religion*, *Christian Scholar's Review*, *Modern Philology*, *Journal of Asian Studies*, *Harvard Journal of Asiatic Studies* 等十數種。

㊹Anthony C. Yu, "Self and Family in the *Hung-lou meng*: A New Look at Lin Tai-yü as Tragic Heroine," *Chinese Literature: Essays, Articles and Reviews*, 2 (1980): 199-223.

㊺Anthony C. Yu, "'Rest, Rest, Perturbed Spirit!' Ghosts in Traditional Chinese Prose Fiction," *Harvard Journal of Asiatic Studies*, 47/2 (1987): 397-434. 本文中譯見范國生譯，〈「安息罷，安息罷，受擾的靈!」——中國傳統小說裏的鬼〉，《中外文學》，第十七卷第四期（一九八八年九月），四—三六。

目前，《紅樓夢》方面的研究還在持續之中，用新觀點新方法撰述的論文正一篇篇的出籠㊻。本書附錄第一篇〈歷史、虛構與中國敍事文學之閱讀〉，也是這一系列《紅樓夢》論文的一個重要單元。

我把這篇專論列入附錄，原因不在這是我譯出的第一篇紅學系列裏的文章，而是此文申論的史學撰述與虛構作品的本體問題，頗具創意，代表余教授援用晚近西方敍事學（narratology）評隲中國古典的重要出發點。在這篇文章裏，讀者可以看到諸如海登・懷特（Hayden White）與保羅・呂刻（Paul Ricour）等晚近理論家的觀念，如何爲余教授體大思精的融會貫通所用，更可以在希臘與中國史學撰述傳統的比較中，看到虛構作品產生的背景，進而了解言與事的對立融合、時間與虛幻的矛盾統合，如何在《紅樓夢》首回發揮了最具效應的敍述言談。這種排比中西而不爲理論所惑，本末有序而不倒置的批評整合，正是余英時從中國思想史的格義階段著眼，期望現代詮釋者能師法飽嘗佛學衝擊的宋明理學家而達到的新境界㊼。

讀者的興趣若是集中在西洋文學方面，附錄二提供的〈宗教研究與文學史〉或可供參考。相信沒有人會反對西方文學——甚至包含中國與印度古典——源自宗教儀式的說法。不論希臘史詩

---

㊻最近發表的單篇論文見 Anthony C. Yu, "The Quest of Brother Amor: Buddhist Intimations in *The Story of the Stone*," *Harvard Journal of Asiatic Studies*, 49/1 (June, 1989): 55-92。

㊼余英時，《中國思想傳統的現代詮釋・自序》（臺北：聯經出版事業公司，一九八七年），頁㈣—㈤。

或中古歐洲的道德劇，都和各自的宗教環境有密切的關係；解經傳統和文學再生，彼此更如影隨形，亘古以來一直是文學文化的常態。這篇概論文章，原稿本爲已故愛里亞德（Mircea Eliade）教授主編的《宗教百科全書》(*Encyclopedia of Religion*, 1987) 所寫，一九八七年春余教授應北京大學比較文學講座之聘時，在中國大陸把中譯稿宣讀了一遍，並作了一些修正。就我身爲譯者的感想言，我深切同意譯文在臺灣發表後一封讀者投書中的話：這是一篇「具有行家專業深度」的綜論，可以爲「臺灣浮泛的介紹文字充斥的當今」，提供「一股新鮮的空氣」㊽。本書附錄這篇文章，以窺余教授西學貢獻之一斑。不過，這篇文稿是我企圖用中文譯出余教授英文文體的小嘗試，眼高手低，畫虎不成是必然的，讀者幸有以教之。

談到翻譯的問題，我最後或許應回到序文首節所提余教授譯家的身分。而要談這一點，就不能不爲本書正文另收的〈《西遊記》英譯的問題〉略贊一辭。這一篇文章誠然不以闡揚《西遊記》的寓意爲主，但是讀者如欲了解嚴肅譯家如何詮釋古典作品，則不宜輕易放過。基本上，余教授的譯事原則盡在一個「信」字。在另一篇提到英譯《西遊記》的經驗談中，他亦曾援引西哲作法強調過這一點㊾。學者本色所要求的忠實固然是余教授重「信」的原因，我更待指出的是，

---

㊽請見錢新祖先生的讀者投書，《當代》，第二十四期（一九八八年四月），一四九。

㊾Anthony C. Yu, "The Better Form of Treason: Reflections on Literary Translation," *Criterion*, 17 (1978): 13。

此一強調並不代表他輕視嚴復拈出的另外兩條翻譯標準：「達」與「雅」。事實上，廣義的譯事之「信」，不僅要忠於原著「文意」，同時也要忠於原著「文體」。沒有不信而能求得達、雅，其理甚明。

〈《西遊記》英譯的問題〉原稿宣讀於亞洲協會「第一屆國際中英文翻譯研討會」（香港）上，時間是一九七五年。臺灣大學的黃宣範教授當時曾和余教授同列議席，歸來後著文追記議題，其中有一段譯史通評頗值得摘鈔在這裏：

從近百年的翻譯史看，從事中譯英與英譯中兩種活動的人常常有不同的價值取向。從事中譯英的人總是企圖把中國的東西苦心經營得合乎西洋人的胃口（就是完全用西方語言詞彙或者表達方式）然後才敢端呈上去。但外國文化思想之引進中國可說赤裸裸地洶湧而入，以致譯文的語法長得不像一般的中文，許多表現方式直譯到中文裏，活生生叫我們吞了下去。至於意識情操的感染之深，更是難以測計。……中國語言與中國意識痛苦地張開了，甚至掙裂了她的子宮，以求撫育一個現代的文化㊿。

㊿黃宣範，〈國際中英文翻譯研討會追記〉，在黃著《翻譯與語意之間》（臺北：聯經出版事業公司，一九七六年），頁二九六。

余教授的《西遊記》譯本，屬於黃文所稱的第一種譯事活動，他本人的其他譯作，亦多局限於此[51]。然而，余譯的中國經典是否曾削中國足以適西方履，讀過余譯《西遊記》的讀者，在參照本書所收的〈英譯問題〉一文後，相信心中自然會有定論。我只想略引余文談神話上赫赫有名的「八駿馬」英譯處，讓讀者知道認眞的譯者非但苦心孤詣，而且取捨間絕不以意害詞，或以詞害意，更少見發生削足適履的情形：「馬名在〔《西遊記》第四回的〕詩中寓有深意。如果要在西方傳統裏尋覓衆馬的對等說法，我想我們可以在神話和歷史上找到足以替代的名駒……。但是，果若……〔借西方名駒之名譯之〕，我懷疑有多少英語讀者能夠體會出譯者別有用心之處，更不消說會『聽』得出原詩四言體所雕鑿的鏗鏘聲籟，或是以七陽體爲主的腳韻了。……最後，我還是扣緊原文……〔音譯馬名〕」（見本書頁三二）。錢鍾書曾經說過：譯作上「徹底和全部的『化』是不可能實現的理想」[52]。余教授對於這一點想來知之甚深，故而寧取雖累贅但是最負責的態度廣爲譯文作注，極力免訛，削足適履也就無從而生了。

和余教授所譯介的中文名著相反，讀者手上的本書係英文漢學論評的中譯，就某一程度言，

---

[51]《西遊記》以外，余教授另英譯有袁枚詩九首與白先勇的短篇小說〈永遠的尹雪艷〉（合譯）等。前者見 Irving Yucheng Lo and William Schultz, eds., *Waiting for the Unicorn: Poems and Lyrics of China's Last Dynasty, 1644-1911* (Bloomington: Indiana University Press, 1986), pp. 192-98；後者見 *Renditions*, 5 (1975): 89-97。

[52]錢鍾書，〈林紓的翻譯〉，在林語堂等著，《翻譯論集》（臺北：龍田出版社影印，一九八一年），頁二三二。

亦可歸入前引黃宣範文所稱的第二種譯事活動。因此，我在翻譯本書的過程中，便無時不心懸著該文中的警告，深怕生搬硬套，譯出一部「用中國字寫的英文書」。尤其本書係嚴肅的論述之作，代表作者的學術見解，生吞活剝的翻譯固然不可，以詞害意更是罪莫大焉。我只能深自警惕，以我所能認識到的中文語法挑用習語，在不害原意的前提下，做劉紹銘教授所稱的「翻譯的傳統與個人才具」的殊死戰㊸。然而，余教授的英文早已經學界公認爲一絕，流麗典雅又語意多端，是典型的「不可譯」文體。我雖黽勉從事，是否能傳達神韻什之八九，畢竟不可期，甚或不免「譯者卽逆者」(*Traduttore traditore*)之譏。加以余教授學貫東西，旁徵博引的學者作風，使得譯者不時要出入於希臘、拉丁、義、德、法，甚至是日文與梵文之中，稍一不愼，卽有「拿錯字典」的危險。我的挑戰之大，譯事之艱，可想而知。

因此，不論是起稿中譯或完稿擱筆之時，我都可在認識到「批評家余國藩」的博大精深之餘，更深切地體會到「譯家余國藩」的戰戰兢兢。這或許是忝爲譯者的我，在得益於原著的學問知識之外的另一大收穫。然而，獨木難撐巨厦的道理誰都懂得，中譯本書時此一困窘更加明顯。我幸而有衆多的師友可供仰仗，以免學養不足的栖栖遑遑。本書得以在短期內殺青付梓，全賴師友鼎力襄助，匡我不逮。在希臘、拉丁和古典義大利文方面，我在輔仁大學英語研究所的業師談

---

㊸劉紹銘，〈翻譯的傳統與個人才具〉，《聯合報・聯合副刊》，一九八八年八月一日。

德義（Pierre Demers）、白行健（Steven Berkowitz）、康士林（Nicholas Koss）諸教授，給我的指導最大。現代德、法文方面，康教授、艾倫（Ellan Quackenbos）教授，以及我在芝大的同學沈安德（James St. André）君撥出寶貴的時間，隨時備我請益。在梵典方面，臺灣大學廖朝陽教授曾爲我糾正一些佛經和佛教名詞的誤譯。廖教授和他也是《西遊記》專家的同事張靜二教授，在書內多數譯稿發表之前，皆曾當面指正，或在電話中提醒中文譯句的不妥，詳加潤飾，惠我良多。

這幾位師友博通古今，亦有專業的東、西和古典與現代文學素養。我不僅在語言方面承他們的指導，在特殊的知識上也屢蒙教誨。如果本書諸文的謬譯能夠減到最低的程度，如果譯文尚稱可讀，他們不吝賜正才是主要的原因。我尤其應該感謝原作者余教授「完全的支持」。一九八六年底，輔仁大學舉辦「第一屆國際文學與宗教會議」，余教授應邀提出本書正文末篇的〈宗教與中國文學〉一文。同年暑期，康士林教授轉來該文，囑我中譯。我於是開始寫信向余教授問學。第二年，我在春雪過後的芝大神學院，又承余教授不棄，授權迻譯本書，從此便展開我們正式的「合作」。在迄今爲止的這段期間內，余教授一直是我翻譯上——包括課堂上——的良師。每當我遍檢羣籍猶尋不出原引中文，或面對原稿苦無對策之時，余教授總是在繁忙的課餘公餘，爲我查出引句，在單篇譯稿完竣後，又逐一審閱，糾正疏失，補充不足。我不敢說我們的「合作」已達萬無一失的地步，但是我們確實盡力在爲一本書——一本出版後人人皆得批評的書——負責。對我來講，本書面世的意義不僅在「幸不辱命」而已；中譯的過程裏，我學到的知識與治學態度更多。我也衷心希望本書能爲臺灣的《西遊記》研究，再添砌上一塊或許是不算小的磚石。

最後，還有數個機構和個人應該申謝。首先是慨允讓出中文版權的六個英文原版權所有單位：柏克萊加州大學出版所（〈敘事結構〉）、香港翻譯學會（〈英譯問題〉）、芝加哥大學出版所（〈源流〉與〈朝聖行〉）、魯特格斯大學出版所與交流圖書公司（Transaction Books；〈宗教與中國文學〉），以及麥克米倫出版公司（Macmillan Publishing Company；〈宗教研究與文學史〉）。其次是發表中譯稿的《中外文學》、《當代》與清華大學人文科學院的《小說戲曲研究》專刊。這幾家期刊薪傳學術，鼓吹研究不遺餘力，我向所敬佩，更感謝他們惠允將諸文彙集成書。〈歷史、虛構〉文承美國國家科學院的「美國中共學術交流計劃」撥款補助譯事，併表謝忱。《當代》總編輯金恒煒先生一直關心本書，林靜華小姐助校書稿及編製〈索引〉，功不可沒，尤其令我銘感五內。

一九八九年夏・臺北

# 目次

兩腳踏東西文化・一心評宇宙文章
——《余國藩西遊記論集》編譯序……李奭學……(一)
《西遊記》的敍事結構與第九回的問題……一
《西遊記》英譯的問題
——爲亞洲協會國際中英文翻譯硏討會而作……三一
源流、版本、史詩與寓言
——英譯本《西遊記》導論……四九
朝聖行
——論《神曲》與《西遊記》……一三九

宗教與中國文學
——論《西遊記》的「玄道」……一八一
附錄
歷史、虛構與中國敘事文學之閱讀……二三一
宗教研究與文學史……二五七
後記……二九一
索引

# 《西遊記》的敘事結構與第九回的問題

## 一

過去至少兩百五十年來，玄奘之父陳光蕊的故事是否屬於《西遊記》原本一部分（現代版第九回）的問題，一直是學者和編者共同注意的焦點。近年來，杜德橋（Glen Dudbridge）教授致力於《西遊記》版本沿革的研究，態度專注，成果十分豐碩①。如果我們接受杜教授的結論，則把上述故事認定是《西遊記》原本一部分的看法，似乎便缺乏版本上的有力證據，難以服人，因為

①杜德橋（Glen Dudbridge），〈西遊記祖本的再商榷〉，《新亞學報》第六卷第二期（一九六四年），頁四九七—五一八；"The Hundred-chapter *Hsi-yu chi* and Its Early Versions," *Asia Major*, n.s. XIV (1969): 141-91。

百回本迄今所知最早的版本——即一五九二年的金陵世德堂本——之中，根本不收錄陳光蕊故事（一九八一年由黃肅秋主編，北京人民文學出版社刊行的最新版，亦刪去此回）。世德堂本和晚出諸本之間，在細節處理上有一些矛盾之處，主要見於後代本子上著錄的陳光蕊爲官生涯乃起自唐太宗貞觀十三年一點上：這一年，也正是陳氏之子玄奘奉詔西行的一年。這種矛盾，顯示後人曾經更動原本的敍事次序，而且有錯誤的重編現象發生。按照杜德橋的說法，現代版中所以含有第九回的情節，乃始自晚明廣東編者朱鼎臣所爲。

雖然如此，陳光蕊故事是否確如杜德橋所述，「無論就結構及戲劇性來講，與整部小說風格並不諧洽」②，似乎仍有一辯的價值：在杜德橋的研究發表之前，中國大陸的學者黃肅秋曾就同一問題提出一些頗爲難纏的證據③，而杜氏不加細駁即冒然結論，似乎有意迴避，實難令人全盤信服。在本文中，我擬討論和陳光蕊故事有關的一些問題，並指出黃肅秋未嘗提及的一些乍看雖小，實則深具意義的細節，再爲第九回在《西遊記》的敍事結構中的地位釐清一番。討論時，我依據的主要是一九五四年北京作家出版社印行的標準版《西遊記》；必要時，我也會徵引到世德

---

②Dudbridge, "Early Versions," 184. 中譯據杜德橋著，蘇正隆譯，〈百回本西遊記及其早期版本〉，收入王秋桂編，《中國文學論著譯叢》，上册（臺北：學生書局，一九八五年），頁三七四。

③黃肅秋，〈論《西遊記》的第九回問題〉，收入作家出版社編輯部編，《西遊記研究論文集》（北京：作家出版社，一九五七年），頁一七三——一七七。

堂本。下文稱前書爲《西遊記》，後書則簡稱「世本」。

## 二

黃肅秋指出九處和陳光蕊故事有關的地方。第一處出現於第十二回（世本第十一回）。其時太宗派遣玄奘主持水陸大會，而敍述者在介紹唐僧時有如下韻語道：

> 靈通本諱號金蟬：只為無心聽佛講，
> 轉托塵凡苦受磨，降生世俗遭羅網。
> 投胎落地就逢兇，未出之前臨惡黨。
> 父是海州陳狀元，外公總管當朝長。
> 出身命犯落江星，順水隨波逐浪泱。
> 海島金山有大緣，遷安和尚將他養。
> 年方十八認親娘，特赴京都求外長。
> 總管開山調大軍，洪州剿寇誅兇黨。
> 狀元光蕊脫天羅，子父相逢堪賀獎。

復謁當今受主恩，淩煙閣上賢名響。
恩官不受願為僧，洪福沙門將道訪。
小字江流古佛兒，法名喚做陳玄奘。
（《西》頁一三一）

像其他某些學者一樣，杜德橋不十分強調這一類韻文的重要性。雖然如此，我們仍得認識到，敍述者或小說中的角色在用韻文衍述故事時，很少有出之於偶然的情形，尤其韻文設計的目的牽涉到中心人物的生平時，更是如此。我們若細審重述孫悟空（《西》十七回；另參較五二、六三及七一回）、豬八戒（十九回）和沙悟淨（二二回）出身的韻文——就如同文末我擬致力一試的——我們會發現其中雖然有新添的細節，但事件的基本模式仍然是建立在較早強而有力的敍述上。因此，上引第十二回的韻文，便不由得我們不加以重視。此一韻文不僅爲讀者介紹了玄奘其人，而且除了救嬰和尚之名有歧異外④，也含蓋了所有陳光蕊故事的重要構成因素，例如：「狀元」原籍海州；外祖名喚「開山」，曾經在朝爲官；玄奘甫經出世即遭棄置江上；金山寺長老救嬰，渾名「江流兒」；十八歲重會親娘；官兵最後擒獲衆賊等。即使是韻文開頭所述玄奘本爲「金蟬」的

④詩中該和尚之名為「遷安」，然而第九回中却作「法明」。

身分，也不像杜德橋宣稱的那般「在故事中……不曾做詳細交代」⑤。這一行詩不惟符合上天安排玄奘得歷經苦難的事實，更直指第九十九回所述的「水難」。雖然後一回是全書唯一詳釋「金蟬」一名的地方，但是早在第八回，在觀音自告奮勇，願意東訪取經人之際，敘述者已藉下面的詩行，預先爲我們指出東行結果的高潮：

這一去，有分交：
佛子還來歸本願，
金蟬長老裹栴檀。
（世本二，二八乙，二—二）

第十二回玄奘在水陸大會上開演諸品妙經時，敘述者的「有詩爲證」亦已稱他爲「金蟬」：

御勅垂恩修上剎，金蟬脫殼化西涵。
普施善果超沉疫，秉教宣揚前後三。

⑤Dudbridge, 184；蘇譯，頁二七四。

不但如此，此一稱號亦時爲觀音提到，或爲第十五回一首律詩中的敍述者點出（《西》頁一七〇）。在第十六回的另一首律詩（《西》頁一八九），以及二十四回的鎭元大仙（《西》頁二七一）、二十七回的屍魔（《西》頁三〇五）等仙魔的話中，又一再述及「金蟬」之名。卽使到了第八十一回，在悟空爲八戒解釋玄奘何以會有三日病之噩時，他又重複了一次「金蟬」的由來（《西》頁九二三）。

除了世本第十一回和今本第十二回那首介紹性的詩外，小說隨後情節所寫的三藏家世，亦不乏值得注意之處。第十二回的詩行結束之後，散文部分卽刻複述玄奘的「標準譜系」（世本三，一三甲，一一三），而再不多久過後，散文中又揭示玄奘入宮覲見太宗一景：

太宗聞其名，沉思良久道：「可是學士陳光蕊之兒玄奘否？」江流叩頭曰：「臣正是。」（世本三，一三甲，六一七）

接著玄奘主持水陸大會和觀音顯靈一回（在晩出本中仍屬第十二回部分）之中，尙有一處道及三藏出身，而且予人的印象比前面一回還要深刻，只可惜黃肅秋和杜德橋皆不曾注意到，而孫楷第亦僅一筆帶過⑥。此回的敍述者言及尋訪取經人的觀音時，道：

又見得法師檀主，乃是江流和尙，正是極樂中降來的佛子，又是他原引送投胎的長老，

---

⑥孫楷第，《日本東京所見小說書目》（北京，一九五三年），頁一〇八。

菩薩十分歡喜。（世本二，一七乙，四—五）

這一段話所以別具意義，乃因觀音能夠辨別玄奘眞正的源流譜系之故。這一點，儘管杜德橋繫於一六六〇年左右的汪澹漪本《西遊證道書》並不作如是觀⑦，但是切合多數清刻本中的陳光蕊故事。後者述及玄奘母溫嬌爲賊所擄，暈倒在府衙花亭中而產下一子時，南極星君告訴她送子的正是觀音。不過，在較早或稍遲的朱鼎臣本中的此一故事裏，同一細節的處理就大異其趣：現身的神變成太白金星，奉的則是玉帝旨意（四，一一甲，三—四）。顯而易見，後世諸本模倣或竄改了朱本。我們只消比對一下《唐三藏西遊釋尼（厄）傳》以及陳士斌的《西遊眞詮》（序於一六九四年）、張書紳的足本《新說西遊記》（序於一七四九年）等清本，就可以發現上述現象。有趣的是，儘管陳本和張本都緊隨朱本，也重蹈了「貞觀十三年」的錯誤，但是兩位清代編者卻都爲朱本「訂正」了觀音送子的故事，使之符合一五九二年的百回本。此一更動雖小，卻也引發了一個問題：時隔半世紀之後，清代的兩位編者既然如此「慧眼獨具」，能夠周延無誤的處理細節，爲何他們仍然忽視了顯然矛盾的兩個「貞觀十三年」？不論可信的程度有多小，這一點是否也在昭示《西遊記》如汪澹漪和張書紳所說的，確有一「古本」存在？陳士斌的本子第九回中的陳光蕊故事，和

⑦Dudbridge, "Early Versions," 151.；蘇譯，頁三四五。

朱鼎臣本有些許的不同，不過他在回末的總評裏，卻隱然同意汪、張二氏的說法。

或有人會辯稱：卽使是在「修訂版」之中，仍然有細節處理上的矛盾處，因朱本中傳遞送子消息的信使是太白金星，而在後來版本中做同一宣示的卻是南極星君。然而在我看來，遵觀音而非玉帝之命送子的更動，恐怕意義遠大於前後本不同所形成的差異。在中國民衆的宗教觀念中，「送子觀音」的說法一向甚囂塵上；上述的更動，或許便因此一信仰而來。就另一個層次看，此一支節所以必須強調觀音顯靈，亦因此一女菩薩和化身玄奘的佛子金蟬有特殊而密切的關係使然⑧：玄奘前世和觀音爲舊識，關係當然密切；觀音肩負爲溫嬌送子的責任，意義更屬不凡。我們只有牢記此一背景，才能完全了解觀音在進入水陸大會所在的廟宇之際，敍述者所述如下按語的涵意：

正是——

有緣得遇舊相識，

般若還歸本道場。

（世本三，二〇乙，九——一〇；《西》頁一三八）

⑧我知道觀音很可能原爲男性菩薩，不過在《西遊記》中，「他」毫無疑問是以女性的面貌出現。

同樣的，也唯有透過此一背景，下引律詩的眞諦才會更爲明顯：

因遊法界講堂中，逢見相知不俗同。
盡說目前千萬事，又談塵劫許多功。
（世本三，二一甲，四—五；《西》頁一三八）

鮮少有《西遊記》的讀者會忽視觀音在小說中的卓越表現。觀音受到這種禮遇，當然不獨因淨土宗在六世紀後盛行造成大量的觀音崇拜使然，更因小說中的取經徒衆皆經觀音點化遴選有以致之。觀音獨特的關懷，當然包含取經人的成敗。在百回本第八回的盂蘭盆會上，佛祖示意願傳三藏眞經於東土，此時志願前往尋覓取經人的正是觀音。她東去的旅程，恰爲西向之旅的倒寫縮影，其間唯一的不同是：事件發生的次序是逆玄奘的旅程進行的。在旅途中，觀音依序和往後玄奘的徒弟沙悟淨、豬悟能、龍馬和孫悟空會面。作者藉由此一安排，以藝術的手法爲後來故事之發展設下伏筆。悟淨等一干天廷罪犯往後所以會皈依佛門，願隨玄奘西行，全仗觀音勸化之功：他們在朝聖過程中修成的功果，日後也能爲曩前的罪愆與忤逆補過。事實上，由衆徒的經驗所具現出來的放逐、遊歷和回返的模式，奧野信太郎亦曾方之「貴種流離譚」的典型結構⑨。然而奧

⑨奧野信太郎，〈水と炎の傳承——西遊記成立の一側面〉，《日本中國學會報》，第十八期（一九六六年），頁二二五—二二六。

野疏於注意的是，此一模式固然可從衆徒的經驗見出，其最稱明顯的呈現，卻應從玄奘的生涯談起，因爲小說裏的三藏正是佛祖座下的第二大徒弟金蟬。由於他曾在佛祖說經時分心，輕慢了大法，故而淪落塵埃，註定要歷盡千山萬水的試煉。觀音一向「大慈大悲」，能夠調停是非，使忤逆者藉功果的修行來補償罪愆，所以她和衆徒的關係一如其與玄奘者，並無不同之處。玄奘轉世投胎，幾經艱險，觀音皆護佑於上；直待金山寺長老救出初生的江流，他才又與佛門重逢。水陸大會時，開導玄奘前往西天求取大乘佛典的也是觀音。此卽敍述者在第十五回以如下律詩加以批評的原因：

> 佛說蜜多三藏經，菩薩揚善滿長城。
> 摩訶妙悟通天地，般若真言救鬼靈。
> 致使金蟬重脫殼，故令玄奘再修行。
>
> （世本三，五五甲，一一一一二，《西》頁一七〇）

敍述者這幾行詩的目的，很可能是要提醒讀者觀音曾兩度善待玄奘的事實：第一次是在玄奘出生時，第二次則在水陸大會上。因此，在最後兩行裏，敍述者才會用到「重」和「再」字，以造成特殊的修辭效果。

現在讓我們再回到黃肅秋所提的其他證據。根據黃氏的說法，我們在小說中發現還有八個地方進一步提到玄奘早年的事蹟。杜德橋看過這些地方後，籠統評道：

> 〔這些〕例子中有兩處〔即《西》四七回頁五四六和四八回頁五六一〕只是故事中曾提到三藏的俗家姓陳。另一處是提到三藏俗家村落〔即十四回〕。有兩處〔相隔不過幾頁〕提到三藏母親拋繡球結姻緣的事〔即九三回頁一〇五六及九四回頁一〇六二〕，有三處提到出生曾罹水難〔即三七回頁四二四；四九回頁五六四；六十回頁七三四〕。還有一處則是第九十九回歷難簿上開頭四難。這樣看來，列舉的例證雖多，其實只有數點。其中只有兩點第九十一回的詞話中不載，乃三藏俗家的村落和拋繡球的事。所謂「俗本竟刪去此回」的論證僅此而已。如果百回本《西遊記》之作者不曾任意提及《西遊記》小說範圍以外的神話傳說，或者他對故事中其他重要人物的生平一一都加以詳細的交代，那麼我們就無話可說。可是，事實上小說中處處旁徵博引的提及自古已有的神話傳說：第六回接二連三的提到幾個二郎神的傳說；第六十六回開頭便提到一連串北方真武的故事；第八十三回有一小段文字包含了哪吒和李天王的整個故事。再說，豬八戒和沙和尚這些主要人物的出身，也只隱約道出，或在倒敘時才間接表出⑩。

⑩Dudbridge, "Early Versions," 183-84.；蘇譯，頁三七四。

我所以長篇引述杜教授的論點，不僅因這兩段文字有其重要性，具備了表面上的說服力，同時也因此一論點此際在杜文中的性質，已從版本歷史的評述轉化為一般的文學批評，而在設想百回本的作者寫作時的情形。下面，我想借杜氏論證之助，再提出一些個人的觀察。

首先應該指出來的是：即使以玄奘俗姓陳一點而論，黃肅秋所舉數處仍然未臻完善。他列出的例子，其實還可以再添加下面這些印證玄奘姓陳的章回：《西遊記》十三回頁一四四；十四回頁一五四；二十九回頁三三〇；五四回頁六二九；五七回頁六六一；六二回頁七一七；九一回頁一〇三五等等。這些相關之處，顯然並非「相隔不過幾頁」，而是充斥全書，足以顯示作者有其一貫的用法。雖然如此，我還是得聲明，由於史上的玄奘確實姓陳，上舉例證當然不足以斷定陳光蕊故事確屬小說可能結構中的一個單元。

有關十四回提到陳家世居海州一事，我想稍微岔開歷史傳統，提出一個雖屬細小，但是十分有意思的觀察。在玄奘的弟子為他所寫的傳記中，玄奘是河南緱氏人⑪。不過，據我所知，《西遊記》裏提到的海州，應該位於江蘇。玄奘何以會與後一地點扯上關係，是另一個值得探究的問題。此處和我們的討論攸關的是，即使包括朱鼎臣或汪澹漪本在內的早期版本的編者，其筆下玄奘的出身，也都是摭拾自通俗傳說的。從百回本幾乎一字不漏照錄玄奘譯《心經》，或從書內大致

⑪釋慧立，《大唐大慈恩寺三藏法師傳》，一：四。

所徵引的太宗爲褒揚玄奘而寫的〈聖教序〉來看，我們可確定此一版本的作者，至少熟悉一部有關三藏的傳記。在另一方面，前述故意取材自通俗傳統的作法，雖然不一定能夠證明陳光蕊故事早已流傳在《西遊記》故事中，但即使僅由八十回玄奘隨口提及「自出娘肚皮就做了和尚」（《西》頁九一五）一語，亦應可看出此種關係。正史記載，玄奘在十三歲那年才剃度爲僧；《西遊記》的敍述顯然有悖史實⑫。

玄奘一出世即入釋門的說法，在九十一回內再度出現，不過黃肅秋仍未注意到。這一回寫玄英洞聖僧遇難；在回答犀牛精的問題時，三藏說道：

> 貧僧俗名陳玄奘，自幼在金山寺為僧。後蒙唐皇勅賜在長安洪福寺為僧官。又因魏徵丞相夢斬涇河老龍，唐王遊地府，回生陽世，開設水陸大會，超度陰魂，蒙唐王又選賜貧僧為壇主，大闡都綱。（《西》頁一〇三五）

這一段話值得注意的有數點。首先，玄奘在話中公開指明他幼年出家處是金山寺。其次，他又提到蒙聖恩入主洪福寺。不論是金山寺或洪福寺，這兩座寺廟皆曾出現在陳光蕊故事和世本第十一回

---

⑫同上，一：六。

（《西》十二回）介紹玄奘的詩中。雖然上引這一段話僅略略道及玄奘的生平，其意義卻是不凡，足以銜接他幼時的經驗與唐王遊地府的事實，在小說情節中形成一持續性的綜合體。

金山寺一名，再度呈現水難的主題。除了黃肅秋引用的三處例證（分屬四八、四九及六四回）之外，江流兒之名還曾在第二十九回的回目上出現過：「脫難江流東國土／承恩八戒轉山林」。小說中至少另有四處談及同一名字，可惜黃肅秋亦未嘗留意到。

第二十回三藏遭虎妖擄走，敍述者曾加以評道：

可憐那三藏啊！

江流註定多磨折，

寂滅門中功行難。

（世本四，六〇甲，九—一〇；《西》頁二二九）

不多久後，妖怪下令將三藏綁赴黃風洞。遭此災厄，三藏乃感嘆命途多舛，語極哀憐：

這的是苦命江流思行者，遇難神僧想悟能。道聲：「徒弟啊！不知你在那山擒怪，何處降妖，我卻被魔頭拿來，遭此毒害，幾時再得相見！好苦啊！你們若早些兒來，還救得

我命；若十分遲到，斷然不能保矣！」一邊嗟嘆，一邊淚落如雨。（世本四，六一甲，五—八；《西》頁二三〇）

在第三十七回，烏鷄國故主托夢給三藏，談到他如何遇難，如何爲人推落井中溺斃。此時，三藏也把老王遇害比諸自己幼時不幸，於是乎水難和金山寺的舊事再度重提（《西》頁四二四）。取經人的旅程快要走完時，三藏在八十五回復遭豹精南山大王所執，敍述者乃又賦詩評道：

這正是：

禪性遭魔難正果，
江流又遇苦災星。
（《西》頁九七四）

而當悟空回頭欲尋師父，正不知從何處下手之際，我們看到敍述者以下面的觀察結束此回：

咦！正是那：

有難的江流專遇難，

降魔的大聖亦遭魔。
（《西》頁九七五）

從前面舉出的數例，我們可以結論道：江流兒之名尤常與受苦受難中的玄奘結合在一起。他的苦難雖然發生在凡間，卻都早已天定。上述主題不斷在小說中出現，亦可藉由第四十九回玄奘獨自吟出的一首律詩看出。玄奘為金魚精擒住後，在水牢裏兀自感嘆淒苦：

自恨江流命有愆，生時多少水災纏。
出娘胎腹淘波浪，拜佛西天墮渺淵。
前遇黑河身有難，今逢冰解命歸泉。
不知徒弟能來否，可得真經返故園？
（《西》頁五六四）

這首詩的重要性，源於其能呈現一時的實情，顯示此刻的玄奘尚有自知之明。如同多數的讀者所知，三藏一向昏庸愚昧，罕能體察時勢，非得大難臨頭，否則難以通情達理。因此，在第六十五回中，我們得等到取經人師徒和前來救難的天將天兵俱為假扮佛祖的妖邪所擒時，才能看到淚眼婆娑的玄奘痛悔往昔的蠢行，了解到悟空的警告確屬眞實：

自恨當時不聽伊，致令今日受災厄。
金鐃之內傷了你，麻繩綑我有誰知？
四衆遭逢緣命苦，三十功行盡傾頹。
何由解得迍邅難，坦蕩西方去復歸！

（《西》頁七四七）

上引玄奘自吟的兩首詩，都是以「自恨」發端。無論是在語調、修辭或是意圖的效果上，兩首詩也十分類似。所以如此，原因是這兩首詩皆在某一情況下，揭露出說話人對自己一時的看法。這種寫法，就像我們在伊麗莎白時代的劇場上聽到的獨白詩句一樣。當然，玄奘的話缺乏浮士德、哈姆雷特，或是維特利亞（Vittoria）的故事的複雜性，彼此間亦無可資匹敵的悲劇強度，而且玄奘在這種情況下學到的教訓，亦難讓他永誌心頭。作者不斷的把玄奘刻劃成一位喜劇人物，用嘲弄的態度來看待他的奮鬥。因此，筆下三藏的「自覺」，當然多屬吉光片羽，稍縱即逝，而不能激發任何行動上的改變。雖然如此，我們還是得留意到，玄奘的「自我戲劇化」所具有的功能，仍然可以和英國文藝復興期的戲劇技巧相比，而烏鷄國王的水厄居然會引發聖僧回顧過去同類的危難，當然更非偶然（參較四九回回目「三藏有災沉水宅」一語）。上述這種敍述上的特徵，雖然也不能證明《西遊記》確有一回佚失，但是就陳光蕊故事之含括在小說中確屬技巧高明一點而論，上述的特徵自有其作用，可以說明該故事不是取來敷衍或擴充篇幅用的。在一受害較小的場景裏，玄奘曾以律詩一首回答幾位樹精提出來的有關他年庚的問題。而烏鷄國王托夢一景，其曲折離奇處顯非無的放矢，正可以強化玄奘對樹精所吟之詩的內涵：

四十年前出母胎，未產之時命已災。
逃生落水隨波滾，幸遇金山脫本骸。
養性看經無懈怠，誠心拜佛敢俄捱？
今蒙皇上差西去，路遇仙翁下愛來。
（《西》六四回，頁七三四）

這首詩重述了玄奘早年的經驗，並道及水難的主題。四十九回玄奘在水牢內自怨自艾的那一首律詩，若合上右引與第十一回介紹他的詩一起看，恰可爲小說提供一種背景上的細節。若無此一細節之助，則八戒在第四十八回揶揄玄奘時所講的一句雙關語，就會喪失其全部的力量：「師父姓『陳』，名『到底』了」（《西》頁五六一）。

此外，第六十四回引詩裏的一句「幸遇金山脫本骸」，也具有高度的暗示性，不能等閒視之。在該詩的文義格式裏，這一行無疑指曾救江流一命的金山寺長老。不過，《西遊記》一向以精鍊的語句來呼應大乘佛法「度人」的要求；若就此一意義而論，玄奘幸遇金山一節，亦指出他實已正式加入佛門。因此，在前引詩中，玄奘曾以金山寺「脫本骸」爲贖罪的象徵，毋寧十分合適。而這個隱喻，同時也預示了第九十八回的內容。這一回的回目是「猿熟馬馴方脫殼／功成行滿見眞如」，暗示性亦強。待取經人抵達凌雲渡，以無底船接引他們的是寶幢光王佛。船方過河心，師徒一行卽看到旁邊漂來一具屍骸。悟空一向具慧眼，道：「師父莫怕。那個原來是你。」（《西》頁一一〇五）接下來，衆徒又相繼看到彼此的「本骸」。他們登上靈山彼岸後，寶幢光王佛所扮的船夫以及小說的敍述者，一再向他們道賀：他們終於捐棄本骸，獲得救贖。從小說處理河流的方式來看，我們還可以結論道：河流的母題在《西遊記》裏，確實具有傅述先在一篇鴻文裏所稱的獨特意義⑬。在主人公一生中，河流不但是毀滅的象徵，也是再生的徵兆。毋庸置疑，玄奘心裏的河流經驗，乃包括生前的災難，出世後的遺棄，以及最後的獲救等等。這一切，皆和他一生遭遇名實相符。

用這種方式來看玄奘的「自知之明」，可以幫助我們進一步闡明另一處指涉到陳光蕊故事的

---

⑬竹軒（傅述先），〈《西遊記》的第八十一難〉，《中國時報》，一九七三年三月十七日，第十二版。

地方；作者在敍述上的精妙之處，也可以從此等指涉看出。細心的讀者可能早已注意到，玄奘和很多羈旅異邦的人一樣，曾在無數場合上表現出對故國的無限懷念。他長途跋涉，越是接近目的地，敍述者就越發強調他渴望回歸故土的期盼（《西》八十回頁九一一；八一回頁九二二—二三；八五回頁九六六及九七五；八六回頁九八六—八七；八七回頁九八八；八八回頁一〇〇〇；九一回頁一〇二九；九二回頁一〇三九；九三回頁一〇五〇）。這種期盼之中，還夾雜著唯恐有負皇命的心情，也透露出不耐路遙途遠的怨懣（八八回頁一〇〇〇；九三回頁一〇五五）。在這種希望與焦慮與日俱增的心境下，取經人一步一步向天竺走去，而作者也不斷的以微妙的手法，透過他們對於西天與東土的比較，來強調玄奘的心理狀況（參較八八回頁九九九及九二回頁一〇三九）。此時玄奘的內心，實際上忐忑不安。他終於在第九十三回講出下面的話：

> 他這裏（按指天竺國）人物衣冠，宮室器用，言語談吐，也與我大唐一般。我想著我俗家先母也是抛打綉毬遇姻緣，結了夫婦。此處亦有此等風俗。（《西》頁一〇五六）

陳光蕊故事裏的一個看似細微的地方，乃如此這般的爲作者推衍成一深具意義而又引人注目的章節。如同玄奘所述，小說中的天竺讓他印象最感深刻的，正是該國的文化與自己母土的近似性——連促使他父母結爲連理的習俗，亦可在此地見到。觀察到此點，玄奘不勝唏噓。稍後悟空所以嘲諷他，可能也正因此而來。在第九十五回，悟空道：「師父說，『先母也是抛打綉毬，遇舊緣，成其夫婦。』似有慕古之意」（《西》頁一〇六二）。當然，誠如此一支節最後所示，玄奘並不像悟空所調侃的有「慕古之意」；相反的，他仍然保持可能是一生最堅定不移的美德：拒絕任何形式的性愛誘惑。這一點，即使是悟空也稱頌不已（九十五回，頁一〇九五）。

在天竺國支節裏，若非悟空視破公主原爲月宮玉兔變化而成，抛中綉毬的三藏可能眞得迎娶國王之女。在小說中，整個支節因此也是陳光蕊故事的回應與嘲諷。不過，玄奘的父親在類似的招親裏娶到一位如花似玉、貞節無比的夫人，玄奘就不然。他的「婚姻」是受迫而來的，只是旅程中連串災難的一環而已。像他父親一樣，綉毬一旦抛中，苦難的序曲便揭開，不幸乃踵繼而來。

## 三

前面的分析誠然簡略，但是，即使不能顯示陳光蕊故事確屬百回本不可或缺的一環，也應該能夠指出該故事自有其意義。要證明《西遊記》眞有佚亡的一回存在，有賴進一步發現目前不爲人知的版本資料——如果這種「發現」可能的話。即使如此，我們還是可以穩當的宣稱：百回本的作者——不管是吳承恩或另有其人——一定非常熟悉元明戲曲搬演的玄奘早歲的故事⑭，而且

⑭錢南揚，《宋元戲文輯佚》（上海，一九五六年），頁一六五—一七二；趙景深，《元明南戲考略》（北京，一九五八年），頁六八—七九；Glen Dudbridge, *The Hsi-yu chi: A Study of Antecedents to the Sixteenth-Century Chinese Novel* (Cambridge: Cambridge University Press, 1970), pp. 75-89.

這位作者還故意把江流出生與遇難等傳說，以高明的技巧編織進他的小說之中。就上述意義而言，我實難同意杜德橋所稱的「組織前十一回的各節故事中，只有此『陳光蕊故事』（按指第九回）對整個故事情節的推展沒有貢獻」的話⑮。在杜氏的評語裏，值得爭辯的問題或許是所謂「推展」一詞的涵意。如果我們用亞里士多德積極指出的「或然性」或「蓋然性」作爲評判的標準，那麼《西遊記》全書的情節發展，當然會讓我們大失所望。

在研究《西遊記》的各家刻本時，杜德橋同意汪澹漪針對第九回所發的一處懷疑：謀殺陳光蕊的強匪，如何能在江州任州主達十八年之久而不爲人所發覺？杜德橋又提到陳士斌（悟一子）在第九回末的總評中，曾以苛刻的態度開列出一些「荒謬之處」⑯。陳士斌的論點，多以對仗極嚴謹的句法寫下：

〔此篇所述唐僧〕事迹矛盾，於世法俗情亦多未洽，難可信據。如高結綵樓，拋毬卜壻，婚禮所不載。狀元之母，何至單身僑寓？宰相之女，寧乏護送赴官？州牧夫人，斷難私到江干？片板作筏，亦非保赤善策。拋毬之愛女，何一去不相往來？現官之慈闈，何別後遂成乞丐？即曰官拘資格，必無一十八年不調。雖云親故疎稀，豈無一二瓜葛聞

⑮Dudbridge, "Early Versions," 184.；蘇譯，頁三七四。

⑯同右註。

問？和尚尋親認母，何能逕入內衙，直吐肝膈？豈斗大之州，署冷官寒，不設閽人之啓閉，終鮮臧獲青衣之在側耶？及事敗成擒，又何以統兵六萬之多乎⑰？

即使我們承認陳士斌的批評力量十足，他這種懷疑論也容易引起誤導，顯然不能用在諸如《西遊記》一類的小說上。一旦如此做，後果堪虞：果眞有人相信這位清代編者的評語，那麼他儘可質疑問題重重的第九回裏的這些問題，也可以在全書中另尋出無數常人會相信的「疑點」。比方說，我們可以質問道：李唐全國的高僧如何能在榜示一個月不到的時間內就雲集長安，參加水陸大會（世本第十回；《西》頁一三〇）？黑風山的熊羆怪在竊取金池長老借自玄奘的袈裟後，何以會突發異想，邀請該長老赴「佛衣會」（世本第十七回；《西》頁一九五）？居住在天竺國附近的僧侶，又怎麼可能會想藉誦經讀經來修功果，希望轉世投胎中國（世本第九一回；《西》頁一〇二八—一〇二九）？

和中國傳統說書人的技巧一樣，《西遊記》的構築原則是善惡有報的「因果輪迴」。如果我們能夠正視這一點，那麼從全書的結構來看，陳光蕊故事就不會顯得怪異突然了。此一故事的基本特徵不僅在解釋取經人的出身，其存在更非如杜德橋所謂的在說明「倫理孝道」⑱，而是與某些民間及宗教傳統一致，在強調英雄人物的超自然背景，生逢奇緣，以及於凡世得經歷的天定災

---

⑰陳士斌編，《西遊眞詮》，卷二，頁一二乙。我用的是一九二四年上海版。

⑱Dudbridge, "Early Versions," 184.；蘇譯，頁三七五。

難。如此觀之，百回本的作者採用的河流與水難的主題，便會強化金蟬托身玄奘，遭貶凡塵的世俗性。這兩個主題隨後也究明了小說中強調的三重意義：玄奘的歷難是對前世犯錯者的「懲罰」，是對世俗取經人毅力的「考驗」，也是西天取經這一代價高昂旅程的「示範故事」。

和中國其他古典小說的作者相形之下，《西遊記》的作者照顧細節的能力不凡：駕馭如此長篇鉅製，猶能游刃有餘。第十三回中，玄奘說他曾發誓要「遇塔掃塔」（《西》頁一四四）。果然，第六十二回即擴展此一母題；到了第九十一回，又重複了一遍（《西》頁一〇三一）。太上老君的金鋼琢在第六回曾擊倒悟空；五十二回大聖遇難，奔到腦海的就是向老君借玉琢來除妖（《西》頁六〇六）。李靖曾受制於悟空，五百年後——即全書已進展了七十九回後——他還是不忘當年之耻而大罵猴頭（參較《西》第四回與八十三回頁九四七）。當然，誠如杜德橋指出的，《西遊記》的作者不曾猶豫為小說引介所有新的、不相干的神話與歷史傳統。各種牽涉到書內「要角」的事物與地名，亦皆屬有計劃的處理，其妥善之程度幾無瑕疵可尋。前文引杜氏評黃肅秋一段又謂：「如果百回本《西遊記》之作者不曾任意提及《西遊記》小說範圍以外的神話傳說，或者他對故事中其他重要人物的生平一一都加以詳細的交代」，則對黃肅秋辯稱書中確有一回佚失，「我們就無話可說」。杜德橋又進一步堅稱：「豬八戒及沙和尚這些主要人物的出身，也只隱約道出，或在倒敘時才間接表出」。面對杜氏的批評，此刻我們該問的一個問題是：這一類的說詞，當眞有內文上的證據加以支持？

首先，我們應該確認到底哪些人是《西遊記》的「要角」？杜德橋在同一段話裏，曾謂該書「旁徵博引……自古已有的神話傳說」。諸如二郎神、北方眞武、哪吒，以及李天王的故事，皆涵攝在內。杜氏又辯稱，這些神出現在小說中時，作者都沒有提供過和背景相關的細節。隨著杜氏的邏輯引發的問題是：這些神是否係小說中的「要角」？不消細說，答案十分明顯。我們甚至毋需濫用想像力，也卽可再追問道：這些神和出現頻率更大的觀音、李老君和木叉等，難道也都可以算是「要角」嗎？此一批評觀念上的稱謂，當然得保留給西行的五聖。只有他們的故事，才能集中我們的注意力。他們在旅途中碰到的各種變故，他們動作的滑稽突梯，還有他們脫口而出的各式對話，才是讓我們驚，讓我們喜，讓我們哭笑不得與心有戚戚的原因。天宮地府的諸佛仙聖數量雖然龐大，卻不過是陪襯或支撐敍事的角色罷了。

若取經人是小說的中心人物，我們還得查證作者所述八戒一類角色的出身，是否僅經「隱約道出，或在倒敍時才間接表出」。探訪答案時，我想全引來說明的例子，是八戒在第十九回答覆悟空首度詢問的一長段排律：

自小生來心性拙，貪閑愛懶無休歇。
不曾養性與修真，混沌迷心熬日月。
忽然閑裏遇真仙，就把寒溫坐下說。

勸我回心莫墮凡，傷生造下無邊孽。
有朝大限命終時，八難三途悔不喋。
聽言意轉要修行，聞語心回求妙訣。
有緣立地拜為師，指示天關並地闕。
得傳九轉大還丹，工夫晝夜無時輟。
上至頂門泥丸宮，下至腳板湧泉穴。
周流腎水入華池，丹田補得溫溫熱。
嬰兒姹女配陰陽，鉛汞相投分日月。
離龍坎虎用調和，靈龜吸盡金烏血。
三花聚頂得歸根，五氣朝元通透徹。
功圓行滿卻飛昇，天仙對對來迎接。
朗然足下彩雲生，身輕體健朝金闕。
玉帝設宴會羣仙，各分品級排班列。
敕封元帥管天河，總督水兵稱憲節。
只因王母會蟠桃，開宴瑤池邀衆客。
那時酒醉意昏沉，東倒西歪亂撐潑。

逞雄撞入廣寒宮，風流仙子來相接。
見他容貌挾人魂，舊日凡心難得滅。
全無上下失尊卑，扯住嫦娥要陪歇。
再三再四不依從，東躲西藏心不悅。
色膽如天叫似雷，險些震倒天關闕。
糾察靈官奏玉皇，那日吾當命運拙。
廣寒圍困不通風，進退無門難得脫。
卻被諸神拿住我，酒在心頭還不怯。
押赴靈霄見玉皇，依律問成該處決。
多虧太白李金星，出班俯顖親言說。
改刑重責二千鎚，肉綻皮開骨將折。
放生遭貶出天關，福陵山下圖家業。
我因有罪錯投胎，俗名喚做豬剛鬣。

（《西》頁二一二—一三）

這一首詩確實是在「倒敘」過去的歷史：其時八戒面對頑敵悟空，即將開戰。引文中八戒不斷用到煉丹術語，又提及陰、陽等詞，說明修煉成仙的過程。然而，除此之外，引文中有關過去的各種細節，在稍前的敘述中亦曾介紹過。天蓬元帥的官階，酒後戲弄嫦娥，重刑兩千鎚，遭貶凡世，投胎錯誤，福陵山下圖家業等事件，在頗具重要性的第八回俱經述說。這些細節，其實也是八戒生平的重要環節；往後諸回中，他一談到出身，便會複述這些地方，而且幾無隻字之差，如世本第八十五回（《西》頁九六九—七〇）及九十四回（《西》頁一〇六一）中者。

雖然本文的篇幅不容許我多論三藏的其他弟子，我還是得指出：《西遊記》處理悟空和悟淨出身的方法，一如其處理八戒者。如果我們細探第八回和後面的一些支節（例如二十二及九四回），我們會再度發現悟淨的生平環繞在一個「事件的基礎點」上。這一「點」第八回首加介紹，後面諸回只是一成不變予以沿用。悟空在小說中的重要地位，不消說是十分明顯的，當然需要更曲折、更精雕細琢的「楔子」來引介（一—七回）。終《西遊記》全書，他有太多的機會說明自己的出身（如《西》十七回，頁一九二—九三；五二回，頁六〇〇—〇一；六三回，頁七二一；七十回，頁七九五—九六；七一回，頁八一一—一二；八六回，頁九八〇；九四回，頁一〇六〇—〇六一）。這些事例首尾一貫，可以從一至七回建立的事實和隨後諸回的複述看出。若是缺乏第九回，那麼玄奘的出身，可能會是取經人當中唯一用典故，或藉「倒敍」來「間接表出」者，就好像杜德橋在討論衆徒出身時所說的。由此觀之，《西遊記》早期編者一再抗議前本未詳玄奘出身，也不是沒有道理。

今天所見的陳光蕊故事一回，很可能是朱鼎臣的手筆，清代編者再予以潤色。單就文體而論，即可讓我們懷疑該回的可靠性：在一部其餘九十九回共包含約七百五十首詩的偉構中，第九回是唯一欠缺詩作者。我們還難以辯駁晚出編者為正文製造出某些不連貫處的可能。不過，第九回保留了一些敍述上的基本特徵，而且在全書中顯得十分得當，倒也不容否認。這樣看來，今本中插入此回，與其說是「不諧」，還不如說是「和諧」。早期《西遊記》編纂者的判斷力，可能比現代學界對他們的評判要好多了。

**附記**：本文原為普林斯頓大學中國小說會議（一九七四年一月）而作，英文增訂稿發表於 *Journal of Asian Studies*, 34/2 (1975): 295-311。中譯稿稍作增補，發表於《中外文學》，第十六卷第十期（一九八八年三月），四一二五。

# 《西遊記》英譯的問題

## ——為亞洲協會國際中英文翻譯研討會而作

本文旨在說明英譯《西遊記》時可能會遭遇到的困難，因此，下面我擬從最難迻譯的地方著手討論。小說中有些我認為不能互譯的片段，也會一併論及。《西遊記》通篇之中，最讓我感到左支右絀，徒呼負負的地方，甚至早在第四回即已出現——其時孫悟空初登仙籙，官封「弼馬溫」。為了顯示御馬監裏的天駒力能嘶風逐電，踏霧登雲，敍述者在這一回裏特別借用了和周穆王（紀元前一〇〇一—九四二在位）、秦始皇（紀元前二二一—二〇九），以及漢文帝（紀元前二七一—二二〇）有關的「八駿馬」入詩，氣勢奪人。傳奇英雄的跨下座騎——如呂布的赤兔馬——在詩中亦神龍活現。全詩原文如次：

驊騮騏驥，騄駬纖離；龍媒紫燕，挾翼驌驦；駃騠銀騔，騕褭飛黃；騊駼翻羽，赤兔超光；踰輝彌景，騰霧勝黃；追風絕地，飛翮奔霄；逸飄赤電，銅爵浮雲；驄瓏虎駵，絕塵紫鱗；四極大宛，八駿九逸，千里絕羣①。

在處理這首詩時，譯者所以會有舉步維艱之感，非僅因衆駒之名難以英譯使然，尙因某些馬名具叶韻效果有以致之。像「騕褭」卽爲一例。至於「超光」和「追風」二駒，功用則大矣：馬名在詩中寓有深意。如果要在西方傳統裏尋覓衆馬的對稱說法，我想我們可以在神話和歷史上找到足以替代的名駒，例如阿基力士（Achilleus）座下的天馬冉薩斯（Xanthus）、巴利斯（Balius）、波達騏（Pordargê），以及皮達索斯（Pêdasos）等，或是美國南北戰爭時羅拔・李將軍的「旅人」，近代銀幕英雄羅恩・郎格（Lone Ranger）和雷伊・羅吉士（Roy Rogers）的「銀子」與「扳機」等等。但是，果若如此英譯，我懷疑有多少英語讀者能夠體會出譯者別有用心之處，更不消說會「聽」得出原詩四言體所雕鑿的鏗鏘聲籟，或是以七陽體爲主的腳韻了。我曾想在西方傳統裏尋出足以相提並論的三十二個馬名，不過努力終歸徒勞。最後，我還是扣緊原文將《西遊記》中的這首詩試譯如下：

①吳承恩，《西遊記》（北京：作家出版社，一九五四年），頁三九。下引概出自此一版本，頁碼夾附正文之中。

Hua-lius and Ch'i-chis,
Lu-erhs and Hsien-lis,
Consorts of Dragons and Purple Swallows,
Folded Wings and Su-hsiangs,
Chüeh-t'is and Silver Hooves,
Yao-niaos and Flying Yellows,
Chestnuts and Faster-than-Arrows,
Red Hares and Speedier-than-Lights,
Leaping Lights and Vaulting Shadows,
Rising Fogs and Triumphant Yellows,
Wind Chasers and Distance Breakers,
Flying Pinions and Surging Airs,
Rushing Winds and Fiery Lightnings,
Copper Sparrows and Drifting Clouds,
Dragonlike piebalds and Tigerlike pintos,
Dust Quenchers and Purple Scales,

And Ferghanas from the Four Corners.
Like the Eight Steeds and Nine Stallions
They have no rivals within a thousand miles!②

我的譯文是否得體，是否有極待改進之處，尚祈與會諸君不吝指正。

若有人曾企圖用一種口語來「詮釋」另一種口語，必然很快就得俯首招認：「雙關語」的翻譯至為不易。此類修辭技巧傳達的不僅是音義和語意上的微妙雷同，所以不易在另一種語言裏找到無懈可擊的對應說法，其加諸譯者的挑戰，更是顯而易見。我常懷疑如下的現代詩，要如何用歐陸語言轉換：

Farewell, who would not wait for a farewell;
Sail the ship that each must sail alone;
Though no man knows if such strange sea-farers
Fare ill or well,

---

②Anthony C. Yu, trans. and ed., *The Journey to the West*, vol. I (Chicago and London: The University of Chicago Press, 1977), p. 121. 下引英譯指本書，頁碼夾附正文中。

Fare well:

Learn, if you must, what they must learn who sail
The craft that must sink; sail, till the tall cloud
Is closer to the keel than that far floor,
And to those deepest deeps descend, go down;
Though you fare ill, you yet fare well, to be
King of an empty empire's kingdom come,
Amid the ruins and treasures of that sea;

Learn if you fare well,
There in the last apocalypse of the waves
What twilights deepen on the drowned man drifting
Atlantiswards, what hues light herons' wings
Aloft in sunset skies when earth is dark,
What unheard chords complete all music's close,

When, fierce as rubies in the vein-dark mine,
The lit blood blazes as the brain goes black;

Last jewel of all the world of light, until
The kingdom come of greater light, and death of night, and death
Of death, that shall also die,
If all fare well.③

若要把這首「送別」詩改譯成中文，成功的可能性更是微乎其微。詩中單單「再會」(farewell)一詞，即寓意多端。諾門・雅克愼(Roman Jakobson)曾經表示：就理論言，任何作品中的文字遊戲皆屬翻譯盲點，無以言詮④。我不願追隨這位語言學大師持如許看法，因爲譯者若天才洋溢，幸運之神每會垂憐眷顧，「神來之筆」並非不可能。雖然如此，我還是得承認在英譯《西遊記》——尤其是某些特殊片段——之時，我常常感到沮喪不堪，甚至得放棄在英文中找尋對稱口

③Elder Olson, "A Farewell," in *Collected Poems* (Chicago: The University of Chicago Press, 1963), p. 122.

④Roman Jakobson, "Linguistics and Poetics," in *Style in Language*, ed. Thomas A. Sebeok (Cambridge: The M.I.T. Press, n.d.), pp. 350-77.

語或類比的企圖。

第四十八回豬八戒開在唐三藏身上的一個玩笑，就曾令我深感力有未逮。八戒說：「師父姓『陳』，名『到底』了」（頁五六一）。若要妥善英譯這句語意雙關的文字遊戲，非得借助注解之力不可。第二十三回「三藏不忘本／四聖試禪心」中，喬扮孀婦誘惑取經人的菩薩自稱姓「賈」，夫家名「莫」。英譯者若不解說這兩個中國姓的意蘊，原情節散發的寓言力量，就不易讓讀者感受到。如果此類用法出現在自成一格的語句上，譯者的工作自然輕鬆得多。很不幸的，《西遊記》中的文字遊戲每每架構龐大，意涵深遠。全書前二十五回之中，另有一顯著的例子可再引來說明。取經人師徒在第二十回漸行漸近黃風嶺時，敍述者秉其一貫作風，賦詩為讀者「介紹」嶺上風光。全詩的寫景雖然簡單，然而挑戰終於出現在最後一節：

猛然一陣狼蟲過，
嚇得人心趷蹬蹬驚，
正是那當倒洞當當倒洞，
洞當當倒洞當山。
青岱染成千丈玉，
碧紗籠罩萬堆煙。

（頁二二七）

令人挫折頻生的文字遊戲，當然是寫妖洞的兩行，其句法很可能受到《淮南子・俶眞訓》開頭一節的影響。即使我們梳理得出該兩行複雜的句構，恐怕還是難以解釋作者這樣寫的原因。就管見所能慮及，這兩行對全詩刻劃的域外風情，根本一無幫助。我這一節的英譯試作：

Suddenly wild creatures hurried by,
Making hearts beat with fear.
Thus it was that the Due-to-Fall Cave duly faced the Due-to-Fall Cave,
The Cave duly facing the Due-to-Fall Cave duly faced the mount.
A blue mountain dyed like a thousand feet of jade,
Veiled by mists like countless piles of jade-green gauze.

（頁四〇四）

我希望在座博雅的同行爲我解蔽，使得拙譯能夠更上層樓。

由於《西遊記》充滿揷詩，體裁又繁複多變，篇幅長短不一，所以譯者所要面對的棘手問題，首先便在數量龐大的詩行中顯現出來。不用說別的，光是各詩字詞的確切涵意，就夠叫人受苦受難了。爲數更多的專有名詞，更是折煞人也。下文會再詳談作者在小說中用到的大量佛教語彙與道教煉丹術語的英譯問題。除了上述種種的疑難雜症外，另一譯事上的葛藤關乎作者常用的修辭技巧。比方說，作者常用到「複字法」(*diacope*)：在一行文字中重複一個字，然後在兩字間嵌入數字。第二十一回設莊的護法有一首頌子，開頭一句用的就是此一修辭技巧：

莊居非是俗人居。(頁二三九)

我的英譯作：

This humble abode's no mortal abode. (頁四二一)

這一句話尚稱易譯，但是，如果是句構更複雜的句子，就不易全盤「複製」中文故意要製造的音義互動效果。在第七回裏，敍述者有一次用了兩行詩來寄意全書的寓言圭旨，即爲一例。這兩行詩的原文是這樣子的：

猿猴道體配人心，
心即猿猴意思深。
（頁七〇）

拙譯如下：

A monkey's transformed body weds the human mind.
Mind is a monkey—this, the truth profound.
（頁一六八）

英譯仍然冀圖展現「尾字續用法」（*anadiplosis*）的特性，把原文第一句強調的「心」字拿來放在第二句句首。然而，爲了押韻故，我在英譯中無法重複「猿猴」一詞。同樣的，我也無力讓第二句「心深」的結構重現，以致造不成頭尾字疊合的「複聲法」（*epanalepsis*）。

在使用西方修辭術語討論《西遊記》插詩的口語特徵時，我希望不致招來炫學之譏。我和這部中國名著業已起居好幾年了，一再感到作者的文體卓絕，層面寬廣，語意又多方翻新，也深深爲之所折服。像下列數行的構築原則，在西方文學傳統裏亦可見到對應手法：

舉世無人肯立志，
立志修玄玄自明。（頁二〇）

善哉真善哉，
作善果無災。
善心常切切，
善道大開開。（頁一一二）

縱然疊字和文字遊戲不是《西遊記》的揷詩最獨特的手法，但是，相信用西方修辭術語來分析詩行的特性應屬合宜。

修辭技巧以外，另一個會讓譯者吃足苦頭的地方，出現在作者採用的象形或語源字上。在英譯第二十二回時，我有時會受困於「二土全功成寂寞」（頁二五三）一類的句子。當然，敍述者吟出上引文句，目的在頌揚沙僧歸順三藏。如果我稍前沒有注意到八戒悟淨開戰時敍述者所說的「只因木母尅刀圭」（頁二五二）一行，則根本無從了解「二土」的眞義。「刀圭」狀似小湯匙，是煉丹術士用來乾燥少量藥材或藥粉的器皿。在小說中，此一名詞是否爲沙僧的代喻，尚有待澄清。雖然如此，上引第一句中的「二土」指「圭」，應無疑問。

在第二十六回的序詩中，我們又看到作者玩了個小字謎。他爲了勸人凡事要「忍耐」，寫了兩行訓誨意味頗重的詩：

處世須存心上刃，
修身切記寸邊而。
（頁二九三）

對譯者來講，第一句可以輕騎過關，因爲只消用 sword 和 heart 二字，即可把「心上刃」的詞意托出，了不起再加註解即可功德圓滿。但是接下對的一句呢？容我坦承：曠日持久仔細推敲還未必修得成正果！

喬治・史丹納（George Steiner）新近發表的《巴別塔傾圮之後：語言與翻譯面面觀》

(*After Babel: Aspects of Language and Translation*)一書中，曾經敏銳的指出：在某一時代譯不出來的作品，換了另一個時代，結果可能會大大不同。之所以會有這種情形發生，緣於「品味、幽默、特殊的聲調，以及形式更新等因素，會彌補表面所反映的缺憾，成為衆所強調之處」⑤。若僅就《西遊記》的迻譯觀之，我願意再補充一點說明：像歷史上的很多典籍一樣，新知識的增加也是決定這本書是否可譯的重要因素。毋庸置疑，任何想譯《西遊記》的人，都得熟悉書中大量的陰陽五行以及夾雜其間的煉丹術語。雖然我不願說五十年前的人英譯不了《西遊記》，然而我卻敢大膽說一句：即使工作的難度不曾降低，但因現代學界多方研究煉丹術，成果豐碩，所以《西遊記》的英譯者如今才有可能解決諸多的語詞難題。當然，研究煉丹術的努力並非「始於昨日」。早期西方學者如馬伯樂(Henri Maspero)、詹森(O.S. Johnson)、霍克(Alfred Forke)，以及戴維斯(Tenney L. Davis)等人，都已經在這方面投下很多心力，奠定了良好的基礎。不過，晚近學者如李約瑟(Joseph Needham)、席文(Nathan Sivin)等人，卻為我們提供了更可信、更系統化的研究成果。他們的方法細膩，推論一無瑕疵，把中國秘術的本質、過程、設備，以及名詞、材料等都仔細覆按過。後者的蒐羅更完善。我在曼佛・波克特(Manfred Porkert)《中國藥學理論基礎：對應系統》(*The Theoretical Foundation of Chinese Medicine:*

---

⑤George Steiner, *After Babel: Aspects of Language and Translation* (New York and London: Oxford University Press, 1973), p. 83.

*Systems of Correspondence*）等書中，不僅發現了一些英譯《西遊記》所需的一般性材料，同時也找到一條足以指引我譯出第六十八回的關鍵性知識，價值非同等閒。悟空在這一回裏，曾假扮醫者爲朱紫國王治病。

從上述學術著作裏，我認識到「嬰兒」、「姹女」、「三花聚頂」、「金公」、「明堂」，以及「攢簇五行」等小說中可見語詞的涵意。除此之外，我個人的研究也發現：《西遊記》前二十五回有若干片段若非直引，便是借用《道藏》中的著作。我在英譯本《西遊記》的〈導論〉中，已經詳論過這些借用的來源出處⑥。儘管所獲多少可以告慰自己，第二回裏「攀弓踏弩」（頁一四）一詞的涵意，我迄今卻仍捉摸不定。此一名詞，出現在須菩提教導悟空修煉時。由於在此一細節的架構中祖師另又論及「採陰補陽」、「摩臍過氣」（同上頁）等內丹方法，所以「攀弓踏弩」也可能有「性」方面的內蘊。我曾經和席文、馬瑞志(Richard Mather)及威爾瞿(Holmes Welch)等人互通書信，希望能研究出該詞的涵意，不過最後還是掇拾無門。

另一處可能源出秘典，同樣令人迷惑的地方，出現在第十七回的一首詩中。敍述者先藉該詩頭數行稱頌悟空變化的一粒靈驗「仙丹」，然後再吟出下面兩行：

---

⑥參見 Yu, trans. and ed., pp. 39-52，以及本書頁一〇四—一二四。

三三勾漏合，
六六少翁商。
（頁二〇一）

第一句中的「勾漏」涵意不難掌握，因爲此詞通「句漏」，乃廣西境內山名，也是道教二十二洞天之一，傳說葛洪（二八四—三四三）曾在此修煉了道。辭書條文又告訴我們：此山乃因「巖穴句曲穿漏，故名」⑦。至於第二行裏的「少翁」一詞，出處較難稽考。不過，我們若從正規辭書如《佩文韻府》上來查考，還是可以得悉：齊有方士，名曰「少翁」。《史記》卷十二及二十八之中，另有此人事蹟的簡述。由於山名人名在在和道術傳統有關，因此，稱頌「仙丹」的那一首詩會用到二詞，也就顯得十分合乎邏輯了。雖然如此，「三三」與「六六」這兩個複合詞的意義，仍然有待釐清。就聖數意義言，解釋上述二詞的方法不僅限於一種。

倘若「三三」指的是倍數，那麼隱指「九」，就好像「九九」指的是「八十一」。在《西遊記》或其他古典作品裏，後一數目是神聖的「整數」。然而，在另一方面，「三三」亦可爲「三交三合」的縮稱，顯示陰陽與天等「三氣」交合的過程。《雲笈七籤》便曾一再援引這類過程，

⑦見《中文大辭典》，卷二，頁五〇八。

以便助人修煉「成道」。「三三」和「六六」最後還有一義：《易經》主卦乾坤的六爻卦，本身就代表陰陽的觀念。拙譯本上述兩行作：

"Three times three," as if fused at Kou-lou Mount;
"Six times six," as if formed with Shao-wêng's help.

（頁三六三）

當然，我還是得乞援於注解，才能讓譯文說得清楚。如果不求助於這種笨重的說明，西方讀者一定滿頭霧水。

由於本文目的不在「詳論」英譯《西遊記》所會遭遇到的各種阻礙，所以我希望前舉數例已足以「代表」困難所在，進而能刺激問題與討論。再引史丹納的話結論：「譯者的理論基礎越弱越好，彈指間即可道出最好。」⑧我個人英譯《西遊記》的經驗，實可證實史氏所言不虛。因此，雖然大會期待我多談翻譯理論，我卻根本肯定不了自己是否能夠不負所托。由於我擬以一九五四年的北京版爲本，將全部《西遊記》如數譯出，所以——不管有意或無意——指引我從事英

---

⑧Steiner, p. 273.

譯的動機，都是以最忠實於原著爲依歸的。然而，誠如多數譯界先進都已知道的，「忠實」並不等於「緊扣原文」。翻譯時的每一個步驟，也都是詮釋的行爲。史丹納的論點，說服力很強，所以沒有詮釋是不太可能會有翻譯的。我在宗教與寓言上的認識，或許也曾爲《西遊記》的英譯奠定過一點詮釋上的基礎。

諸君或許會問道：我的譯本是否能夠符合預先揭櫫的理想？此一理想是否恰當，或者根本鶩腳荒唐？我想答案應該求諸博雅有心的讀者。葉爾德・奧森（Elder Olson）在〈致瑪麗安・摩爾的情書〉（A Valentine for Marianne Moore）一詩中，曾有如下箴言：「最難想像之事／乃事實完善之觀察。」⑨這兩行詩不僅可爲詩人座右銘，於譯家亦然。

**附記**：本文原題 "On Translating the *Hsi-yu chi*"，宣讀於一九七五年香港「亞洲協會國際中英文翻譯研討會」上。全文現已收入 T.C. Lai, ed., *The Art and Profession of Translation: Proceedings of the Asian Foundation Conference on Chinese-English Translation* (Hong Kong: The Hong Kong Translation Society, 1976)，pp. 78-86。中譯稿發表於《中外文學》，第十七卷第十一期（一九八九年四月），六一—七三。

---

⑨Olson, p. 141.

# 源流、版本、史詩與寓言

## ——英譯本《西遊記》導論

### 一、玄奘事功與《西遊記》本源

《西遊記》的內容，大抵基於唐人玄奘（五九六—六六四）西至天竺取經的史實敷衍而成。西行道上危難重重，史上曾經不辭勞苦，萬里孤征的僧侶當中，玄奘並非第一人。根據現代學者查考的名錄所示①，玄奘之前，史籍可稽的取經僧，至少有以朱士行爲首的五十四位。朱氏於西元二六〇年出關，而後從者甚夥。他們西至天竺的目的，若非深造佛學，便是求取經籍，携帶回國。

①見梁啓超，〈中國印度之交通〉，收入《佛學研究十八篇》（一九三六年；臺北，一九六六年重印）；另見釋東初，《中印佛教交通史》（臺北，一九六八年），頁一六六—二二二。

這些佛僧並非人人都能遂行所願，一履信仰所在。玄奘以後，另有五十名左右的僧侶，曾經西向求法。最後一位法號悟空。他在天竺滯留約四十載，於西元七八九年始返中土②。這樣看來，玄奘的旅行只是綿延五百年的歷史時空中，大舉西行求法的偉業裏的一部分，似無特別值得稱道之處。雖然如此，我們仍然得認識到：玄奘成就空前，人格又完整無比。他早已化爲中國佛教永恆傳統的一部分了。多數論述認爲他是最著稱於世，最受人景仰的佛僧之一。

玄奘於西元五九六年出生於河南的高官顯第③，俗家姓陳。爲玄奘立傳的人，謂其生來卽珪璋特達，聰悟不羣④。八歲時，父始授儒籍；十三歲時，因兄長出家，乃隨之入洛陽佛寺爲僧：卽使行年未屆弱冠，玄奘也已顯露出研習浮屠經籍的志趣。後來他又隨兄長赴陝西，在長安城內

---

②見〈唐上都章敬寺悟空傳〉，收入《宋高僧傳》，卷三（《大正新脩大藏經》五〇：二〇六一：七二二）。另見 Sylvain Lévi and Édouard Chavannes, "L'itinéraire d' Ou-k'ong," *Journal asiatique*, 9th ser. 6 (1895): 341-85。

③現代學者大多將玄奘生年繫於六〇二年，不過梁啓超似乎認為五九六年較為可能。參見〈支那學院精校本玄奘傳書後〉，收入《佛學研究》；另參較羅香林，〈舊唐書僧玄奘傳講疏〉，收入《紀念玄奘大師靈骨歸國奉安專輯》（臺北，一九五七年），頁六六—六七。

④參見《法師傳》，卷一（收入《大正藏》五〇：二〇五三）。有關玄奘生平的其他資料，見《舊唐書・玄奘傳》；道宣，《續高僧傳・玄奘傳》；智昇，《開元釋教錄》；靖邁，《古今譯經圖記》；冥詳，《玄奘法師行傳》，以及劉軻，《大遍覺法師塔銘》等書。以英文寫的玄奘傳記，可參見 Arthur Waley, *The Real Tripitaka and Other Pieces* (London, 1951), pp. 11-130; René Grousset, *In the Footsteps of the Buddha*, trans. J.A. Underwood (New York, 1971)。

從法師誦經習典。

玄奘成長的時代，中國正值史上大變劇動。隋文帝楊堅（五八一—七〇四在位）在五八一年締造帝國，號令羣黎。雖然有隋國祚尚不滿四十載（五八一—六一八），但是成就有目共睹。亞瑟・賴特（Arthur Wright）評述道：

〔隋代〕豐功屢建，對中國後世歷史影響之大，難以評估。隋代所代表的歷史樞紐地位，恐怕只有早先的秦帝國才能相提並論。此時政令通行無礙，各種措施踵繼出現，而且打破傳統社會結構，影響甚且及於政治體制的發展。在中國歷史上，隋代不但擁有此種無可匹敵的重要地位，而且在中原板盪三百年後，猶能一統全國，重組時人的經濟生活，把過去即已滋長不已的次要文化再度重建，可謂偉矣大哉。不論是在政治或經濟上，隋人都曾立下典章制度。這些一統帝國的新觀念，又為隨後興起的大唐盛世預奠良基⑤。

此時，各種宗教傳統再度興起。文帝為謀社稷安定，力圖攏絡儒釋道三教，不但廢除北周對付宗

⑤Arthur F. Wright, "The Formation of Sui Ideology, 581-604," in *Chinese Thought and Institutions*, ed. John K. Fairbank (Chicago, 1957), p. 71.

教的嚴刑峻法，而且還爲唐代的君王立下典範，使其有所遵循⑥。雖然文帝不如梁武帝（五〇二—五四九在位）崇尚三寶，但是他鼓吹信仰不遺餘力，不容否認。他曾經庇護佛門宗派，像君士坦丁大帝振興基督教一樣，促成釋門旺盛。他又師法天竺阿育王，曾費神草擬計劃，全面修繕浮圖，在塔內安置佛骨。宏揚善法，文帝從來不落人後。除了設立宣教用的佛僧團外，他還成立過研究佛法的組織，盡心盡力。唐初的佛教文獻稱：隋末諸法已燦然大備，改宗者成千上萬，祝髮受戒者不計其數，而寺廟林立，全國可見。文獻或許誇大其辭，但離事實料應不遠。

年輕之時，玄奘十分活躍於佛教社會，以善知識聞名。從他尚爲一方沙彌時所受過的訓練，或許最足以看出此點。爲他作傳的弟子特別指出：玄奘一入洛陽的淨土宗寺院，便追隨兩位法師探究《涅槃經》與《攝大乘論》，幾乎廢寢忘食⑦。這兩部經籍歷史意義別具，反映出三百年來中土佛教教義的爭執。《涅槃經》是大乘佛法主要經籍之一，有三個譯本：首先是法顯與覺賢合譯者，其次是四二一年北涼沙門曇無讖的譯本，最後一部則由慧嚴（三六三—四四三）領導華南佛僧於元嘉（四二四—四五三）年間完成。從《涅槃經》度化者頗衆，是以該經廣受討論，尤以華南地區

---

⑥見黃聲孚，《唐代佛教對政治之影響》（香港，一九五九年）；另參見 Arthur F. Wright, "T'ang T'ai-tsung and Buddhism"，以及 Stanley Weinstein, "Imperial Patronage in the Formation of T'ang Buddhism" 等兩篇重要論文。二文俱收 Arthur F. Wright and Denis Twitchett, eds., *Perspectives on the T'ang* (New Haven, 1973), pp. 239-64 及 265-306。

⑦《法師傳》，卷一。

爲然。之所以如此，原因是此一經卷對啓悟與解脫有廣義的解釋。唐代的佛衆僅知涅槃無自性，但是，陳觀勝卻指出：

> 「《涅槃經》」教導大衆體悟佛祖確有不生不滅的自性。涅槃最後達到的境界，正是不生不滅的自性享有的福澤與清純。由此觀之，輪廻(*saṃsāra*)就變成一種朝聖之旅，導向最後與佛祖結合為一的境界。這種救贖解脫的保證，厥為萬物所具備的佛性。從生命初露胚芽以來，萬物卽已與佛祖合而為一，永世不變。因此，佛門子弟才能以身為佛祖子嗣而永保尊嚴⑧。

《攝大乘論》雖然亦屬大乘佛法，但是偏向深具理想色彩的印度瑜伽宗，其論點或可謂「精英式的解脫觀」⑨。傳記裏所刻劃的玄奘不僅精於此一典籍，在闡釋的時候，也深爲其中引發的問題苦惱不已：衆生皆有佛性？或是只有少數人才有？玄奘百思不解。加以《攝大乘論》版本問題複

---

⑧Kenneth Ch'en, *Buddhism in China: A Historical Survey* (Princeton, 1964), pp. 117-18. 玄奘以前各家詮釋此一經卷的討論，參見湯用彤，《漢魏兩晉南北朝佛教史》（上海，一九三七年），卷一，頁二八四—二八七；卷二，頁一三四—一三九，一八九—二一八。

⑨《攝大乘論》經文及玄奘所譯的世親疏俱收《大正藏》，三一：九七—四五〇：一五九二、一五九三及一五九五—九八。現代注疏參見印順，《攝大乘論講記》（一九四六年；臺北，一九七二年重印）。

雜，教義爭端時起，所以他決定親至天竺參經。幾年以後，玄奘終於抵達信心所繫之地。在往遊伊爛拏鉢伐多國的途中，他看到一尊遠近馳名的觀音像，乃合掌禱告，乞求菩薩助他實現三個願望：一路平安重返中土；來生轉世投胎於彌勒王宮，成爲自己悉地知識的化身；確定自己能夠早日成佛——倘若天下人確如聖教所言非盡有佛性的話⑩。

玄奘年輕時每與佛門大師論法，便堅信只有在求得《瑜伽師地論》後，中土才有可能認識其他具唯心傾向的經典。《瑜伽師地論》乃瑜伽宗的基本典籍，卷帙浩繁，包羅萬象。玄奘決定出關，西行問經。但是，當時邊陲不寧，請出的奏章一到宮中卽遭駁回。此時太宗（六二七—六四九在位）登基不久，政令尚未通達全國。不過，玄奘一夜夢到自己踏蓮而行，踊乎波外，最後則扶搖直上，終於順風登上蘇迷盧山頂。吉夢可以壯膽，玄奘乃於六二七年秘隨商旅出關⑪。一路風霜，險阻頻仍，苦不堪言。最後走過高昌、呾邏斯、赭時、颯秣健、波利、迦畢試，以及罽賓等國，而於六三一年抵達中天竺摩揭陀國的那爛陀寺。在此一佛門聖地，玄奘分三次從遊於年邁的戒賢法師，歷時五載。此外，他還廣遊天竺，一路參經禮佛，在諸王與僧俗面前說法。每遇旁門外道或是盜匪之流，則率皆感化之。異教炫學，亦每敗於強辯之下。十六年後，也就是西曆六四

⑩《法師傳》，卷三。另見任繼愈，《漢唐佛教思想論集》（北京，一九六三年），頁六一—六二。

⑪大部分學者均從《法師傳》，認爲玄奘出關事在六二九年。不過，梁啓超認爲時間應可再提前，羅香林亦持此見。我認爲後二氏的見解較爲可信。參見羅氏前揭書，頁六六—六七。

三年，玄奘終於決定返國。第二年抵高昌。他思慮縝密，乃於此地上表太宗，乞求寬赦專擅之罪。太宗踐阼前強敵環伺，佛衆屢次馳援，勞苦功高，因此，有道高僧上表，豈有不准之理？於是玄奘於六四五年正月安返長安，隨身携回經卷六五七部。此時太宗身在東都洛陽，正準備和高句麗開戰。

同年二月，玄奘前往洛陽，君臣終於得以相見。太宗殷殷垂詢，玄奘乃告以「白雪嶺巳（以西，印度之境，玉燭和氣，物產風俗，八王故迹」之勝⑫。太宗對於這些種種的興趣，遠過於佛法的諸般妙義。他深爲玄奘的域外文化民族的廣博知識折服，又察覺玄奘足任公輔之寄，因而勸其罷道輔弼俗務。不過，玄奘謝辭不就，反而表奏願傾餘生致力於經論漢譯。於是太宗先命玄奘柱錫洪福寺，隨後西移長安，主慈恩寺。後者爲皇太子——即後來的高宗——所修，目的在彰表母儀。玄奘入寺後，聖恩不斷，高僧大德多人助秉譯事，乃窮十九年時間致力於此。逮六六四年圓寂之時，他主譯之經論已達一三五五卷，其中包括篇幅甚長的《瑜伽師地論》。太宗褒揚玄奘而欽賜的〈聖教序〉，便是爲此論而作。至於大師本人的述作，著稱於世者有《成唯識論》和《大唐西域記》二部。前者發微世親所著之《唯識三十頌》（*Trimsika*），總十家之釋，綜述而成。後者寫取經途中所見所聞，乃由玄奘口述，再經弟子辯機（歿於六四九年）恭錄成書。

---

⑫《法師傳》，卷六。

從上面的簡述中，我們應該可以看出傳記所載的玄奘，一生是由事實與想像、神話與歷史交織而成。唯其如此，所以虛構生焉；亦唯其如此，所以有《舊唐書》中的冒險記載⑬。爾後的作家會逞想像敷陳玄奘的經歷，更非偶然。雖然如此，我們仍得切記在心：集玄奘故事大成的一五九二年百回本《西遊記》中，正史上玄奘的重要性已經微乎其微。在百回本出現之前，三藏取經的故事迭經千年演化，不但有人口耳傳佈，更有人將之筆錄成篇。各種文學形式畢集：有詩話，有戲曲，而最後的開花結果則是韻散綜合體。在漫長的發展過程裏，取經一直是說者或編纂者的中心主題。就在此一基礎上，歷來各本又一再加油添醋，使得玄奘故事近於傳說者更甚於歷史。宗教上的熱誠和責任感，是玄奘西行求法的主因。他的傳奇始而充滿大無畏的冒險犯難精神，繼之則演變成爲神怪故事與幻想之旅，不僅充斥神靈精怪之屬，更常見驚天動地的打鬥。妖魔鬼怪固然駭人，各種災厄才是故事寓意所寄。這種敍事形態緣何而來，足堪爲重要的研究課題。不過，由於杜德橋（Glen Dudbridge）於其權威之作《西遊記源流考》（*The Hsi-yu chi: A Study of Antecedents to the Sixteenth-Century Chinese Novel*）之中⑭，對上述的演化已有體大思精，謹嚴不苟的探討，所以下面我只能約略回顧明末百回本出現前西遊故事的版本沿革。

---

⑬《舊唐書》，卷一九一。

⑭Glen Dudbridge, *The Hsi-yu chi: A Study of Antecedents to the Sixteenth-Century Chinese Novel* (Cambridge, England, 1970)。下引本書概縮稱 *Antecedents*。

在史上的玄奘和有案可稽的第一個西遊故事之間，只有零星的一些相關記載分散在前人著作之中。即使如此，亦足以顯示取經的歷程已經逐漸形成為通俗傳統。《法師傳》裏所記的玄奘，特別嗜好《般若波羅蜜多心經》，常加誦習。橫渡大漠之際，若逢惡鬼與奇狀異類，只要唸經和禱告觀音，往往能憑此獲濟去邪⑮。十世紀後期刋行的《太平廣記》之中，也蒐集了一則玄奘的軼史。記述雖然簡略，不過已經點出《心經》與取經人關係這個母題。《廣記》九十二條謂：玄奘至罽賓國，一夕見一老僧，頭面瘡痍，身體膿血，口授《多心經》一卷，令其誦習，「遂得山川平易，道路開淵，虎豹藏形，魔鬼潛跡」，而後「遂至佛國」⑯。十一世紀時，位居權臣的詩人歐陽修（一〇〇七—一〇七二）撰有〈于役志〉一卷。他在卷中回憶道：一日夜飲靈隱寺，有一老僧謂該寺於後周世宗（九五四—九五九在位）時嘗為行宮，「盡圬漫之。惟藏經院畫玄奘取經一壁獨存，尤為絕筆」⑰。

上述兩件文獻，已淸楚顯示出俗衆對於西遊故事的興趣。不過，故事如何演化，文獻並未詳陳。有人物，有細節，又是以獨立的形式刋佈的第一個西遊故事，可能眞如杜德橋所說，出現得「毫無警訊」可言。原藏京都高山寺的《新雕大唐三藏法師取經記》和《大唐三藏取經詩話》二

⑮《法師傳》，卷一。
⑯《太平廣記》（北京，一九六一年），卷九二，一〇：六〇六。
⑰《歐陽文忠公文集》，卷一二五，頁四乙—五甲。

書，雖有細微的文字差異，但是內容相去無幾，學者咸認爲成書於十三世紀左右。這兩部前本曾於本世紀初重刊，旋即引起大衆注意⑱。

就像早年「出土」的一些中國通俗小說一樣，上述兩部前本《西遊記》曾令學界大感興趣。學者頻頻研究，廣加討論。然而，若就本文的目的而言，高山寺發現的本子在中國通俗小說史上的意義，恐怕遠不如其在三藏故事發展史上的貢獻大。兩部書各含十七節，不過首節俱已亡佚。其他各節的敍述方式均以散文爲主，間夾韻文，多數爲七言絕句。所述的玄奘旅次，包括神話上的幻想之地如大梵天王宮、長坑大蛇嶺、九龍池、鬼子母國、女人國、波羅國，以及優鉢羅國與王母池等。當然，玄奘最後入天竺，完成取經目的。書上又說，玄奘在香林寺取得五〇四八卷佛經，並於此地從定光佛受教《心經》。返回陝西的途中，他剖開一條大魚，從腹中救出一名棄兒。此子原來爲後母所害，待玄奘至才得以復仇。返抵京畿後，聖上聞奏來迎，勅封玄奘爲「三藏法師」。隨後不久，法師師徒一行乘從天而降之採蓮舡，望西破空而去。

《取經詩話》是我們所見最早的西遊故事，其篇幅佈局當然不能和百回本《西遊記》媲美。這部早期的本子所以爲人看重，緣於其含括的母題或主題皆能導引後本，成爲故事發展擴大的先

⑱羅振玉在一九一六年曾經檢視過《取經記》，並於其《吉石盦叢書》中將全本影印刊出，附〈跋〉。一九一一年羅氏偕王國維共檢《詩話》，並於一九一六年排印刊行，附有羅氏及王氏〈跋〉各一，分別繫於一九一六及一五年。《詩話》的現代版包括一九二五年上海商務版及一九五四年上海古籍出版社版。下引依據一九五四年版。

聲。茲摘要臚列這些主題於後：

一、猴行者護駕玄奘西行（第二節以下），最後獲「大聖」銜（第十七節）。

二、大梵天王所贈之物，包括隱形帽一頂，金環錫杖一根，鉢盂一只（第二節；另參較百回本《西遊記》第八、十二回——在這兩回中，玄奘分別從太宗和觀音處獲贈數物）。

三、白枯骨作怪（第六節；另參較《記》第二十七至三十一回的屍魔支節。五十回亦請參較）。

四、行者攻擊虎妖腹部，敗之（第六節；參較《記》第五十九、七十五和八十二回裏悟空類似的戰蹟）。

五、深沙神可能為《西遊記》裏沙僧的前身（第八節；《記》第二十二回）⑲。

六、鬼子母國的故事（第九節；參較《西遊記雜劇》第十二折及《記》第四十二回）⑳。

七、文殊與普賢二菩薩化身為女人國女王，藉機誘惑唐僧（第十節；參較《記》第二十三回及五十三—五十四回）。

---

⑲有關深沙神的重要性，參見胡適一九二三年文，頁三六四—三六五。此神早期的材料，見 Dudbridge, *Antecedents*, pp. 18-21。

⑳《雜劇》裏的鬼子母係紅孩兒之母，兩者皆經觀音降服。Dudbridge, *Antecedents*, p. 18, n.2 謂鬼子母之名在百回本中只能偶爾一見。雖然如此，此一名字出現在紅孩兒一回中卻甚具意義。參較《西遊記》（北京：作家出版社，一九五四年）第四十二回，頁四八五。本文下引《西遊記》概出自此一版本，頁碼夾附正文中。

八、第十一回提到行者曾竊王母蟠桃，不幸遭執（參較《記》第五回）。

九、第十一節又述及人參菓，謂其形如幼兒（參較《記》第二十四—二十六回）。

宋《詩話》出現的這些主題之中，最具意義者莫過於猴行者伴隨唐僧西行一事。《詩話》第二節說：唐僧出關之後，於西行途中遇一白衣秀才。此即爲行者。在百回本《西遊記》裏，此秀才一變而爲法力高強、充滿智慧而又富於英雄氣概的孫悟空。在《詩話》和《雜劇》中，行者自述的出身地皆爲花果山的紫雲洞。到了百回本，山名仍存，洞名則易。《詩話》的行者過去亦爲天廷逐客，後來保唐僧西行，救難解厄。

玄奘傳記對神怪護行，自然不著一字。他更不可能收動物精怪爲徒。宋代的詩人劉克莊（一一八七—一二六九）有一首詩，其中一行謂：「取經煩猴行者」。這個詩典可能是最早暗示悟空和取經有關的記載，可惜劉氏未詳此事原由㉑。一二三七年修竣的泉州開元寺裏，曾塑有猴像一尊。根據依克（G. Ecke）和戴密微（P. Demiéville）所述，開元寺僧傳統上都認爲此一猴像即爲悟空㉒。不過，若從服飾和兵器觀之，寺中猴像的造型和小說裏的悟空仍然有很大的差別㉓。上述

㉑《後村先生大全集》，卷四三，頁一八甲。該書卷二四，頁二甲僅道及猴行者貌醜，未詳取經主題。參見 Dudbridge, *Antecedents*, pp. 45-47 針對詩話與詩句之討論。

㉒G. Ecke and P. Demiéville, *The Twin Pagodas of Zayton*, Harvard-Yenching Institute Mongraph Series, 11 (Cambridge, Mass., 1935), p. 35.

這兩個「源頭」雖然有趣，卻仍然不能解釋下面兩個問題：通俗宗教傳統裏的唐僧爲何要收悟空爲徒？悟空的重要性又如何漸次提高，終於在百回本說部中使乃師相形失色？

杜德橋傾其大著下半部稽考悟空出身，兼及其與三藏的關係。最後，他又論及此一迷人角色何以會在三藏傳說裏具有如此特出地位的原因。杜氏所勾稽的文獻在在得體；他的舉證又詳實無比，從早期的散文傳奇如〈唐白猿傳〉、〈陳巡檢梅嶺失妻記〉㉔，一直到明雜劇如《二郎神鎖齊天大聖》、《二郎神醉射鎖魔鏡》、《猛烈哪吒三變化》、《灌口二郎斬健蛟》，以及《龍濟山野猿聽經》等等㉕，皆涵攝在內。可惜的是，這些作品之中，沒有一部稱得上是百回本《西遊記》的祖本。據杜氏自己的看法，白猴生性淫蕩，專事誘拐良家婦女的勾當，實不類百回本中的英雄猴王。杜氏又謂：「三藏的此一徒弟雖曾干犯天條，但是〔傳奇中的〕白猿徹頭徹尾難改劣

---

㉓太田辰夫和鳥居久靖《西遊記・解說》，中國古典文學大系，卅一—卅二（東京，一九七一年），頁四三二，卻反駁伊克和戴密微的說法，認爲雕像的右上角只是一尊像（非玄奘），而悟空取經功成後，也會成佛。我們可以補充一點：百回本裏的悟空確曾用過刀劍（第二及第三回），事在他奪得金箍棒之前。伊、戴二氏似乎都沒有妥善討論過雕像的頭圈。

㉔〈尋妻〉存《清平山堂話本》第三卷殘卷中；《古今小說》卷二十亦存異本，大致雷同。〈尋妻〉的繫年問題，可參見 Patrick Hanan, *The Chinese Short Story*, Harvard-Yenching Institute Monograph Series, 21 (Cambridge, Mass., 1973), pp. 116及137-38。

㉕杜德橋斷定這些雜劇成於明代，見 *Antecedents*, p. 133.

性，形如惡魔，合該處以極刑。兩個角色雖各有其傳統，但是表面上的類似處仍然不少。到了明代，傳統湊泊，某些名稱細節更是如此。」㉖事實可能確如杜德橋所述，也可能猿猴角色在文學發展上，根本就是兩個相關的傳統：一則強調惡魔猿精，其性近不義，又懦弱膽小，極待二郎神或三太子降服，如《齊天大聖》諸劇中所述者。另一傳說裏的猴精則與佛門有緣，力能踐行宗教果業，《聽經》諸本中的猿猴卽屬之。在西遊故事的演化過程裏，上述兵分兩路的傳統可能都貢獻過力量㉗。

除了杜德橋審濾過的諸本外，有多位學者亦認爲水神無支祈也是悟空的前身。學者所以持如是看法，主因水神曾犯天條，復遭大禹和觀音兩度壓禁於山腳有以致之㉘。這種看法雖然有趣，

---

㉖同上，p. 128.

㉗杜德橋批駁白猿傳奇和百回本悟空關係一節（頁一二六—二七），我並不覺得舉證確鑿。他雖然承認二十四折本《雜劇》中的孫行者顯然擅長誘拐良家婦女，但是由於如下二因，却不能視之為「可資信賴」的傳統的一部分：一、「該劇為遷就劇場需要而隨意更動故事」；二、雖然高山寺本是「最早的本子，也最可信賴，但是其中却不曾刻劃猴行者的性格。」雖然如此，我必須指出幾個疑點：一、不能僅因高山寺本成書最早，就率爾認定此一本子必須含蓋和「發展中」的傳統有關的重要成分。二、「大聖」之名早存在於高山寺本第十七節之中，雖然此一名號前並未冠上「齊天」二字。三、《西遊記》裏的悟空雖然不如《雜劇》裏的行者那般粗野，但是對於男女調情也不全然陌生（參較第六十四回，頁六九四；八十一回，頁九二七—二八）。

㉘參見胡適一九二三年文，頁三六八—七〇；魯迅原發表於一九二四年的講詞《中國小說的歷史的變遷》（香港，一九五七年重印），頁一九；黃芳崗，《中國的水神》（上海，一九三四年），頁一七八；Wolfram Eberhard, *Die chinesische Novelle des 17.-19. Jahrhunderts*, suppl. 9 to *Artibus Asiae* (Ascona, Switzerland, 1948), p. 127；吳曉鈴，〈西遊記與羅摩衍書〉，《文學研究》，第二期（一九五八年），一六九；以及石田英一郎，"The *Kappa* Legend," *Folklore Studies* (Peking), 9 (1950): 125-26。

杜德橋卻力排衆議，指出此種說法必須先假設悟空原爲水妖，而且很早就與四川傳說裏的二郎神發生關連。但這兩個假設，皆不能經由高山寺本加以證實。此外，百回本的作者雖然可能熟諳無支祈的故事——因爲六十六回中曾提到「水猿大聖」一名——但是此一角色和小說中的悟空在法力上的重疊處並不明顯。百回本中的猴王遇水即弱，幾乎是一蹶不振。因此，杜德橋結論道：無支祈的傳說「並無助於解釋我們在主要本子裏認識到的猴王英雄」，「純粹『轉化』之說應該存而不論」㉙。

如果中國本土資料說明不了悟空的來源，那麼，此一事實是否意味著我們得追隨胡適問題重重的假設，也往域外文學探求問題的答案㉚？印度史詩《羅摩傳》（*Rāmayāṇa*）裏哈奴曼（Hanumat）的故事一向廣爲人知，可能早經宗教傳播和商旅往還進入中國。蟻垤（Vālmiki）此作也早已透過西藏文和于闐文抄本，保存在敦煌文獻之中。因此，上述問題的答案極可能是肯定的。雖然如此，近來中國和歐洲的學者態度卻十分保留。他們認爲早期中國通俗文學資料——不論是說部或戲曲——頂多保留了片段、整飾過的《羅摩傳》痕跡。同意這種看法的學者不僅包括杜德

㉙Dudbridge, *Antecedents*, p. 148.

㉚參見胡適一九二三年文，頁三七〇—七二。胡適之後，陳寅恪再彈舊調，重提悟空的源流問題，見氏著〈西遊記玄奘弟子故事的演變〉，《歷史語言研究所集刊》，第二期（一九三〇年），一五七—六〇。此外，相關的評述請見鄭振鐸發表於一九三三年的〈西遊記的演化〉一文，收入《中國文學研究》（三册；北京，一九五七年），册一，頁二九一—二九二，以及黃孟文，《宋代白話小說研究》（新加坡，一九七一年），頁一七七—一七八。

橋，連吳曉鈴亦屬之。後者曾經遍檢佛經中可能受到《羅摩傳》影響的部分，辯稱《西遊記》的作者不可能見過這些經文㉛。哈奴曼和悟空的故事雖然有很多表面上的類似處，但這不過意味著《羅摩傳》和《西遊記》擁有某些共同母題。眞正能夠確定其間影響和傳承關係的證據，尚有待進一步查考。杜德橋在其大著最後一部分謂：十九世紀厦門百姓爲民俗英雄目蓮舉行的盂蘭盆祭典中，曾有人以動物的形象裝扮成目蓮的「使徒」，參加節慶。此事與傳說中的三藏及衆徒的故事，適可遙相呼應。杜氏言之鑿鑿，不過，我們仍然要問道：爲什麼「廣受歡迎的宗教與民俗英雄，非得收怪異的動物爲徒不可？」爲什麼猴類在這種現象中會鶴立鷄羣，扮演重要角色？這兩個問題的解答，有賴更深一層考察中國民間故事才能得悉。杜德橋也曾經說過：欲探本求源，得俟諸吾人已「了解宗教劇的喜感構成因素，認識到〔像〕悟空〔一類的動物精怪〕在英雄傳統裏的角色功能」，才能竟功㉜。

如果悟空的本源仍屬隱晦，在高山寺和百回本之間，仍然有三種很重要的本子可以幫助我們了解《西遊記》的形成史。明成祖勅命纂修的《永樂大典》（一四〇三—〇八）中，保存有不足一千

---

㉛吳曉鈴，頁一六八—一六九。《西遊記》的作者是否曾浸淫在佛藏中的問題，非待仔細探討小說本文，不易驟下斷語。有關藏文本《羅摩傳》之討論，參見 J.W. de Jong, "An Old Tibetan Version of the *Ramāyāṇa*," *T'oung Pao*, 58 (1972): 190-202。

㉜Dudbridge, *Antecedents*, p. 162.

一百字的一個片段。其中所述，呼應了現代版《西遊記》第九回的部分故事（百回本第十回）㉝。三藏的家世和初入人世的經驗雖然要在晚出的明本中才有詳細的敍說，但是故事的次序與結構，甚至是某些語詞，早在《永樂大典》中卽有毫髮無差的雷同。前者包含張梢與李定的漁樵對答，賣卜術士嚴守誠定罪干犯天條的龍王，以及魏徵與太宗對奕，夢斬涇河龍。後者則含括諸如老龍對太宗所講的「陛下是眞龍，臣是業龍」等語。《永樂大典》另一有趣的地方是：該文注明抄錄自古本《西遊記》。果眞如此，此一「古本」很可能就是爾後的戲曲和小說所據的「原本」(*Urtext*)。很不幸的，「古本」早已佚亡，我們甚至無從查考作者與刊刻者等資料。我們頂多只能結論道：在足本《西遊記》流通前的兩百年間，確實有人寫下一部或數部《西遊記》。

諸如此類的結論，當然還可以在韓國古代漢語教科書《朴通事諺解》中進一步加以證實。此一讀本編纂的時間約當十五世紀中葉。不過，漢城大學圖書館的奎章閣藏書所藏的現存本中卻有一序，乃繫於一六七七年。讀本中收錄的範文，有一篇講三藏在車遲國的經驗（《記》第四十四—四十六回）。更具意義的一點是，書中誠如杜德橋所說，另又「記有俗人外出購買通俗說部，而《西遊記》赫然也是架上羣籍之一」㉞。此外，書中又屢次提及神話上的地名。羣妖和衆神之名亦有

㉝北京中華書局曾影印《永樂大典》的殘卷（一九六〇年）。有關《西遊記》殘篇之論述，請參見鄭振鐸，冊一，頁二七〇—二七二。

㉞Dudbridge, *Antecedents*, p. 63. 該文的中文原文及韓譯之討論，見 *Antecedents*, pp. 179-88。

之，甚至連八戒在取經功成後加陞的「淨壇使者」一銜也不放過。這些種種，在在回應在爾後的戲曲和小說中㉟。雖然疑雲叢生的「古本」外證如此稀少，難以回復《西遊記》的原貌，但是，透過《朴通事諺解》的內文分析，我們仍然可以提出「一連串的證據，……說明通行廣泛的今本《西遊記》逐步演化成形之前，確實有人所共識的幾近定本出現」㊱。

最先梓行且以刋本形式出現的西遊故事是戲曲。前人書目上著錄的劇目中，至少有六部戲理論上應屬西遊故事。其中，至少有一部幸而可稱之爲「足本」。這便是二十四折本的《西遊記雜劇》：原發現於日本，一九二七—二八年間重印於彼邦㊲。這齣戲原疑爲元曲家吳昌齡佚失的同名劇作，不過，孫楷第稍後曾強烈反對這種說法。他考證出作者應爲楊景賢（言）。雖然如此，孫氏的見解仍然不能免於遭受質疑㊳。不管作者是誰，《西遊記雜劇》確實重要無比。原因有二：第一，全劇篇幅之長，其他的雜劇無以比擬；第二，內容豐富，敍述層面大。這齣戲幾乎

---

㉟詳細書目見 *Antecedents*, pp. 73-74。

㊱同上。

㊲原刊《斯文》九卷一期和十卷三期。我用的是隋樹森編，《元曲選外編》（三冊；北京，一九五九年），冊二，頁六三三—六九四所收者。

㊳參見孫楷第刊於一九三九年的〈吳昌齡與雜劇西遊記〉，收《滄州集》，（二冊；北京，一九六五年），冊二，頁三六六—三九八及嚴敦易原發表於一九五四年的〈西遊記和古典戲曲的關係〉，收《西遊記研究論文集》（北京，一九五七年），頁一四二—一五二。另見 Dudbridge, *Antecedents*, pp. 76-80。

一網打盡百回本之前的西遊故事所含蓋的各項主題各色人物：第一到第四折長篇敘述玄奘雙親由來，並及江流獲救與沙彌復仇等細節。接下來數折開始搬演三藏奉詔取經的故事，述及觀音爲他備龍馬馱經，調衆神保護等諸緣。行者起先作惡多端，最後當然歸順三藏，肩挑徒弟與保護者的重責大任。豬八戒一角在第十三至十六折中演到。和其他的《齊天大聖》戲比較起來，《雜劇》中有一節敘述相當獨特：降服行者的不是二郎神而是哪吒。前者收服的劇中角色，反倒變成了八戒。事實上，八戒曾誇口他除了眞君的細犬外，一無所懼。這些主題，百回本已加修改，讀者捧讀之際，卽可發覺。就悟空八戒和諸神佛關係的敘述觀之，讀者亦不難發現晚明作者才眞的是天才橫溢：他能活用「祖本」，截短取長，使之合乎自己的敘述邏輯。

## 二、版本沿革和作者問題

十六世紀刊行的百回本《西遊記》的確是前本駁雜，來源紛亂，而小說本身的龐大內容和各式版本——不論是足本或節本——也是一片廣袤的研究領域，足供嚴肅的研究者寖假其中，樂而忘返。在版本問題方面，我們幸而再有杜德橋完善周延的研究可以依恃㊴。杜氏的結論是經過小

㊴杜德橋，〈西遊記祖本的再商榷〉，《新亞學報》，第六期（一九六四年），四九七—五一八；Glen Dudbridge, "The Hundred-chapter *Hsi-yu chi* and Its Early Versions," *Asia Major*, n.s. 14 (1969): 141-91. 此文下引作"Early Versions"。

心翼翼的推演求得的，大體上可謂嚴謹無誤，毋庸細辯。

環繞在定本《西遊記》的源流問題上打轉的一些爭議，通常與百回本及其他兩部簡本的傳承有關。第一部簡本題爲《三藏出身全傳》，通稱楊本，因撰者疑爲楊志和。我們除了知道楊氏活躍於十六世紀末，是很多福建書商的同代人之外，其他關乎生平的事項就一概不知了。楊本共計四十回，若加上《東遊記》、《南遊記》和《北遊記》，便形成我們通稱的《四遊記》。東南北三記篇幅甚長，或述八仙過海，或論眞武功業，要之皆屬神話傳奇。現今所見楊本，最早的一部繫於一七三〇年。然而，若就版式觀之，其成書年代應在明末。

另一部簡本題爲《唐三藏西遊釋尼(厄)傳》，通稱朱本，因爲編次者是粵人朱鼎臣。朱本的篇幅大致和楊本相當，不過內容稍異，收錄了一回甚長的「陳光蕊故事」。後者以三藏的出身爲主，敍及他早年所歷諸難和父母的不幸。在清人黃太鴻和汪象旭所編的簡本《西遊證道書》中，陳光蕊的故事首次成爲第九回的主要內容。杜德橋認爲《證道書》編成之年，應該在西曆一六六二年左右㊵。有趣的是，《西遊記》現存最早的版本——即一五九二年刊行的百回本——並未收錄《證道書》第九回的內容。從百回本衍生、稍後出現的幾個本子，也沒有陳光蕊故事。由於朱本的書名明白本於百回本命篇之首的七言律詩（參見第一回），所以爭議便繞著何本爲先的次

㊵Dudbridge, "Early Versions," p. 151.

序問題而轉。雖然過去的學者多認爲楊朱二本早於百回本，杜德橋卻不以爲然。他認爲一五九二年由南京世德堂刋行的百回本，「才是最近於任何原本《西遊記》」的版本㊶。標準的現代版《西遊記》，是一九五四年由北京作家出版社印行者。我的英譯本，便本於此一版本迻譯而成。現代版仍以世德堂本爲基礎，再輔以六部明清足本或簡本會校而成㊷。方之任何前本，百回本都是悠遠多樣的西遊傳統裏的登峯造極之作，綜合了所有關乎玄奘西行的次要人物和主題。在篇幅和內容的含蓋上，此一小說亦遠邁任何前人的戲曲和說部。作者的結構感，同樣凌駕羣倫。他能包容組織不同的材料，氣魄不凡。下筆所至，無不雄偉渾厚。有關情節與角色發展的某些細節上的處理，顯現出來的是周延細密的計劃，面面俱到的準備功夫，以及深厚的文字功力。以現代版爲準，全書的結構可以分爲五個部分：

一、第一至第七回：悟空的誕生；他在須菩提門下習得變化功夫，以及大鬧天宫，最後為佛祖壓在五行山下等故事。

二、第八回：佛祖在安天大會上宣佈欲傳佛藏於東土；觀音東行尋訪取經人，途中勸化即將成為徒弟的衆怪。

㊶同上。

㊷見《西遊記》，頁一—七。

三、第九至十二回：玄奘出世的背景；他為父復仇的經過；魏徵夢斬涇河龍；唐太宗入冥歸來，設水陸大會超度亡魂；觀音顯靈，玄奘接受西行取經的重任。

四、第十三至九七回：取經各項歷程，包括一連串的逢妖遇怪死裏逃生的災難——玄奘命定的各種試煉。

五、第九八至一百回：取經功成；三藏師徒面謁佛祖，携帶經卷回返長安，然後再往西天，證道成佛。

由於我在〈《西遊記》的敍事結構與第九回的問題〉一文中，已經指出第九回攸關全書的敍事結構㊸，所以儘管版本證據仍嫌不足，我的英譯本並未遵照杜德橋的建議取消第九回的內容。我還是恪遵現代版，認爲陳光蕊故事不能自外於《西遊記》的基本情節，應予補入。

雖然《西遊記》從問世以來卽廣受歡迎，但是，就像《金瓶梅》或《封神演義》等重要說部一樣，這部明代偉構的作者究竟孰人，一直也是衆說紛紜的問題。陳元之在序世德堂本時，一再強調不但他不知道編纂者何許人也，連校閱書版的華陽洞天主人，或是求序於陳氏的刊刻者唐光

㊸參見拙作 "Narrative Structure and the Problem of Chapter Nine in the *Hsi-yu chi*," *Journal of Asian Studies*, 34 (1975): 295-311。此文中譯見李奭學譯，〈《西遊記》的敍事結構與第九回的問題〉，《中外文學》，第十六卷第十期（一九八八年三月），四—二五，或本書頁一—二九。

祿，亦對作者的身分一無所知。確然，與明代各刊本有關的諸君子，根本絕口不談作者問題。清代的文人雖然有作者爲江蘇山陽吳承恩（一五〇〇—八二）之說，但是此說卻要遲至一九二三年胡適發表〈《西遊記》考證〉後，才爲世人普遍接受。終吳承恩一生，官最大不過到淮安縣治，學則歲貢生（一五四四）而已。雖然如此，他在當世仍然卓有詩名，爲文則令人捧腹。現代人在研究吳承恩時，不僅爲他鈎沉出一部《詩文集》，而且作傳編年無不盡心盡力㊹。

吳承恩爲《西遊記》作者的說法，主要源出明天啓年間（一六二一—二七）修訂的《淮安府志》。這本地方志的〈藝文志〉中列有吳氏之名：

> 吳承恩：《射陽集》四冊，□卷；《春秋列傳・序》；《西遊記》㊺。

十七世紀的《千頃堂書目》之中，載有更詳細的吳氏資料。《西遊記》書名亦附於吳氏名後。不過，《千頃堂書目》卻將《西遊記》編列於史部的輿地類。

胡適所列的材料還包括《光緒淮安府志》，以及康熙（一六六二—一七二二）與同治（一八六二—七

---

㊹見劉修業編，《吳承恩詩文集》（北京，一九五八年），以及 Liu Ts'un-Yan, "Wu Ch'êng-ên: His Life and Career," *T'oung Pao*, 53 (1967): 1-97。

㊺《天啓淮安府志》，卷十九，頁三乙。

四）兩朝編修的《山陽縣志》。有清一代，肯定《西遊記》係出吳承恩之手的文人爲數不少，其中最常見引述者有二：吳玉搢（一六九八—一七七三）和丁晏（一七九四—一八七五）。後者爲古籍版本學家，而前者在《山陽志遺》裏卻有如下的說詞：

> 天啓舊志列先生（按指吳承恩）為近代文苑之首，云「性敏而多慧，博極羣書，為詩文下筆立成，復善諧謔，所著雜記幾種，名震一時」。初不知雜記為何等書，及閱《淮賢文目》，載《西遊記》為先生著。考《西遊記》舊稱為《證道書》，謂其合於金丹大旨。元虞道園有〈序〉，稱此書係其國初邱長春真人所傳。而郡志謂出先生手。天啓時去先生未遠，其言必有本。意長春初有此記，至先生乃為之通俗演義；如《三國志》本陳壽，而《演義》則稱羅貫中。書中多吾鄉方言，其出淮人手無疑㊻。

自胡適發表考證以來，東西方的學者咸認爲吳承恩就是《西遊記》的作者。

然而，這種看法近來卻遭遇到杜德橋的質疑。他從日人田中嚴之見，認爲《西遊記》不可能出自吳承恩之手。田中嚴開列的原因如次：

---

㊻引於胡適一九二三年文，頁三七八。

一、《淮安府志》所舉的《西遊記》，未必就是百回本的故事。

二、在中國文學史上，一向沒有人視「雜記」與「小說」為一體。

三、吳承恩雖善屬諧謔文，但這一點並不能充分證明《西遊記》確為氏著。

四、和百回本的刊行有關的諸子，根本不知此書係出何人。

五、李贄（卓吾，一五二七—一六〇二）評點過《水滸傳》、《西廂記》和《西遊記》；他也沒有談到吳承恩是作者㊼。

田中這五個論點，最切中肯綮的當屬最後一條，因爲李卓吾在評點《西遊記》時，距吳承恩去世尚不滿二十載。倘若吳氏文名確如《淮安府志》所述那樣遠被，爲何李卓吾顯得一無所知？評點本之中，李氏數度露出不勝羨慕作者的態度。如果他知道作者之名，爲何要保持緘默㊽？

我必須指出，問題的答案可能眞如田中的揣測：「未提」即表示「不知」。而如果李卓吾眞的「不知」，那麼學者所假定的吳承恩的「成就」，可能就禁不住細究了。雖然如此，這並不是唯一可能的答案。爭辯的塵埃仍未落定，因爲李卓吾亦未否定吳氏爲作者。此外，吳承恩果眞從遊於通稱「後七子」的晚明詩文理論家，那麼我們更有理由懷疑李贄不提吳承恩的動機。李氏一

㊼田中嚴，〈西遊記の作者〉，《斯文》，新第八號（一九五三年），頁三七。

㊽李贄評注的例子，可參考前注文引文，在頁三三—三四。

向與後七子鼓吹的文學運動爲敵㊾，而且態度死硬，頻加攻擊。他後來遭執下獄，乃至於自殺身亡，起因皆在自己強烈反對傳統，政治文學皆然㊿。既然如此不相善於復古文人，他怎麼可能願意把吳承恩和《西遊記》並列一處？

我們當然不能因吳氏「復善諧謔」，就率爾認定他是《西遊記》的作者。然而，小說的喜感豐富，諷刺性強，卻也是不爭的事實。就這一點而論，當然又不可能排除吳氏可能爲作者的假設。在「機巧」之外，最能顯示吳氏個性與《西遊記》有關的一個證據，可能是他在文學上自稱偏好神怪與域外奇譚的作風。在今日已佚的短篇集《禹鼎志》的〈序〉文裏，吳承恩不僅論及上古禹王的傳說，還道出自己的文學傾向。他說：

> 余幼年卽好奇聞。在童子社學時，每偷市野言稗史，懼為父師訶奪，私求隱處讀之。比長好益甚，聞益奇。迨於既壯，旁求曲致，幾貯滿胸中矣。嘗愛唐人如牛奇章段柯古輩所著傳說，善模寫物情，每欲作一書對之，嬾未暇也。轉嬾轉忘，胸中之貯者消盡。獨

---

㊾Liu, "Life and Career," pp. 17-20.

㊿見郭紹虞，《中國文學批評史》（二册；上海，一九四七年），册二，頁二四二—四六。另見吳澤，《儒教叛徒李卓吾》（上海，一九四九年），頁五九—一二八；容肇祖，《李卓吾評傳》（上海，一九三六年），頁六九—一〇六；以及 C.K. Hsiao, "An Iconoclast of the Sixteenth Century," *Tian Hsia Monthly*, 6 (1938): 417-41。研究李氏歷史觀的近文有趙令揚，〈李贄之史學〉，《東方文化》，第十一期（一九七三年），一二二—一四二。

此十數事，磊塊尚存；日與嬾戰，幸而勝焉，於是吾書始成。因竊自笑，斯蓋怪求余，非余求怪也。彼老洪竭澤而漁，積為工課，亦奚取情哉？雖然吾書名為志怪，蓋不專明鬼，時紀人間變異，亦微有鑒戒寓焉[51]。

百回本的作者顯然熟悉《酉陽雜俎》的內容。這一點，可從第十五回提到的「三蟲」以及二十二回轉述的吳剛故事見出端倪。本文下一節會告訴讀者，《西遊記》的作者不但精於某些煉丹秘笈，而且他所著的此一記鬼怪和取經行的傑作亦「不專明鬼」，蓋其「時紀人間變異，亦微有鑒戒寓焉。」

最後，容我補述一點。柳存仁教授在其〈吳承恩評傳〉中，曾試圖比較《西遊記》和吳承恩所遺詩作的格律，並且下了一個十分含糊的綜結[52]。不過，柳教授忽視了一個相關的細節，值得我們再探一番。《淮安府志・人物志》之中，有一描述吳承恩之處，前揭吳玉搢書中曾徵引部分。該志卷十六的全文如下：「吳承恩性敏而多慧，博極羣書，為詩文下筆立成，清雅流麗，有秦少游之風。」[53]此一敍述中最值得我們加以重視的地方，厥為作者之比擬吳承恩於秦觀（一〇四

---

[51] 見《詩文集》，頁六二。Hu Shih, "Preface" to *Monkey: Folk Novel of China by Wu Ch'êng-ên*, trans. Arthur Waley (London, 1942), p. 1 有此文之英譯。

[52] Liu, "Life and Career," 68-70.

[53] 《淮安府志》，卷一六，頁一三甲。

九—一一〇〇）。按少游乃北宋大詞家之一，文學史謂其身列蘇軾門牆。此處令我們感到詫異的是，爲何獨獨少游雀屏中選，爲府志纂者取而與吳承恩相較？是因秦氏的出身乃鄰近淮安的揚州高郵，抑復別有情懷？就《詩文集》的詩詞風華而論，吳承恩縱然不是才情橫溢，也稱得上是小有所成。他流傳後世的詞，顯示確有一己的詩格，比如意象的排比精到微妙，情景交融渾然天成。他時作大膽之語，細寫聲色；時而不避俚俗，令人驚駭不置。就後者而言，北宋詩人如蘇東坡、秦觀，南宋詩人如辛棄疾等，皆爲個中高手[54]。不過，我曾經詳細比對過吳承恩的五十三首詞，發現他的風格雖然大體近乎少游，細較之下卻難斷言。雖然如此，《西遊記》中有一首〈西江月〉，其敍寫靈感顯然是借自秦觀，適可說明兩人間的微妙關係。出現在第十回開頭漁樵對答中的這首〈西江月〉是這樣子寫的：

紅蓼花繁映月，黃蘆葉亂搖風。
碧天清遠楚江空，牽動一潭星動。
（頁一〇一）

---

[54] 例見《詩文集》下列諸詞：〈如夢令〉（頁一七一），〈浣溪沙〉（頁一七二—一七三），〈菩薩蠻〉（頁一七三—一七四），〈西江月〉（頁一七五），〈滿江紅〉（頁一七八），〈送我入門來〉（頁一八二），以及〈滿庭芳〉（頁一八四）。

從下引秦觀的〈滿庭芳〉看來，《西遊記》中的這首詞摭拾自少游，乃爲毋庸置疑之事：

> 紅蓼花繁，黃蘆葉亂。
> 霽天空濶，雲淡楚江青。
> ……
> 金鈎細，絲綸慢捲，
> 牽動一潭星[55]。

在中國文學傳統中，修辭上的借用或模仿本不足爲奇。歷來文人墨客雅好此道者，不知凡幾。因此，上面的排比或許僅能證明《西遊記》的作者嫻熟秦觀之作。但是，我們若從《府志》所謂吳承恩「有秦少游之風」一語觀之，後世有意一窺《西遊記》作者問題的學者，或許就該詳細覆核上引的小詞了。

今日的學者雖然振振有詞反對吳承恩爲作者，但是，對我而言，吳氏仍然是晚明鉅著《西遊記》最可能的作者。雖然如此，由於確證難稽，我在譯本的封面上，只好雅不願意的「漏列」吳

---

[55] 秦觀，《淮海居士長短句》（北京，一九五七年），頁一一。

氏之名。

## 三、詩、宗教主題與寓言的功能

從文藝復興以降，典型的西方小說多屬散文虛構。《西遊記》則不類這種作品。本書主體雖為散文，但是敍述上卻夾有大量長短不一，體裁繁多的詩行。當然，白話小說中不乏韻散交替的例子，所以我們無須訝異《西遊記》中的同類現象。如果要從遙遠的西方傳統中尋覓足以相提並論的例子，我們可以援引孟尼帕斯（Menippus）早期的諷刺文，稍後包伊夏斯（Boethius）貌似《奧加辛與尼可烈》(*Aucassin and Nicolette*)的《哲學之慰藉》（*The Consolation of Philosophy*），以及班揚（Bunyan）、拉伯雷（Rabelais）等人的作品。在中國，韻散交錯的形式顯然較為成熟，不但文人擅長使用，藝術價值也高。在唐人的小說和戲劇裏，詩詞就已具有特殊的文學功能⑯。像〈鶯鶯傳〉或〈嵩岳嫁女〉一類敍事作品中的詩，功用繁複，一來可藉角色情感的掀露而推動情節進展，二則為戲劇性對白的套式。在後來的戲曲中，這類對白套式大有演進。用詩詞作為敍事、寫景或教化之用，無疑也曾受到佛教文學的進一步刺激。敦煌變文的發展，也是激勵的

⑯任半塘，《唐戲弄》，（二冊；北京，一九五八年），冊二，頁八七六—八八八。

要素之一。

讀過《大智度論》和《維摩詰所說經》的人，莫不察覺墨里斯．溫特尼玆（Maurice Winternitz）聲稱的「古老佛教文學的形式」。溫氏意指：「先用散文傳達觀念，然後再飾以韻文，或是先用散文點出教義，然後再用韻文敷衍」的作品㊼。除了佛經之外，讀者也可以看到韻文在變文中據有重要的地位。變文的作者通常用韻文來發展散文敍述。因此之故，韻散兼用乃成爲變文文學的形式特色。

從一八九九年敦煌石窟發現變文以來，此一文類的歷史背景卽廣爲人知。多數變文寫於第八到第九世紀間，並以佛門聖賢或高僧「行狀」（*Leben und Treiben*）爲主題。不過，其間亦夾有處理中國傳奇或歷史人物的世俗之作。宗教性變文的嚆矢，可以溯至佛僧佈經宣教的努力。這些沙門爲求深奧的佛理能爲俗衆接受，乃藉說書的方式傳佈經義，期能激勵興趣。這種方式，據稱佛祖亦曾使用過，而且技巧精湛，垂爲後世典範㊽。西方宗徒時代及中世紀的詩人，常常以「史詩」的形式闡發《聖經》主題，如朱文卡斯（Juvencus）的《福音頌詩》（*Libri Evangeliorum*

---

㊼Maurice Winternitz, *A History of Indian Literature*, trans. S. Ketkar and H. Kohn, 2 (Calcutta, 1933), p. 91.

㊽Winternitz 前引書頁一一五曾引《妙法蓮華經》指出：「佛祖藉助的教學工具有經（*sūtras*）、偈頌（*gāthās*）、傳奇與本生故事（*jātakas*）等。」

*IV*）、謝杜里爾斯（Sedulius）的《基督傳》（*Carmen Paschale*）、無名氏著的古英文長篇《赫里安德》（*Heliand*），以及賈可柏斯・波那士（Jacobus Bonus）的《基督之生命與精神》（*De Vita et Gestis Christi*）等皆屬之。變文作者闡發佛典的技巧，差堪比擬上述諸人。他們的作品充滿了想像，每每加油添醋，把經論中個別的情節發展一番。甚至在事件與人物的編列等方面，他們也都隨一己之意而更動或添加。變文的內容摻雜簡短的半文言散文與冗長的五七言詩，每自《妙法蓮華經》或《維摩詰所說經》之類的佛典中擷取一二百字的片段，然後擴張而成其多達數千字的長篇敍述[59]。這些故事很可能一開始是先在佛寺的慶典節日上誦讀的。據《高僧傳》載，大衆的反應似乎不錯，尤其是描寫地獄慘相的段落，更常令人唏噓不已[60]。

佛教變文風靡一時的程度，或可從往後作者競相模仿其形式，在歷史和民俗故事中取材創作看出。這種結合韻散的獨特敍事模式，在文學上流傳甚遠，宋元說書和民間戲曲的形式，便是承襲此一傳統的鉅大影響而來。於是乎，白話小說和結合韻散的敍事模式之間的關係，便成爲當代學者經常處理的課題了。鑽研宋元小說戲曲的學者大多已經注意到，「有詩爲證」一類的韻文，

---

[59] 見《妙法蓮華經講文》及《維摩詰經講文》。二文俱收王重民等編，《敦煌變文集》（二冊；北京，一九五七年），冊二，頁五〇一—六四五。

[60] 胡適，《白話文學史》（一九二八年上海首版；臺北，一九五七年重印），頁二〇四—二一〇。

可以有發揮議論、道德示範、歷史褒貶與綜結故事等作用[61]。到了明清之際，韻散交替的現象更上一層發展，變成具有高度彈性的敘事媒體。不過，若就此一技巧的創新而言，恐怕鮮有人能敵過《西遊記》的作者。他的觀察敏銳，語彙生動鮮明，對於各種詩體的運用更是圓熟無比。

《三國演義》裏的證詩多引自史上詩人，而且如希臘古劇場上的歌舞隊一般，主要用於人物月旦上。《金瓶梅》裏數量驚人的詩詞曲文，則常用於確立特殊情節的時空背景。即使是晚出的《紅樓夢》，其中抒情傳統的功能，也只是在揭示人物心性的發展，藉此表出情節主旨，批判隳敗腐化的孔門道德觀。這雖屬徒勞，卻能使讀者深深動容。《西遊記》裏的韻文功用就一反上述古典說部，因為這些詩詞的原創性強，形式上又變化多端，不泥於一，正可以和敘述者共同擔負起「說故事」的重責大任[62]。作者不會放過任何機會；只要能夠讓他一展身手，他就會迫不及待的賦詩為證。所以，我們在小說中看到的詩體，從絕句、律詩、排律、詞，一直到賦都有。第一

---

[61]見 James I. Crump, "The Conventions and Craft of Yüan Drama," *Journal of American Oriental Society*, 91 (1971): 14-24, "The Elements of Yüan Opera," *JAS*, 17 (1958), 425-26; Cyril Birch, "Some Formal Characteristics of the *hua-pen* Story," *Bulletin of the School of Oriental and African Studies*, 17 (1955): 348-457; Jaroslav Průšek, "The Creative Methods of Chinese Mediaeval Story-Tellers," in *Chinese History and Literature* (Dordrecht, Holland, 1970), pp. 367-68; Patrick Hanan, "The Early Chinese Short Story: A Critical Theory in Outline," *Harvard Journal of Asiatic Studies*, 27 (1969): 174; idem, "Sources of the *Chin P'ing Mei*," *Asia Major*, n.s. 10 (1963): 28; idem, "The *Yün-men Chuan*: From Chantefable to Short Story," *BSOAS*, 36 (1973): 302-03。

回的故事不過在講猴王出世及最後命名悟空的經過，篇幅不可謂長，但是一口氣卻含括了十七首韻文，包括上述各種詩體。亞瑟・威里（Arthur Waley）的節本《西遊記》英譯，閱者頗不乏人，但是原文詩體的多樣性就慘遭抹殺，例如猴王在「松陰下頑耍」那一首詩，以及羣猴發現洞天福地後敍述者描摹水簾狀態所用的律詩，都未曾譯出。

---

(62)《西遊記》裏有三十二首詩經過小部分改寫後，重現於《封神演義》之中。後者的繫年與作者問題，如今尚難確定，不過一般咸認書成之時和《西遊記》相當。下表對照列出雷同詩的回數頁碼（我用的《封神演義》是一九六〇年香港中華書局版）：

| 詩序 | 《西遊記》 | 《封神演義》 | 詩序 | 《西遊記》 | 《封神演義》 |
|---|---|---|---|---|---|
| 第一首 | 第一回頁二 | 第四三回頁四〇一 | 第十七首 | 第四一回頁四七六 | 第六四回頁六二三 |
| 第二首 | 第一回頁八 | 第三八回頁三四八—九 | 第十八首 | 第四二回頁四八六 | 第八三回頁八一九 |
| 第三首 | 第一回頁九 | 第三七回頁三三五 | 第十九首 | 第四七回頁五四二 | 第八八回頁八八〇 |
| 第四首 | 第一回頁十 | 第六一回頁五八五 | 第廿首 | 第四八回頁五五五 | 第八八回頁八七九 |
| 第五首 | 第四回頁三七 | 第十二回頁一一六 | 第廿一首 | 第四八回頁五五五 | 第八九回頁八八九 |
| 第六首 | 第五回頁五一 | 第四五回頁四一九 | 第廿二首 | 第五十回頁五七五 | 第四五回頁四二六 |
| 第七首 | 第七回頁七〇 | 第七八回頁七六五 | 第廿三首 | 第五六回頁六四三 | 第五九回頁五六七 |
| 第八首 | 第七回頁七六 | 第七八回頁七六四 | 第廿四首 | 第六五回頁七四二 | 第六三回頁六一三 |
| 第九首 | 第十六回頁一八五 | 第六四回頁六二一 | 第廿五首 | 第六六回頁七五一 | 第五八回頁五五九 |
| 第十首 | 第十七回頁一九一 | 第四九回頁四六五 | 第廿六首 | 第七〇回頁七九六 | 第六三回頁六〇六 |
| 第十一首 | 第十八回頁二〇四 | 第五二回頁四九四 | 第廿七首 | 第八四回頁九五三 | 第六二回頁五九五 |
| 第十二首 | 第二八回頁三一八 | 第五五回頁五二〇 | 第廿八首 | 第八五回頁九六六 | 第六一回頁五八三—八四 |
| 第十三首 | 第二八回頁三一五 | 第六六回頁六四一 | 第廿九首 | 第八六回頁九七六 | 第六二回頁六〇一 |
| 第十四首 | 第三六回頁四一一 | 第五五回頁五一八 | 第卅首 | 第九六回頁一〇八〇 | 第八五回頁八四一 |
| 第十五首 | 第三七回頁四二一 | 第五四回頁五一四 | 第卅一首 | 第九八回頁一一〇三 | 第七一回頁六八七 |
| 第十六首 | 第四一回頁四七二 | 第七一回頁六九四 | 第卅二首 | 第九八回頁一一〇六 | 第六五回頁六二八—二九 |

若思深入探討《西遊記》裏的韻文，可能需要長於本文的專論才能說明清楚。下面我只能略述詩詞的功能，爲讀者稍作提示。《西遊記》中用到的韻文，大致可以有三種功能：一、寫景，包括鬥法的場面、四時景色，以及人、神、妖魔的敍寫。二、用作「對話」。三、評論情節進展與人物個性。最後一類韻文時常用到宗教主題和修辭方式，有時也摻合著寓言技巧——這些下文論寓言一節會再詳談。

夏志清認爲在整個中國文學的傳統裏，《西遊記》的作者是「最擅長於敍情寫景的詩人中的一位」[63]。此言確乎一語中的。小說中多數的寫景詩詞，都是出以高超的寫實技巧，絲絲入扣的刻劃，以及深刻的幽默。雖然要英譯前述第一回「松陰下頑耍」一詩，要完全再現其強而有力，簡鍊精緻的三言句，殊不可能，但是，在譯本之中，我仍然企圖抓住詩律上的活力，期能表現出

---

柳存仁的 *Buddhist and Taoist Influences on Chinese Novels, Vol. I: The Authorship of the "Fêng Shên Yen I"* (Wiesbaden, 1962), pp. 204-42，以及衛聚賢的《封神榜故事探源》（作者自印；香港，一九六〇年），册二，頁二〇七—〇九之中，皆表示《封神演義》為《西遊記》的成詩來源。但是，輔仁大學的康士林 (Nicholas Koss) 曾在印第安那大學撰碩士論文一篇，詳細比勘兩說部中的詩。他的初步結論如下：就用語、句構、韻律，以及為適應故事情節所作之可能變異而言，似乎應該說《封神演義》借用了《西遊記》。康氏英文修訂稿原題與發表處如下：Nicholas Koss, "The Relationship of *Hsi-yu chi* and *Fêng-shên Yen-i*: An Analysis of Poems Found in Both Novels," *T'oung Pao*, LXV, 4-5 (1979): 10-65。此文中譯見呂健忠譯，〈由重出詩探討西遊記與封神演義的關係〉，《中外文學》，第十四卷十一期（一九八六年），一三〇—一四八。

⑬C.T. Hsia, *The Classic Chinese Novel: A Critical Introduction* (New York, 1968), p. 120. 下引本書概稱 *Introduction*。

作者的天才：

跳樹攀枝，採花覓菓；
抛彈子，邸麼兒；
跑沙窩，砌寶塔；
趕蜻蜓，撲虮蜡；
參老天，拜菩薩；
扯葛藤，編草帓；
捉虱子，咬又掐；
理毛衣，剔指甲；
挨的挨，擦的擦；
推的推，壓的壓；
扯的扯，拉的拉：
青松林下任他頑，綠水澗邊隨洗濯。
（頁三）

Swinging from branches to branches,
Searching for flowers and fruits;
They played two games or three
With pebbles and with pellets;
They circled sandy pits;
They built rare pagodas;
They chased the dragon flies;
They ran down small lizards;
Bowing low to the sky,
They worshiped Bodhisattvas;
They pulled the creeping vines;
They plaited mats with grass;
They searched to catch the louse;
They bit or crushed with their nails;
They dressed their furry coats;
They scraped their finger nails;

Some leaned and leaned;
Some rubbed and rubbed;
Some pushed and pushed;
Some pressed and pressed;
Some pulled and pulled;
Some tugged and tugged.
Beneath the pine forest they played without a care,
Washing themselves in the green-water stream.

（英譯本册一，頁六八—六九）

第八十九回寫「蝶姿」的一首詞，也是白描細寫的好例子：

一雙粉翅，兩道銀鬚。
乘風飛去急，映日舞來徐。
渡水過牆能疾俏，偷香弄玉甚歡愉。
體輕偏愛鮮花味，雅態芳情任卷舒。

（頁一〇一〇）

我們還可以舉出第三個例子，一睹詩人寫景的能力。二十回取經人行經黃風嶺，惡風乍起，三藏叫道：「你看這風」——

巍巍蕩蕩颯飄飄，渺渺茫茫出碧霄。
過嶺只聞千樹吼，入林但見萬竿搖。
岸邊擺柳連根動，園內吹花帶葉飄。
收網漁舟皆緊纜，落篷客艇盡拋錨。
途半征夫迷失路，山中樵子擔難挑。
仙果林間猴子散，青花叢內鹿兒逃。
崖前檜柏棵棵倒，澗下松篁葉葉凋。
播土揚塵沙迸迸，翻江攪海浪濤濤。

（頁二二八）

以上三首詩不過順手拈來，但也足以例示作者詩藝風采：他只用區區數行，便把描寫對象的基本特質一一道盡。這些「對象」可以小至一隻蚊子（十六回）、蜜蜂（五十五回）、蝙蝠（六十五回）、飛蛾（八十四回）、螞蟻（八十六回）或兔子（九十五回）等，大至與三藏衆徒作對的無數妖邪、打鬥過程，以及行經之地的各種景緻。不過，最常引起讀者注意的，還是綿密精緻，洋洋大觀的細節刻劃。其實，若以某些傳統抒情詩的觀念繩之，《西遊記》裏大多數的詩詞確實不足以納入一流之列，因爲詩中遣詞用字的形象性太強，而且往往不假修飾。作者的語言太過直接了當，大膽剝露，因而難以具有渲染性或是暗示性，缺乏大部分中國抒情詩人所珍惜、所表現在詩中的那種飄渺的隱喻特質。

然而，傳統所不取的也可能正是《西遊記》的優異之處，因爲作者透過這些詩詞所要傳達的，並非早期中國隱逸詩那種以象徵意象塑造出來的抒情情懷。作者也不像很多唐宋詩人一樣，一心一意追求情景交融⑭。他更無意借用抒情傳統來體現上古「詩言志」的理想。《西遊記》中的寫景詩詞了無深刻的道德教訓，缺乏深邃的哲學內涵，原因便在於此⑮。作者眞正想要傳遞給

---

⑭參較 Eugene Eoyang, "The Solitary Boat: Images of Self in Chinese Nature Poetry," *JAS*, 32 (1973): 593-622。

⑮C.H. Wang, "Towards Defining A Chinese Heroism," *JAOS*, 95 (1975): 26 謂：《西遊記》裏的詩「缺乏凝重與堅實感」。此語無疑正確。不過，這一點也正是小說中的「詩」不能僅視為「詩」的原因：詩和敘述渾無罣礙的結合在一起，造成的是「史詩」的效果與力量。荷馬和味吉爾的明喻連篇累牘，但是若抽離自其敘事架構，則通篇不過是一段段「徵逐追尋」的民謠體詩行。力量或許感人，然不復為「史詩」矣！

我們的，似乎是自然景物力量十足的臨卽感。我們在閱讀這些詩詞時，會像小說中的要角一樣，「親身」體驗到自然在呈現自身時所表現出來的那種圓滿、繁複與多變。爲了表現自然界的生生不息，詩詞本身常常用到一種「延宕擴張法」。第一回寫悟空出身地花果山的景緻，便有「賦」爲證：

> 勢鎭汪洋，威寧瑤海。勢鎭汪洋，潮湧銀山魚入穴；威寧瑤海，波翻雪浪蜃離淵。木火方隅高積上，東海之處聳崇巔。丹崖怪石，峭壁奇峯。丹崖上，彩鳳雙鳴；峭壁前，麒麟獨臥。峯頭時聽錦雞鳴，石窟每觀龍出入。林中有壽鹿仙狐，樹上有靈禽玄鶴。瑤草奇花不謝，青松翠柏長春。仙桃常結果，修竹每留雲。一條澗壑藤蘿密，四面原堤草色新。正是百川會處擎天柱，萬刧無移大地根。（頁二）

後來猴王屬下的羣猴宴飲作樂，石凳石桌上排列的佳餚包括：

> 金丸珠彈，紅綻黃肥。金丸珠彈臘櫻桃，色眞甘美；紅綻黃肥熟梅子，味果香酸。鮮龍眼，肉甜皮薄；火荔枝，核小囊紅。林檎碧實連枝獻，枇杷緗苞帶葉擎。兎頭梨子雞心棗，消渴除煩更解醒。香桃爛杏，美甘甘似玉液瓊漿；脆李楊梅，酸蔭蔭如脂酸膏酪。

紅囊黑子熟西瓜，四瓣黃皮大柿子。石榴裂破，圓砂粒現火晶珠；芋栗剖開，堅硬肉團金瑪瑙。胡桃銀杏可傳茶，椰子葡萄能做酒。榛松榧柰滿盤盛，橘蔗柑橙盈案擺。熟煨山藥，爛煮黃精。搗碎茯苓並薏苡，石鍋微火漫炊羹。（頁六—七）

眞的是「人間縱有珍饈味，怎比山猴樂更寧？」同樣的，我們在第十七回眼見的熊羆怪所居洞穴，其周遭景緻如下：

煙霞渺渺，松柏森森。煙霞渺渺采盈門，松柏森森青遶戶。橋踏枯槎木，峰嶺繞薜蘿。鳥啣紅蕊來雲壑，鹿踐芳叢上平臺。那門前時催花發，風送花香。臨堤綠柳轉黃鸝，傍岸夭桃翻粉蝶。雖然曠野不堪誇，卻賽蓬萊山下景。（頁一九一）

這幾首詩賦有部分用到疊句，極其明顯。詩人所以這樣寫，是爲了克服詩語本身的局限：文言文的結構精簡無比，而詩人又復好用傳統習語。其實我們不消多讀古詩，就可以知道「汪洋」、「雪浪」、「紅綻」、「黃肥」，以及「松柏森森」等語詞，都是使用頻繁的「套語」。在寫作時，《西遊記》的作者很少露出擬超越傳統語彙和比喻的企圖。有很多詩中用到「五行」和煉丹術語，的確特殊，但是這類語彙並非僅見於本書：唐宋一些次要詩人的作品，早已創下先例。《西遊記》作者眞正值得我們注意的寫法是：把常人會結合在一起的語詞拆開，放在不同的句子裏。所以，與其寫成「松柏森森青遶戶」，他認爲不如先寫松柏，然後再重複一遍和樹木有關的特殊景觀。結果詩的動作馬上延緩下來，常態下簡潔明快的詩律因此就放緩腳步了。疊句可以吸引注意力，強化詩行內容的廣度。這個技巧一再出現，使詩人興趣的廣泛和識見的優異一展無遺。我們之所以會感到印象特別深刻，是因作者全然不避世俗或怪異的色彩。各色美食，家居器皿，飛禽走獸，昆蟲花草，天神地鬼，都在我們眼前走過，步調不徐不急，形貌又多樣多變，使我們深深體會所謂的「天降富饒」(God's plenty)。如此一來，詩語便有了特殊的功能，值得和荷馬詩歌互比一番。傳統中文詩語的用法，有其嚴格的聲調、格律與文體風格規律。《西遊記》作者活用傳統的方式，使他的詩詞帶上一位學者所提出的荷馬名號修飾語(epithet)特質。兩者都會吸引讀者體察「萬物的優異性」[66]。

小說中的詩詞不但擅長呈現自然界的秀麗，也善於傳達時間的律動，或是季節的推移[67]。雖然作者在有意無意之間，把唐僧十六年取經行誤寫爲十四年，我們找不到任何證據足以說明他確

---

[66] William Whallon, "Old Testament Poetry and Homeric Epic," *Comparative Literature*, 18 (1966): 113-31。另見氏著 *Formula, Character and Context: Studies in Homeric, Old English and Old Testament Poetry* (Cambridge and Washington, D.C., 1969), pp. 68-70。

[67] 參見荒井健，〈西遊記のなかの西遊記〉，《東方學報》，第三十六期（一九六四年），五九一—九六。此文所論頗有見地。

實想要縮短三藏的漫長旅程。相反的，小說中有很多細節，目的正是要強調西行時間遙無止期。不僅取經人再三感嘆路遙途遠，不知那日才到得了西天（參見《記》二十四回，頁二七〇；八十回，頁九一一；八六回，頁九八六—八七；八八回，頁一〇〇〇；九一回，頁一〇二九；九二回，頁一〇三九；九三回，頁一〇五五），敍述者也常以詩詞描寫時移季遷，一再強調取經程途迢迢。悟空皈依三藏之後，第十四回有如下的敍述：

三藏上馬，行者引路。不覺饑餐渴飲，晚宿曉行，又值初冬時候。但見那——霜凋紅葉千林瘦，嶺上幾株松柏秀，未開梅蕊散香幽。暖短晝，小春候，菊殘荷盡山茶茂。寒橋古樹爭枝鬥，曲澗涓涓泉水溜，淡雲欲雪滿天浮。朔風驟，牽衣袖，向晚寒威人怎受？（頁一五九）

然而到了第十八回，待悟空尋回失落的袈裟，景緻又是一變，對照如下：

行者引路而去，正是那春融時節。但見那——草襯玉驄蹄跡軟，柳搖金線露華新。桃杏滿林爭艷麗，薜蘿遶徑放精神。沙堤日暖鴛鴦睡，山澗花香蛺蝶馴。這般秋去冬殘春過半，不知何年行滿得真文？（頁二〇四）

就在類此的詩行裏（參較《記》第二十回，頁二二三；二十三回，頁二五六；五六回，頁六四三—四四），我們看到小說家的興趣不僅僅在為讀者表出時序變革之美，更重要的是，他還希望讀者能從此類詩行裏認清星移物換如何影響風塵僕僕的旅者。雖然寫節令與歲月推移的詩，早已成為中國文學傳統的常套，但是《西遊記》的處理大異其趣。取經人經常觀其景而興其情；暴露在自然的狂野裏，他們當然得如中國俗諺所云：「餐風宿露，戴月披星」。試煉與災難接踵而至，可以凸出唐僧和衆徒必須經歷的苦楚。時序更替在表面上雖然無害於人，有時甚且十分迷人，但是衆人觀景睹物，難免感到自然的律動足為旅程憑添幾許困頓之感：晚風哀勁，淚濕衣襟，他們又要如何強忍夜色冷冽？就這一層意義而言，小說中的時間已然轉換為空間，是具體可觸摸之「物」。這種效果強化了西天路遙之感。

儘管寫景的力量是如此咄咄逼人，但是，很矛盾的，這些詩時而會泯除地方色彩。在集中描寫一地景緻的詩詞裏，這種情形特別顯著。這一類的詩詞千篇一律列舉懸崖峭壁，奇花異草，雕樑畫棟，翠松綠竹，鳳鳴鶴唳，或神話中的珍禽稀獸。當然，詩行的內容和句構也會有變化。如果作者不說明，我們很難辨認出下列各詩所寫之景：第一回寫的花果山猴王誕生地；第十七回寫的黑風山；第五十二回和九十八回寫的佛駕所在的靈山。取經人所歷各難中最艱險的假靈山（第六十五回），與上述諸地也無甚差別。

殊相與共相的矛盾性結合，正是整部《西遊記》具有史詩格局的原因。其氣勢磅礴，其手法靈活有力。普實克（Jaroslav Průšek）在其縝密嚴謹的名文〈中國中世紀短篇小說裏的寫實與抒情成分〉裏曾經提出過這樣的看法：變文與話本中的韻文和散文，本身就構設、呈現了兩層「現實」。他又說：巴爾札克（Balzac）稱頌史考特（Sir Walter Scott）的小說時，曾認爲其中「充滿昔日的精神，結合了戲劇與對話、人物刻劃、景緻及其描寫，又添加了幻想與眞實等典型史詩的成分。詩也和白話共冶於一爐，彼此關係密切無比。」普實克引我們回想及此後，筆鋒轉入中國小說。他認爲中國短篇在寫實性的散文中插入抒情的詩行，「很可能便在無意間爲小說裏的現實再添一層。即使這種作法眞的不是出於有意，其結果往往也會提昇故事，使其具現某種哲學性的世界觀」[68]。

在某種程度上，普氏之言亦可適用於《西遊記》裏的詩。不過，普氏的理論仍然不能解釋《西遊記》的特殊價值，因爲這些插詩既非「插曲」，亦非「插語」。小說中的詩是整體的一部分，不可須臾離。這些詩有如宋元山水畫，在具體與想像的精緻結合中具現千岩萬壑。作者有時會同時強調某地的特殊性與神秘的原質性，藉此而提高全詩的格調，但最重要的是，抒情表現始終是在爲史詩服務。寫景詩並未刻意凸顯本身「詩」的本質，相反的卻化爲一股動力，加強了故事的蓬勃生氣。奧爾巴哈（Erich Auerbach）在論《神曲》之時，曾經一針見血的指出：「在此一偉大的詩作裏隨處可見的寫景詩行，從來就不具獨立性，也不是純粹抒情。不錯，這些詩行可能會直搗人心深處，觸動我們的情緒，引發我們的歡愉或恐懼感，但是，經由寫景刺激而甦醒的

---

[68] Průšek, pp. 386-393.

情感，卻不會像春夢一場，了無痕跡。相反的，這種情感會展開迴響。景正是人類命運的反映，是一種比喻象徵」[69]。同樣的，《西遊記》裏的青翠山巒，僧院道觀，妖魔鬼怪，天神地祇，河流平野，乃至於春夏秋冬四季等，亦都一無「獨立」的意義可言，而是恆與取經人的命運有關。任何地理環境的外觀，由於皆能爲三藏師徒預示危厄或提供庇護場所，因此，若非具有威脅性，便是具有保護作用。所以第十二回寫觀音顯靈的地方，文字金碧輝煌。第七十五回寫青獅、白象和金鵬現身，個個青面獠牙，狀極駭人。但這些描寫力量必須等到我們了解取經歷程會因此加速或受阻，才能充分顯現出來。

我在上文雖然屢屢強調取經人的經驗才是《西遊記》揷詩的意義關鍵，但是我希望讀者不要因此而忽視小說另一重要的層面：幽默。《西遊記》裏的諧趣逗笑，早已爲人稱頌不已。寫實與喜劇性的反諷在敍述上結合得最爲完美的例子，厥爲第六十七回村老和悟空的對話。其時有蛇怪作祟，擾人害民，村老乃央求悟空助其除妖：

> 行者道：「老兒，妖精好拿；只是你這方人家不齊心，所以難拿。」老者道：「怎見得人心不齊？」行者道：「妖精攪擾了三年，也不知道害了多少生靈。我想著每家只出銀

---

[69] Erich Auerbach, *Dante: Poet of the Secular World*, trans. Ralph Manheim (Chicago, 1961), p. 95.

一兩，五百家可湊五百兩銀子，不拘到那裏，也尋一個法官把妖拿了，卻怎麼就甘受他三年磨折？」老者道：「若論說使錢，好道也羞殺人！我們那家不花費三五兩銀子！前年曾訪著山南裏有個和尚，請他到此拿妖，未曾得勝。」行者道：「那和尚怎的拿來？」老者道：

「那個僧伽，披領袈裟，先談《孔雀》，後念《法華》。香焚爐內，手把鈴拿。正從念處，驚動妖邪。風生雲起，怪至莊家。僧和怪鬥，其實堪誇：一遞一拳搗，一遞一把抓。和尚還相應，相應沒頭髮。須臾妖怪勝，徑直返煙霞。原來曬乾疤。我等近前看，光頭打的似個爛西瓜！」

行者笑道：「這等說，吃了虧也。」老者道：「他只拚得一命，還是我們吃虧：與他買棺木殯葬，又把些銀子與他徒弟。那徒弟心還不歇，至今還要告狀，不得乾淨！」行者道：「可曾再請什麼人拿他？」老者道：「舊年又請了一個道士。」行者道：「那道士怎麼拿他？」老者道：

「那道士：頭戴金冠，身穿法衣。令牌敲響，符水施為。驅神使將，拘到妖魑。狂風滾滾，黑霧迷迷。卽與道士，兩個相持。鬥到天晚，怪返雲霓。乾坤清朗朗，我等眾人齊。出來尋道士，渰死在山溪。撈得上來大家看，卻如一個落湯鷄。」

行者道：「這等說，也吃虧了。」（頁七六四—七六五）

這一段對答的語言，當然會讓我們聯想到一些西方作品，例如仿荷馬的《蛙鼠鬥》(*Batrachomyomachia*)或是蒲伯 (Alexander Pope)的《秀髮劫》(*The Rape of the Lock*)等等。雖然如此，《西遊記》的這一段卻不僅是模擬英雄體而已。全景看來確實談笑風生，喜感十足，可是我們仍然要注意悟空和八戒即將面臨的考驗絕非空穴來風。易言之，這一段描寫的內容仍然嚴肅異常。不多久後，我們看到唐僧的兩位徒弟再度參戰，對手是絲毫也假不得的可怕妖怪，是取經人早已註定要經歷的試煉之一。

像這種故意藉詩體來擴大敍述力量的作法，在小說中一些對話詩裏也可以看到。這一類推演情節的技巧，無疑得力於白話短篇故事和早期通俗戲曲的啓廸。不過，《西遊記》中的同類手法已經具備高度的彈性，效果絕佳。這一類對話詩多半是打鬥時的拚戰之詞，或是兵器的描寫。小說通常會使用較長的排律細細臨摹兵器，而且技巧不凡。打鬥時的挑戰言詞，通常在即將開打之際說出。語句中不但有輕鬆幽默的抨擊與濫罵，也常常回述發話人在前世的作爲。第二十二回八戒與沙僧即將開戰之際，他要求流沙河怪報上名來，而後者的回答卻是如此這般：

自小生來神氣壯，乾坤萬里曾遊蕩。
英雄天下顯威名！豪傑人家做模樣。
萬國九州任我行，五湖四海從吾撞。

皆因學道蕩天涯，只為尋師遊地曠。
常年衣鉢謹隨身，每日心神不可放。
沿地雲遊數十遭，到處閑行百餘趟。
因此才得遇真人，引開大道金光亮。
先將嬰兒姹女收，後把木母金公放。
明堂腎水入華池，重樓肝火投心臟。
三千功滿拜天顏，志心朝禮明華向。
玉皇大帝便加陞，親口封為捲簾將。
南天門裏我為尊，靈霄殿前吾稱上。
腰間懸掛虎頭牌，手中執定降妖杖。
頭頂金盔晃日光，身披鎧甲明霞亮。
往來護駕我當先，出入隨朝予在上。
只因王母降蟠桃，設宴瑤池邀衆將。
失手打破玉玻璃，天神個個魂飛喪。
玉皇卽便怒生嗔，卻合掌朝左輔相：
卸冠脫甲摘官銜，將身推在殺場上。

多虧赤腳大天仙，越班啓奏將吾放。
饒死回生不點刑，遭貶流沙東岸上。
飽時困臥此河中，餓去翻波尋食餉。
樵子逢吾命不存，漁翁見我身皆喪。
來來往往喫人多，翻翻覆覆傷生瘴。
你敢行兇到我門，今日肚皮有所望。
莫言粗糙不堪嘗，拿住消停剁鮓醬！

（頁二四七—四八）

儘管悟淨或書中其他角色的夫子自道（參較第十九、五二、七〇、八五、八六各回），在長度上每難匹敵荷馬的奧迪修斯的自敍，但如就功能言，相異處並不大。在多數英雄故事裏，這一類的敍述都是用來補敍英雄行宜，如「荷馬曾讓尼斯托（Nestor）放言逝去的青春，或是讓費尼斯（Phoenix）回溯過去的功勳」[70]。

《西遊記》的挿詩還有最後一項主要功能：供作者月旦人物，評論事件之用。最常見的是用

[70] C.M. Bowra, *Heroic Poetry* (London, 1952), p. 31.

寓言來詮釋角色和故事。然而，由於這類寓言很難自外於小說所建構的宗教主題和術語，所以我們應該先討論後者。

上海師範大學的一個文學研究委員會，最近在收錄於《四部古典小說評論》裏的一篇論《西遊記》專文裏，一針見血的勾勒出此一明代鉅著的眞正特色：「第一，《西遊記》跟一般古代小說不同，它是一部神話小說。」[71]很少讀者會否認，這正是此一佛教朝聖「史詩」的第一個特色。然而，令人訝異的是：當代大量《西遊記》評論中，竟然罕見有人以嚴肅的態度來透視小說中的超世俗成分，更沒有人深入討論全書充斥的神話或宗教主題。現代批評界所以會有此一缺憾，無疑部分肇因於學界對於早期編次者的反動。從《西遊記》首度面世以來，這些編次者始終認爲本書是深奧寓言。例如陳元之在世德堂本的序言中，就直接點明三藏之名特有所指，不僅限於佛教所稱的「三藏眞經」一義。按照陳氏的說法，此一名詞指的是人體內的三項構成要素：精、氣、神。陳氏又爲讀者論及他所理解到的小說中的微言大義：

> 魔，魔也，以為眼耳鼻舌身意恐怖顛倒幻想之障。故魔以心生，亦以心攝。是故攝心以

[71]《四部古典小說評論》（北京，一九七三年），頁六七。

攝魔，攝魔以還理，還理以歸太初，卽心無所攝。此其以為道之成耳，此其書直寓言者哉[72]。

陳士斌在淸初所編的《西遊眞詮》閱讀者衆，一再重刻，在節本中無出其右。此書從寓言的角度立論，全面解釋小說中的煉丹術語，並及陰陽理論與《易經》影響。《西遊記》的原作者在書中有若干表示，可能啓發過陳士斌（參較第二十六回的序詩）。陳氏甚至別出心裁，從文字的圖形特色來臆度小說的內蘊。例如他在詮釋須菩提所居之地——亦卽悟空成仙了道的所在——之時，便謂「斜月三星洞」之名特指「心」也。因爲斜月像「心」之一鈎，而三星則爲拱繞其上的三筆[73]。稍後的張書紳或許受到陳士斌等人肯定金丹大道的影響，遂從另一個角度來詮解《西遊記》。張氏在足本《新說西遊記》裏說道：「《西遊》一書，古人命爲《證道》，原是證聖賢儒者之道。至謂證仙佛之道，則誤矣。」[74]於是張氏從此一觀點出發，辯稱此一寫佛門朝聖的小說，實則爲孔門「明德」與「正心」的寓言。

胡適反對上述這種視《西遊記》爲儒釋道正心修行寓言的作法，所以他在一九二三年發表的

---

[72]《新刻出像官板大字西遊記》，卷一，頁二乙—三甲。

[73]參見《西遊眞詮》第一回末的總評。

[74]本段文字引自書業公刊行的《新說西遊記》。原書現存東京大學圖書館。

文章裏大力主張小說中既無微言大義，而作者的目的也不過在諷諫人世而已[75]。對這位中國現代哲學家來講，《西遊記》主要是一部世不多見的喜劇，所以在序威里的英譯節本時，他便稱之爲「一本蘊涵深意的一派胡言」[76]。胡適的意見影響有多深遠，我們只要看看魯迅和其他無數人羣起呼應的情形，便可了然於胸[77]。此一觀點最稱極端的代表，或許是來自田中謙二和荒井健等人的意見。他們認爲《西遊記》一反傳統裏的其他神魔小說，不但非關宗教，而且也不強調善惡業報。正如三木勝見在其〈讀西遊記筆記〉中所稱，此一小說中的世界，顯現出「人類解除神秘狀態，從中古世界進展到現代精神的過程」[78]。

雖然如此，並非所有研究過《西遊記》的現代學者都附會這種看法。夏志清雖然承認小說中有豐富的喜劇嘲諷，但是他也對胡適發出尖銳的疑問，認爲「一本蘊涵深意的一派胡言」一語，正可說明《西遊記》確有哲學或寓言上的內涵[79]。陳明新也對《西遊記》和志怪傳統的關係有獨到的見解。他要求我們正視吳承恩在寫神怪小說時那種強烈無比的教化企圖[80]。陳氏的論點雖然

---

[75] 胡適一九二三年文，頁三八三，三九〇。

[76] Waley, p. 5.

[77] 魯迅，《中國小說史略》（一九二三年；香港，一九六七年重印），頁一七三。

[78] 田中謙二、荒井健，〈西遊記の文學〉，在《中國の八大小說》（東京，一九六五年），頁一九三。

[79] Hsia, *Introduction*, p. 138.

[80] 陳明新，〈西遊記と志怪〉，《中國文學研究》，第四期（一九六六年），頁五六—五八。另請參閱 C.T. Hsia and

牽涉到疑團未散的作者問題，但普林斯頓大學的蒲安廸（Andrew Plaks）曾經爲文提出有力的證據，說明不論作者爲誰，《西遊記》本身就含有明顯的寓言成分[81]。因此，接下來我擬進一步細談小說是否必須作「哲學或寓言上」的解釋。此外，我也想澄清小說中觸目可見的陰陽五行、煉丹與佛教術語的涵意，看看這些語彙和人物、情節有何有機關係。這些術語是否僅爲粉飾之詞？或僅爲強置於「現成的小說人物」與事件上的一般喻詞？杜德橋在考證「心猿意馬」隱喻的源流時，倒是對上述問題持肯定的答案[82]。

我很清楚我的研究不易求出斬釘截鐵的結論，因爲《西遊記》的作者未定，其宗教與哲學上的眞正承襲也難以徹考。此外，即使我們能夠確定吳承恩是作者，恐怕亦無濟於事，因爲我們迄今所知的有關於他的一切，實在證明不了他對卷帙浩繁的佛經道藏涉獵多少。我在本文第二節已經指出：從《禹鼎記・序》中，我們可以看出吳承恩一生雅好神怪與域外奇譚。他更有一首〈鉢池山勸緣偈〉，足以顯示熟悉一般的佛教語彙[83]。在他的各種著作中，我們偶爾也會看到道教煉

T.A. Hsia, "New Perspectives on Two Ming Novels: *Hsi-yu chi* and *Hsi-yu pu*," in "*Wen-lin*": *Studies in the Chinese Humanities*, ed., Chow Tse-tsung (Madison, 1968), pp. 229-45; Karl S. Kao, "An Archetypal Approach to *Hsi-yu chi*," *Tamkang Review*, 5/2 (1974): 63-98.

[81] Andrew H. Plaks, "Allegory in *Hung-lou meng* and *Hsi-yu chi*," in Plaks, ed., *Chinese Narrative: Critical and Theoretical Essays* (Princeton, 1977), pp. 163-187.

[82] Dudbridge, *Antecedents*, p. 176.

[83]《詩文集》，頁九五。

丹術語[84]。儘管如此，詩文中所表現的宗教內蘊與《西遊記》中大規模引用宗教傳統，處處玄機的情形，仍然難以相提並論。《西遊記》是長篇鉅製，《道藏》或佛藏又卷帙浩繁，想要深入比較小說與宗教文獻，勢不可能。雖然如此，我們還是得從小說入手，才能探本溯源，廓清其宗教意義。下面的論述只是初探性的工作，雖然我已經竭盡所能，嘗試在其中探討一些顯著的宗教主題與象徵。

《西遊記》的故事容或架設在玄奘西行的史實上，但是道教主題和術語卻頻見使用，每每引人注目。雖然我知道《道藏》中有許多民間信仰和儀式的成分，由於宗教性的或非宗教性的原因而入藏，但此處我所稱的「道教」，卻是指由這一大部典籍演化出來的觀念及作法。多數浸淫在中國文化裏的學者都知道，要定義「道教」或「道家」，絕非易事。我在此所持的定義，不過是遷就實際需要，方便我分析評述罷了。《西遊記》在各回回目、敍事寫景與究明故事涵意的韻散文中，大量使用到道教的語彙，在傳統中國說部中頗爲獨特。不錯，《封神演義》在搬演天神地祇、天宮地闕，以及各式法寶時，用到的道教語彙賽過《西遊記》。《金瓶梅》之中亦曾轉述了很多道教的法會儀式，而《紅樓夢》裏面——誠如蒲安廸的研究昭昭顯示——更有人物個性與情節發展匹配陰陽五行，互爲表裏的現象出現。但是，這些說部仍然難以媲美《西遊記》，因爲道教

---

[84] Liu Ts'un-yan, "Life and Career," pp. 82-83.

色彩在此一晚明鉅著中不僅是論人評事的工具，同時也不時在幫助讀者了解取經師徒的本性，甚至在界定他們之間的基本關係，推動情節進展。雖然《西遊記》成形以前的各種本子表現出佛門唐僧逐漸演化爲通俗神話和傳奇人物的漫長過程，而且其中也含有不少道教成分㉕，但是在西遊故事中賦道教以成熟地位的著作，卻仍然要待百回本的作者出，才算完全成立。百回本讓佛家的三藏收四聖爲徒，讓他們協力完成艱鉅的任務。有趣的是，四聖中有三人所以能夠位列仙班，卻是因爲一心煉丹而成就的。我們若細審小說中密教主題與修辭方法的推演，確實還可結論道：西行的漫漫途程也煞似修行的朝聖寓言。

三藏的四徒中，地位最顯著的當推悟空。因此，小說不像宋《詩話》一樣從三藏西行起述，反而從悟空誕生揭開序幕，可謂其來有自。悟空住在花果山，一向無憂無慮。一日，突然感到人生無常，道心大發，仍從通背猴指引出發尋仙訪道，終而得遇須菩提。雖然「悟空」之名在唐以前的取經僧中即可發現（參閱本文第一節），但是須菩提爲他取的名字，顯然是從道教立場著眼的：

> 祖師笑道：「你身軀雖然鄙陋，卻像個食松菓的糊猻。……與你起個法名叫做『孫悟空』，好麼？」（頁一一—一二）

㉕參較 Dudbridge, *Antecedents*, pp. 167-76.

須菩提取的「悟空」之名，很容易讓我們想到佛門在宇宙現象中發現的「空」（*śūnya*）、「空性」（*śūnyatā*），或是「幻」（*māyā*）等觀念。以玄奘爲代表的佛教瑜伽宗，事實上亦取上述觀念爲教義根本。因此，第十四回唐僧聞知悟空名那一刹那，難怪會歡喜說道：「也正合我們的宗派。」當然，我們也得牢記不忘：「空」的觀念以及與「空」互補的「修心」觀念，不但見於佛教的唯心傳統，也爲許多道家著作所沿用。《西遊記》伊始，作者就已強調所謂「三教歸一」的思想，而這也正是小說的宗教觀。「三教歸一」亦爲《道藏》裏衆多宋元作者的思想。悟空之名雖源自佛門，但是他的姓——如同須菩提所述——說明的乃是「嬰兒」之本。在內丹術語裏，後一名詞指的是人體內「聖胎」成熟時的長生正壽狀態。

翻開第二回看，這也正是悟空千里追尋的道果。在一場高度喜劇化的師徒對答裏，悟空急促的拒絕須菩提擬教他的「術」、「流」、「靜」、「動」等旁門左道，理由是無一能盤結聖胎。迨悟空打破師父的盤中之謎，三更摸進須菩提寢榻前時，他才能求有所得，聞悉長生口訣：

顯密圓通真妙訣，惜修性命無他說。
都來總是精氣神，謹固牢藏休漏泄。
休漏泄，體中藏，汝受吾傳道自昌。
口訣記來多有益，屏除邪欲得清涼。

得清涼，光皎潔，好向丹臺賞明月。
月藏玉兔日藏烏，自有龜蛇相盤結。
相盤結，性命堅，卻能火裏種金蓮。
攢簇五行顛倒用，功完隨作佛和仙。
（頁一六）

此一口訣所以重要，不僅在其沿用了古典內丹術語，更因其能顯示《西遊記》的作者確實熟悉《道藏》中的相關經籍。雖然小說本身或我所知道的歷來批評家，都不曾有口訣出諸作者手筆之說，但是，我卻在傅勤家的《中國道教史》中，驚奇的發現他曾隻字不差的徵引全文。最有趣的一點是：傅氏並未引用此一口訣來討論吳承恩或是《西遊記》的作者。他只說這是「後世修道秘訣」，並以之解釋《黃庭內經》與《潛確類書》裏所謂「三花聚頂」的修煉步驟⑯。此一口訣到底有無《道藏》上的來源出處，非假時間之助難以解答。

雖然口訣的出處不明，然而《西遊記》中仍有若干地方顯示作者熟知某些《道藏》經書。我們可先引第八回的序詞加以證明。這一首詞的後三行如下：

⑯傅勤家，《中國道教史》（上海，一九三七年），頁一三七。

那時節，
識破源流，
便見龍王三寶。
(頁七八)

除了這三行以外，全詩幾乎一字不漏照錄《鳴鶴餘音》卷二第二節中馮尊師的〈蘇武慢〉一詞。《餘音》是元代道士彭致中所纂錄的道教詩集(收入《道藏》八四：七四四)。馮氏原詞的後三行如下：

兎(免？)葛藤叢裏，
老婆遊子，
夢魂顛倒。

《西遊記》的作者更動原詩，使之契合自己敍事目的之方式，饒富趣味。儘管原詩似乎不值佛門，略有諷意，但是作者卻能利用最後三行的更動，將之轉化爲啓悟的秘訣。我們還可以在第十二回中，找到作者嫻熟《鳴鶴餘音》的進一步證據。太宗秉誠修水陸大會之時，玄奘獻上濟孤榜文，用到馮師尊的〈昇堂文〉部分(卷九，頁一三—一四)。後者亦收錄於《洞淵集》卷四頁九甲乙

（《道藏》八三：七三三）之中，題爲〈昇堂示衆〉。下面把《西遊記》中的相關片段引出：

> 清淨靈通，周流三界。千變萬化，統攝陰陽。體用真常，無窮極矣。觀彼孤魂，深宜哀愍。……大開方便門庭，廣運慈悲舟楫，普濟苦海羣生，脫免沉痾六趣。引歸真路，普玩鴻濛；動止無為，混成純素。仗此良因，邀賞清都絳闕……。（頁一三三）

由於榜文使用的時機或可稱爲「還魂大會」，我們若能知道原典所具有的道教儀式功能，當可更加了解《西遊記》中相關事件的旨趣。

作者援用《鳴鶴餘音》的第三個例證，是第十一回篇首的序詩。《鳴鶴餘音》卷九頁十五甲乙另有一篇〈昇堂文〉，撰者署名秦眞人。其首節如次：

> 百歲光陰，疾如流水。
> 一生事業，空似浮漚。
> 昨朝面上桃杏花開，今日頭邊雪霜照破。……
> 白蟻陣殘魂似夜，子規聲切勸君歸。

第十一回首的七言律詩，係改寫自此節。這首詩含有溫和的訓誨意味，勸人「遠離俗世的榮光」(*sic gloria mundi transit*)，反映出太宗冥府之行的心情：

百歲光陰似水流，一生事業等浮漚。
昨朝面上桃花色，今日頭邊雪片浮。
白蟻陣殘方是幻，子規聲切早回頭。
古來陰隲能延壽，善不求憐天自周。
（頁一一五）

上述三例是《西遊記》借用《道藏》最明顯之處。進一步探本求源，必可發現更多的借用所在。比較難以斷定出處的，是小說中用得非常多的陰陽、五行和煉丹術語。雖然這些語彙在文字上和《道藏》經籍中者顯然相當接近，但是，就我目前研究所及來講，我還不能指出任何道經是這些語彙的確切根本。源流問題容或難以完全解決，要論定語彙的眞正功能卻非不可能。

如同我在前面提過的，三藏的三位主要門下弟子皆曾從不同道師修煉，因而位列仙班。他們非但不是俗人，抑且法力高強，連三藏都得依賴之才得保命全身。這些種種都和佛門無關。三徒修煉成功，便金丹內聚，長生不死。所以，不論是悟空、八戒或沙僧，都十足可爲俗身三藏的保護者。由於取經的過程困難重重，人力難以撥雲見日，凡軀更是不能除憂解惑，故而三徒不時得照料唐僧。第八回如來延請觀音東向尋訪取經人時，即便請大士持佛物欲贈有緣人。如來還要求觀音勸化途中所遇妖邪，好讓他們來日皈依唐僧，保師取經。觀音到中國去的旅程，基本上也是爾後唐僧西行的路線，不同處僅在事件的次序與地理方向適爲其反。此一旅程終結於四徒願隨三藏取經，小說的主要情節亦隨之開展。玄奘稍後拜辭京師西進，惜乎隨從個個流離失散，非死即亡。到了兩界山，適時出面解除一難的獵戶告訴三藏：過了山，往後便得踽踽獨行，因爲山以西的狼虎已不屬他所管轄（第十三回）。就《西遊記》的敍事結構來看，「兩界山」一名意義不同凡響，因爲越過此山便意味著唐僧已經遠離唐代的世俗中國，必須進入虎豹豺狼羣妖畢集的神秘之土。事實上，就在唐僧越過兩界山聞得咆聲如雷千鈞一髮之際，他遇到了悟空——來日最得力最忠心耿耿的徒弟。師徒首次相會，也應驗了前一晚助唐僧除妖的天仙一首詩中的預言：

> 吾乃西天太白星，特來搭救汝生靈。
> 前行自有神徒助，莫為艱難抱怨經。
>
> （頁一四六）

凡間獵人的能力當然有限，而悟空的法力無疆。五行山下心猿歸正後，隨即發生一件戲劇效果頗強的事件，突顯了凡聖之別。取經人師徒一上路便逢巨蟲，悟空眼明手快，照頭便是一棒：

〔打得那老虎〕腦漿迸發萬點桃紅，牙齒噴幾珠玉塊，諕得那陳玄奘滾鞍落馬，咬指道聲：「天那！天那！劉太保前日打的斑斕虎，還與他鬬了半日，今日悟空不用爭持，把這虎一棒打得稀爛，正是『強中更有強中手』！」（頁一五六）

玄奘所騎的白馬，是他與人類社會最後的聯繫。就在悟空打虎不多久後，這匹坐騎爲鷹愁澗的龍王太子吞食，於是，玄奘得仰仗法力濟助的主題再現。悟空原擬央求觀音收服鷹愁澗孽龍，不料大士卻對飽嘗挫折的大聖說道：

那條龍，是我親奏玉帝，討他在此，專為求經人做個脚力。你想那東土來的凡馬，怎歷得這萬水千山？怎到得那靈山佛地？須是得這個龍馬，方纔去得。（第十五回，頁一七一）

讀者一旦了解衆徒何以具有廣大神通，就等於了解小說爲何把三藏刻劃得那般懦弱。只要翻開《西遊記》，我們馬上會察覺小說裏的聖僧和史籍載錄的玄奘截然不同。後者勇往直前，形如英雄。前者呢？作者的描寫充溢反諷，狠狠把這位民間宗教英雄貶抑了一番。所以筆下的唐僧雖不苟言笑，一派正經，惜乎心智遲滯，脾氣暴躁。道德既不恢宏，他的性格也就冥頑不靈了。唐僧雖然身爲出家人，理當摒棄俗世享受，可是他實則貪圖安逸，旅途中每遇饑饉或風寒日曬，就怨聲載道，毫不隱忍。稍微有危難將臨的風吹草動，都會讓他嚇得噤若寒蟬。無稽之談，一點點兒毀謗，也會引他勃然變色，信心全失。忠心不二的悟空，一向保救師父不遺餘力，卻常因此橫遭斥責，甚至逐出門牆。三藏堅拒女色，雖然因此贏得衆徒欽佩景仰不已，但是他一碰上狐仙樹精，不是變得軟弱無力，就是怕得無所適從。旅程臨近結束，他的性格也一無改變的跡象，好似從未能自經驗中記取教訓一般，更不用提道德或精神上會有任何進展。正因爲玄奘本性如此，所以夏志清有如下的觀察：

> 從通行的佛教教規來看，三藏確實能恪守殺生之戒。但是，由於小說所本的佛教智慧以為即使是人類最好的情操，也不能有救贖的功能，三藏乃淪為心魔之奴，不像基督教英雄之能在精神上有所成長。不過，小說的結局終於顯出這種智慧的弔詭特性，因為三藏這位空頭英雄最後之能成佛，全仗他在旅程中一無表現。一心只為成佛而汲汲奮鬥，只會讓他再遭蒙蔽㊼。

---

㊼C.T. Hsia, *Introduction*, p. 130.

僅就三藏而言，夏志清眞是所言不虛。唐僧幾乎不費吹灰之力就修成了正果。然而，他在心性上的弱點，卻非毫無轉圜的就必然意味著小說放棄「人類最好的情操」，也不意味著在通篇的宗教視界中，此一「情操」的價值不高。相反的，作者所以著力於擴展唐僧的儒弱膽小，目的是要彰顯已經羽化登仙的衆徒的重要：只有他們——尤其是悟空——協力濟助，三藏才能歷刼而不惑。此所以敍述者和悟空要屢屢強調三藏係「肉眼凡胎」之故。在第二十二回，取經人一行受阻於流沙河東岸。此際，悟空和八戒曾爲渡師父過河的方法大展辯舌。悟空道：「你那裏曉得，老孫的觔斗雲，一縱有十萬八千里……。」八戒道：「哥啊，旣是這般容易，你把師父背著，只消點點頭，躬躬腰，跳過去罷了……。」悟空稍微思考了一下，回道：「……但只是師父要窮歷異邦，不能夠超脫苦海，所以寸步難行也。」（頁二四九至五〇）二徒的話，道出了三藏取經過程一項不變的要素：儘管能人異士常可發揮神威仙術助他一臂之力，渡過重重難關，但三藏仍需以凡身走到西天去。正因他是肉眼凡胎，故千山萬水在在可以阻擋他的進程。此所以他會腦筋不清，此亦所以他也會有道德上的缺陷。他實不能不大力仰仗以悟空爲首的衆徒幫助。

三藏的三位主要門徒所以皆具法力，原因是他們都曾尋仙訪道。至於龍馬，他本來就不是凡軀。爲了強調他們已經窺見不死之道，《西遊記》的作者發揮技巧，把修道煉丹的術語編織進各徒的自傳敍詩裏。看看第十九回八戒所吟的排律或是前文已引述過的沙僧在第二十二回的自敍詩，我們便可了解這些詩實則都在講修煉成仙的過程。其中內丹語詞充斥，有如許多《道藏》經文[88]。一旦修煉成功，修煉者就可以白日飛昇。儘管八戒早年怠惰慵懶，他所修得的「道」仍無異於悟空和沙僧所修得者。後面兩位的言行表現當然非八戒所能企及：他們謹守道業，奉持宗教（悟空部分參較《記》第十七回，頁一九二—九三；五二回，頁六〇〇—〇一；六三回，頁七二一；七十回，頁七九五—九六；七一回，頁八一一—一二；八六回，頁九八〇；九四回，頁一〇六〇—六一；悟淨部分參較第二十二回，頁二四七—四八及九四回，頁一〇六一）。

雖然如此，眾徒所以會有法力，並非全因爲他們已經成仙了道，會騰挪變化之術，力足以呼風喚雨，駕霧乘雲，或是控御時空，無拘無束。最重要的是，他們的法力多半得藉法寶之助，才能伸展自如，渾無罣礙。法寶本身最後又變成眾徒性格的延伸。中國歷史上的勇士戰將，幾乎人人都有自己獨特的兵器：我們聞兵刃之名即知其人。因此，青龍偃月刀讓我們聯想到關羽；方天畫戟代表呂布，而《水滸傳》裏的黑旋風李逵，手掄板斧，殺氣盈面。至於《封神演義》裏的天地神器，更是多得不勝枚舉，反映出各路猛士英雄人才濟濟。不過，悟空的金箍棒，八戒的釘鈀與沙僧的僧杖名聲之響，描繪之精，卻罕見其匹。第十九回行者戲問八戒道：「你這鈀可是與高老家做長工築地種菜的？」八戒聞言，大不高興，乃賦排律一首，強調手中之物非可等閒，神光閃閃更非凡鐵。他說：

---

[88] 參閱 Weng Tu-chien, comp., *Combined Indices to the Authors and Titles of Books in Two Collections of Taoist Literature*, Harvard-Yenching Institute Sinological Index Series, no. 25 (1935), p.xi〈方法類〉和〈眾術類〉項下各相關條文。

此是煆煉神冰鐵，磨琢成工光皎潔。
老君自己動鈴鎚，熒惑親身添炭屑。
五方五帝用心機，六丁六甲費周折。
造成九齒玉垂牙，鑄就雙環金墜葉。
身妝六曜排五星，體按四時依八節。
短長上下定乾坤，左右陰陽分日月。
六爻神將按天條，八卦星辰依斗列。
名為上寶沁金鈀，進與玉皇鎮丹闕。
因我修成大羅仙，為吾養就長生客。
勅封元帥號天蓬，欽賜釘鈀為御節。
舉起烈焰並毫光，落下猛風飄瑞雪。
天曹神將盡皆驚，地府閻羅心胆怯。
人間那有這般兵，世上更無此等鐵。

（頁二一五）

稍後到了第二十二回，故事換成八戒在質問沙和尚僧杖的來源。沙僧的回答如下：

寶杖原來名譽大，本是月裏梭羅派。
吳剛伐下一枝來，魯班製造功夫蓋。
裏邊一條金趁心，外邊萬道珠絲玠。
名稱寶杖善降妖，永鎮靈霄能伏怪。
（頁二五〇—二五一）

不消細說，悟空的如意棒名聲最大，法力最強。這塊烏鐵兩端由黃金箍套，原爲大禹治水定海深淺用的（第三及第八八回），後來貯放在東海深處，直待悟空強索才重出世上。

當然，悟空手中的神鐵在某些場合足以隱喻他的猴性，而這種幽默類比的靈感，無疑得自中國雜耍中靈猿耍棍棒的節目⑧⑨。同樣的，八戒的釘鈀一來可喻豬性，二來也隱喻他加入取經行列前之善能田事。終《西遊記》一書，悟空的金箍棒還有一個嚴肅的用途：他每能藉此降魔除妖，便利行程。所以棒之爲用大矣，缺之不可；所以悟空在第八十八回的頌詞裏自吹自擂道：

伏虎降龍處處通，

⑧⑨任半塘，前揭書，册一，頁三九三—四一二。

煉魔除怪方方徹。

（頁一〇〇五—六）

「伏虎降龍」與「煉魔除怪」二語，既可指悟空的實際作爲，又可在煉丹術語裏指體內丹力的運行(90)。就後一點而言，金箍棒無疑是寓言的工具，代表主人修道過程的一部分。職是之故，待三徒於第八十八回的玉華國各收門徒之時，他們雖然傳的是「武藝」，實則教的是「道法」。三徒之徒各仿乃師神器新造的武器，無論外形重量都神髓肖似，所學也是各家路數。當然，三藏的三位「再傳弟子」得等到悟空對著他們吹出「仙氣」一口，才能脫胎換骨，要起兵器來虎虎生風。悟空等人在第十九、二十二和八十八回各自吟出的排律，是否確如奧野信太郎所言具有鐵神崇拜的成分（宋以來老子即為鐵匠之神）(91)，尚有待進一步研究才能證實。但是，很明顯的，《西遊記》裏的三件主要兵器都和主人身爲天仙的地位有關係。一旦失落不見，道也就亡了。難怪敍述者在第八十八回末用詩總評道：

(90)例證可見《道藏》八四：七四一之〈龍虎原旨〉與〈龍虎還丹訣〉，亦可見《道藏》八三：七三九，頁六乙之〈金丹直指〉。

(91)奧野信太郎，〈水と炎の傳承——西遊記成立の一側面〉，《日本中國學會報》，第十八期（一九六六年），二二七。

道不須臾離，可離非道也。
神兵盡落空，枉費修行者。
（頁一〇〇七）

這首詩的前二句逕引《中庸》，使兵器與修道緊緊結合：不論練劍舞刀或修道，都要專心矻矻，大意不得。

在西行路上，三徒的主要職責雖然在去魔除妖，保師取經，但是，細究之下卻不僅止乎此。程途迢迢，三徒不時還要兼扮師父心性的指導者，悟空尤然。夏志清已指陳歷歷：悟空對於《心經》的不凡體悟，幾乎定期在爲凡軀的唐僧啓廸心智㉒。雖然如此，我仍然應該補充一點說明：悟空助師父體會金丹正道的能力，並不遜於其闡發佛典者。第三十六回的回目極具暗示性：「心猿正處諸緣伏／劈破旁門見月明」。在這一回裏，悟空論及月亮在修道中的寓意。他的說詞，實則繼承以京房（紀元前七七—三七）和虞翻（一六四—二三三）爲嚆矢的著名傳統而來。悟空開說之前，玄奘正注視著月華，即席賦詩懷歸。而悟空聞知，乃爲師父點明月家眞諦，並及月之盈虧與自然運行的關係。月之有盈有虧，乃因陰陽有消有長使然。這種「標準」的釋道方式，遵循的是魏伯

㉒C.T. Hsia, *Introduction*, p. 126.

陽的《參同契》、《繫辭傳》，以及孟喜、焦贛等思想家的傳統[93]，認爲八卦與太陰月的循環有交互作用。稍後的理論家，又採用此一理論作爲內丹修煉的根本，從而發展出「採陰補陽」的說法，以內在修持與月之圓缺互相比附[94]。因此，我們在第三十六回再度看到悟空從宋人王慶升的《爰清子・至命篇》（卷一頁三甲乙）中直引絕句一首：

> 前弦之後後前弦，藥味平平氣象全。
> 採得歸來爐裏煉，志心功果卽西天。
> （頁四二〇）

《爰清子・至命篇》最後一句的原文是：「煉成溫養自烹煎」[95]。毋庸置疑，這句話也在暗示煉丹的方式——可能是外丹，可能是內丹，也可能兩者兼具。

---

[93] 參較馮友蘭，《中國哲學史》（一九三三年第二版；香港，一九五九年重印），頁五五二—五六四；Joseph Needham, *Science and Civilisation in China* (Cambridge, Eng., 1954—), 2:32。

[94] 見 Liu Ts'un-yan, "Taoist Self-cultivation in Ming Thought," in *Self and Society in Ming Thought*, ed. W. Theodore de Bary and the Conference on Ming Thought (New York, 1970), pp. 301-3; Manfred Porkert, *The Theoretical Foundations of Chinese Medicine: Systems of Correspondence*, M.I.T. East Asian Science Series, 3 (Cambridge, Mass., 1974), pp. 9-43。

[95] 《道藏》，八四：七四二。

有趣的是，悟空詩方吟罷，一旁的沙僧卽刻加上自己簡短的觀察：

> 師兄此言雖當，只說的是弦前屬陽，弦後屬陰，陰中陽半，得水之金；更不道：「水火相攙各有緣，全憑土配如然。三家同會無爭競，水在長江月在天。」（頁四二〇）

唐僧第三徒弟所述的這首詩值得注意，因爲煉丹和五行的術語在詩中皆已擬人化，並藉此譬喻取經人師徒一行。因此，在總結《西遊記》的道教主題之前，我們得再花點工夫討論此一宗教與內丹的寓言。

設使讀者所讀的是中文本《西遊記》，相信很少人會略過五行、煉丹語彙與三藏三徒之間的關係。這種關係不但在小說中觸目可見，而且各有所指。隨意翻閱幾則回目，便可了解我上面所言不假：

> 三十二回：「平頂山功曹傳信／蓮花洞**木母**逢災」
>
> 四十回：「嬰兒戲化禪心亂／猿馬**刀圭木母**空」[96]

---

[96] 刀圭係湯匙狀之小量器，用於少量的粉狀藥物。在小說中，此一名詞常爲沙僧的代稱（參較《西遊記》第二十二回）。

四十七回：「聖僧夜阻通天水／**金木**垂慈救小童」

五十三回：「禪主吞飡懷鬼孕／**黃婆**運水解邪胎」

傳統上認爲五行推移有四種次序，可分別稱爲開天闢地型、相生型、相尅型，以及現代型[97]。雖然在看待五聖的關係時，我們不能孤立任何一種次序，強予論列，但就悟空、悟能以及悟淨三徒而言，其間卻有相當一致的關係存在著。《西遊記》通篇中，悟空恆與「金」結合，因此稱「金公」或「金翁」。所以會有這種情形發生，原因有三。下面我們權引一九五四年北京版第二十二回的注釋總括說明：「道教稱鉛爲金公。認爲『眞鉛生庚』，庚辛爲金，地支申酉亦爲金，申屬猴，所以後文的金公有時又指悟空。」此外，地支合天干爲甲子，而申酉的結合正與天干裏的庚辛相配，其關係乃直接之對稱。在十二生肖配時辰的觀念裏，申屬猴，彼此間每有相互關係存在。同理，小說稱悟能爲「木母」，乃因煉丹術使用此一名詞指「汞」使然。眞汞生於亥，而亥在衆生肖中屬「豬」。至於悟淨，則多配土，有稱之「土母」、「黃婆」者，亦有稱之「刀圭」者。內丹文獻謂：五行亦與五臟之氣相配。因此，三藏的三徒又可代表人體內部組織。〈內丹還原訣〉裏說道：金配肺水，土或黃婆配脾水，而木則配肝氣[98]。諸如此類的設計，實則爲《西遊

---

[97] 參較 Wolfram Eberhard, "Beiträge zur Kosmologischen Spekulation Chinas in der Han-Zeit," *Basessler Archiv*, 16 (1933): 1-100; Needham, pp. 253 ff.; Porkert, pp. 43-54。

[98] 《道藏》，八四：七四三。

記》的敍述者提供了一個複雜的對應系統。透過此一系統，他才能評論五聖的經驗和作爲。悟空降服八戒後帶他去見師父，敍述者便趁此際賦詩一首：

金性剛強能尅木，心猿降得木龍歸。
金從木順皆為一，木戀金仁總發揮。
（頁二一七）

這首詩強調的是一種「和諧」狀態：悟空和悟能之間早已或應當存在著這種狀態，就好像修煉內丹的人必須修煉內臟之氣，才能臻至化境的道理一樣。第三十回八戒進讒言，三藏怒逐大聖。此時，敍述者以對照的方式賦詩評論道：

意馬心猿都失散，金公木母盡凋零。
黃婆傷損通分別，道義消疎怎得成！
（頁三四三）

用詩來臧否人際關係，《西遊記》中屢見不鮮（如第三十一、四十、五十七諸回）。同樣的，我們也常見到小說用簡短的散文來諄諄誨人。流沙河一節過後，敍述者在第二十三回伊始即說道：「……他們師徒四衆，了悟眞如，頓開塵鎖，自跳出性海流沙，渾無罣礙」（頁二五七）。第六十四回三藏和荊棘嶺上樹精論詩方罷，敍述者爲引起讀者注意此一情節所別具的意義，乃於隨後一回的開頭評道：

> 話表唐三藏一念虔誠，且休言天神保護，似這草木之靈，尚來引送，雅會一宵，脫出荊棘針刺，再無蘿蔴攀纏。（頁七四一）

我們可以透過這種敍述技巧，一睹作者含蓄的寓言企圖與方法。在別的文學傳統裏，寓言在擬人化或寫景上的敍事取向，往往是先抽象後具象；《西遊記》的寓言則全然不類這種寫法。相反的，本書多數情節的諷諫意義，幾可謂皆由敍述者的「事後觀照」所賦予。當然，用韻散並列的方式來評論細節，同樣能在讀者腦海呈現出一幅幅路易士（C.S. Lewis）稱之爲「寓言之根」的「內心交戰」（*bellum intestinum*）圖[99]，甚至可傳達「和諧」（*concordia*）的景象。

---

[99] C.S. Lewis, *The Allegory of Love* (New York, 1958), p. 68.，但是 Henri de Lubac 卻似乎認為內心現象的寓言是基督教傳統的獨特成就，見其 *Exegese médiévale*, pt. 1 (Paris, 1959), p. 513。

下面討論《西遊記》的佛教成分。本書雖以史上高僧的行誼爲故事經緯，但是書中卻有一個現象令人覺得十分納悶，即：小說裏的細節可以溯源至佛典者並不多。第一處引人注目的地方當屬第十九回直引玄奘自譯的《心經》（見《大正新脩大藏經》八五：一六九）。最後一回裏則重述了太宗爲答謝玄奘譯竟《瑜伽師地論》而寫的〈聖教序〉。小說裏太宗遊地獄時，曾經應允還陽後要修水陸大會超度亡魂，果然第十二回中即有此景。作者爲強調戲劇性，在儀式開鑼前還讓太宗兩名重臣辯論佛教的功過。在歷史上，傅奕（五五五—六三九）以嚴厲抨擊佛教著稱一時[100]。在小說裏，他也上奏反對佛法。當然，作者並未讓他得逞。水陸大會照常舉行，玄奘和太宗從而能在虛構中因緣際會。除了上述這些直接和佛教有關的片段外，小說裏尚有講悟淨皈依玄奘的一整回，可能也是源自《三藏法師傳》[101]。雖然如此，我並不排除此一情節受宋人《取經詩話》中深沙神一節影響的可能[102]。玄奘西行前觀音所贈的袈裟和九環杖、唐太宗欽賜的紫金鉢等物，也可能源自《詩話》第三節〈入大梵天王宮〉，或從《法師傳》卷七渲染而成。胡適曾指出：《法師傳》卷一（頁一五—二〇）所述玄奘和高昌王（六一九—四〇在位）義結金蘭一事，可能是小說中太宗與玄奘結拜

[100] 見 Arthur F. Wright, "Fu I and the Rejection of Buddhism," *Journal of the History of Ideas*, 121 (1951): 33-47。

[101] 《法師傳》，卷一，頁一四甲。

[102] Dudbridge, *Antecedents*, pp. 18-21.

一節的基礎[103]。第二十三回文殊和普賢喬扮美人測試四聖禪心，三藏和孀居的婦人辯論在家出家的好處一景，更可能是在反映《文殊師利問經》中的同類爭辯（《大正藏》一四：五〇五：四六八）。除了這些較明顯的事例外，百回本《西遊記》和佛教的關係似乎不深，符合杜德橋對宋《詩話》的評語：「其中有源自佛典的模糊痕跡，但是絕對沒有獨重佛教的主題，即使不強調宗派的正統性也是如此」[104]。

我所以提出杜氏之見，並不是要否認小說中無數引用到佛教觀念與傳奇的地方。從佛祖的慈眉（*ūrṇā*）到阿鼻地獄，從《達摩經》到《金剛經》，在在顯示作者對於佛教的知識不是淺嚐即止。儘管《西遊記》不曾有系統的闡發某一宗派的教義，與米爾頓《失樂園》（John Milton's *Paradise Lost*）卷二以喀爾文思想正視定命與贖罪等問題的情形難以相比，但是，小說對於某些佛教主題和人物仍然有一貫的探討。

衆多主題之中，最常見的一個是對佛祖無量慈悲的強調。由於悟空是小說中最吸引人的角色，某些現代批評家——尤其是強調政治解讀的批評家——便難以接受悟空在第七回的際遇，更不會「樂見」以緊箍咒來抑制他莽撞個性的手段[105]。因此，猴王的皈依佛門便成爲這些批評家眼

---

[103] 胡適一九二三年文，頁三五八。
[104] Dudbridge, *Antecedents*, p. 44.
[105] 見《西遊記研究論文集》內收諸文；另請參考薩孟武，《西遊記與中國古代政治》（臺北，一九六九年）。

中全書最大的敗筆。第十四回以下，悟空搖身一變，不但泯除先前的英雄色彩，不再高唱獨立自主的老調，而且還護駕唐僧西行，屈居門下，和前七回所述大相逕庭。

以政治爲導向的批評意見，對像《西遊記》這樣複雜的小說而言，當然不盡持平。原因極其明顯：儘管佛祖門下的僧佛確實是天上政治層級結構的一部分，因此也是賴特所謂「自作自受的犧牲者」⑯，但是，我們不要忘記他們與同一結構中的道教羣仙還是有微妙的差別。作者雖然不分仙佛，狠狠嘲弄了天界權力結構裏惺惺作態的官僚作風及其軟弱無能，不過，佛祖的般若智慧和慈悲心腸，仍然是他大力強調的主題。道教羣仙就缺乏慈悲觀世的胸懷和睿智的宇宙觀，玉帝尤然。史上的玄奘爲了深沉的宗教理想而西行，小說中的三藏卻因佛祖有不忍人之心，欲傳三藏眞經度人而兼程。第八回的盂蘭盆會上，佛祖對座下說道：「那〔居住於〕南贍部洲者，貪淫樂禍，多殺多爭，正所謂口舌凶場，是非惡海。我今有三藏眞經，可以勸人爲善……。〔這〕乃是個山大的福緣，海深的善慶。」（頁八〇）稍後悟空曾質疑此一動機：他爲青獅、白象和金鵬所敗時，就不解佛祖爲何不把經籍直接東傳，反而要遣人求取，讓人受盡苦難（第七十七回）。不過，悟空「問天」雖然悲痛，卻只是一時信心失落而已。他對取經所下的承諾，仍然信誓旦旦。這一趟遠行實際上所要表彰的，應該是支撐五聖不畏艱險前行的大力量。如同情節發展逐漸揭開的，

⑯Arthur Wright, *Buddhism in Chinese History* (Stanford, 1959), p. 98.

西行的意義不僅限於爲唐代百姓求經而已，就取經人個人而言，西行也象徵他們修身修道，更新生命的過程。易言之，《西遊記》乃在透過實際旅程，以表出個人修持功果的主題。此一主題擴充、呼應了另一主題：我佛慈悲。

我在文前曾經指出，三藏的三徒有一特徵：他們均已得道，羽化登仙。我應該再加一點補充：他們不僅是法力高強的仙人，更是天廷的逐客。加上龍馬在內的四衆，皆曾因犯錯而遭貶。悟空的名頭大，種因於大鬧天宮。八戒、悟淨和龍馬，則分別因帶酒戲弄嫦娥，失手打破蟠桃會上玻璃盞，或是縱火燒了殿上明珠而斥逐出天界，在凡間受苦受難。現代讀者或許會認爲他們刑罰過重，但是，刑罰顯非主要問題，作者其實是想要藉此深思另一「層次更高」的目的。因此，第七回五行山下定心猿之後，敍述者遂有一評詩總結整個事件：

伏逞豪強大勢興，降龍伏虎弄乖能。
偷桃偷酒遊天府，受籙承恩在玉京。
惡貫滿盈身受困，善根不絕氣還昇。
果然脫得如來手，且待唐朝出聖僧。
（頁七七）

觀音奉佛旨東行時，勸化卽將成爲三藏門徒的妖邪道：如果他們能夠靜候師父到來，保之西行取經，就能修得功果，消弭業障。《西遊記》的各章各回之中，時見此一主題重現。最明顯的例子，當推龍王太子加入取經行列的第十五回。觀音抵達鷹愁澗後，敍述者說道：「菩薩上前，把那小龍的項下明珠摘了，將楊柳枝蘸出甘露，往他身上拂了一拂，吹了口仙氣，喝聲叫『變！』那龍卽變做……馬匹……。又言語吩咐道：『你須用心了還業障；功成後，超越凡龍，還你個金身正果。』……行者聞得這許多好言，才謝了大慈大悲的菩薩」（頁一七二）。

觀音勸化悟空和龍馬之言十分重要，值得特別留心。西行徒衆可以藉取經恢復先前的仙籍，還可達到更高層次的體悟。這一點，或許也可以解釋悟空在第十九回初見八戒時所說的話：「因是老孫改邪歸正，棄道從僧，保護一個東土大唐駕下御弟，叫做三藏法師，往西天拜佛求經。」（頁二一六）觀音一再鼓勵悟空，又送他三根救命汗毛，後來果然使他受用不盡。這些事例，證明了小說中的菩薩契合其傳統形象：世人若能一心稱菩薩名，皆得大智大慧，獲得解脫⑩。觀音身體力行，廣運佛祖慈悲。她的甘霖不但普及三藏的四徒，還能濟助第十七回的熊羆怪，使蒼生盡蒙德澤。降服熊精以後，觀音饒其性命，令鎭守南海普陀山。悟空見狀，不禁感佩有加，連忙道：「誠然是個救苦慈尊，一靈不損」（頁二〇二）。

---

⑩見 Marie-Thérèse de Mallmann, *Introduction a l'étude d'Avalokiteçvara* (Paris, 1948), pp. 86–115。

此處或許有人會問道：衆徒歷盡艱險，嚐遍困頓，到底能夠修得什麼功果？此一問題最切身的答案，當然是他們可以擊退前來騷擾的妖魔鬼怪，保得唐僧上西天去。八戒在第二十回一築擊斃斑斕虎怪，悟空和敍述者不約而同分用散韻，稱頌他初秉沙門卽立下汗馬功勞。雖然如此，我們若僅看重衆徒保師的價值，強調加之於此的各種責任與危險，則不免犯了見樹不見林之弊，忽視了作者更深一層的企圖。從《西遊記》後半部看來，旅程雖然遙無盡期又顚沛蹭蹬，但是小說顯然不僅強調個人的造化，其中也有「福國淑世」之心。所以悟空八戒身上瀰漫的英雄式個人色彩，每在歷難去難之後便轉化爲沿途百姓的救命泉源，造福村里家國其功非小。衆人西進的漫漫途中，逢妖遇魔的機會不少。衆徒的奮鬥除了可以解救玄奘的危厄外，還復興了一個國家，尋回失子，使得家庭團圓。甚至熄息了火焰山，便利農耕和行旅。降服妖魔不但表明天道已彰，同時也恢復了人間秩序。後者之重要時而不遜於前者，因爲掃魔革除了人間遍地的陰鬱，重整了道德力量。第八十八回開頭，悟空求雨得雨，鳳仙郡再現生機。値此之際，一向遲鈍膚淺的三藏也開始體認、欣賞門下首徒的濟世之心：

> 話說唐僧歡歡喜喜別了郡侯，在馬上向行者道：「賢徒，這一場善果，眞勝似比丘國搭救兒童，皆爾之功也。」沙僧道：「比丘國只救得一千一百一十一個小兒，怎似這場大雨，滂沱浸潤，活穀者萬萬千千性命！弟子也暗自稱讚大師兄的法力通天，慈恩蓋地

也。」（頁九九八）

此刻嚴肅的氣氛，多少因八戒接下的抱怨語含幽默而遭到破壞：八戒怨稱悟空但知施善行仁，一發不顧袍澤肚餓。三藏聞言，當下斥責八戒。毋庸置疑，西行的最高功德已不僅在走畢全程，同時包括了沿途積善。取經人克服的諸難，經驗到的痛苦，以及所作的各種施捨善行，早就化解了他們的罪愆。最後行到佛駕座前，衆人加功晉果。

奧野信太郎在一篇立論相當大膽的論文中，曾經提出這樣的看法：《西遊記》裏的放逐、遊歷與回返的敍事模式，頗似「貴種流離譚」的結構。不過，正如我在〈《西遊記》的敍事結構與第九回的問題〉一文中指出來的，奧野並未看出上述模式亦可應用於三藏本人——他是佛祖座下的二徒金蟬[108]。佛祖說法時，金蟬分心，乃遭貶塵世，要歷盡萬水千山，飽嘗八十一難的折磨，才能重返西天極樂世界（參見第九、八一和一百回）。由此觀之，三藏的旅程也是功果修持的一種方式。衆徒藉此贖罪，師父亦然。我們當然不能忘記：小說人物有「前世」的說法，並非始自《西遊記》。「轉世投胎」的主題，從《三國志平話》（十四世紀）到《說岳全傳》（十八世紀），便迭見發揮。然而，《西遊記》一再鋪陳此一主題，令其演變爲中心情節。西天取經的行程，不論就三

---

[108] 奧野信太郎，頁二二五—二二六。

藏或就衆徒而言，都是重返佛祖懷抱之旅。像荷馬的奧廸修斯一樣，取經人必須通過種種駭人的阻礙，履險如夷，才能彌補曩昔瀆神的罪過。

若想更充分的認識五聖之間的關係，我們便得細索西行的宗教意義。毋庸贅言，手無縛鷄之力的唐僧，一向得畀恃法力高強的四徒之助，才能安然無恙的通過千山萬水的試煉。另一方面，作者無時不在強調三藏任重道遠，使命神聖。只有他才能壓抑諸如悟空的目空一切，使其得來不易的法力爲無私的宗教目的所用。不論是凡軀的三藏或是他力能通天的弟子，都必須在相互扶持的基礎上發展出救贖之道；第十四回的回目題作「心猿歸正／六賊無蹤」，把這一點講得非常清楚。這一回述悟空脫出五行山，護持三藏西進，終而掃除六賊。開頭有一首饒富意義的序詩：

佛卽心兮心卽佛，心佛從來皆要物。
若知無物又無心，便是真心法身佛。
法身佛，沒模樣，一顆圓光涵萬象。
無體之體卽真體，無相之相卽實相。
非色非空非不空，不來不向不回向。
無異無同無有無，難捨難取難聽望。
內外靈光到處同，一佛國在一沙中。

一粒沙含大千界，一個身心萬法同。
知之須會無心訣，不染不滯為淨業。
善惡千端無所為，便是南無釋迦葉。
（頁一五三）

不多久後師徒即逢六賊。在佛教的比喻裏，「六賊」當指六「朱利」(*cauras*)，亦即橫阻六識體悟的賊草[109]。悟空棒殺六賊一景，無非是假寓言來演示人類知覺的掃除。這一點，不論唐僧或將入師門的八戒都懵懂無知。大聖的行為，因而深合「悟空」一名眞意。須菩提為他命名時，早就要他除盡六賊了。稍後的情節也在在證明悟空確能不辱師門：他特別能洞識萬事萬物皆空的眞理。《心經》強調這一層哲理，前引序詩亦然，而且乍看之下還眞像改寫自《心經》。

當然，悟空誅除六賊的舉動也為他帶來災禍：緊箍兒繞頭原本就是觀音藉唐僧之口為悟空收心的方法。若從《西遊記》通篇的內容出發，十四回的情節具有重大的寓言意義，隱喻心猿意馬

[109]「六賊」的隱喻，佛經道書皆可見。前者較常見引的有鳩摩羅什譯的《維摩詰所說經》、《大智度論》；僧加婆羅譯的《文殊師利問經》；道綽的《安樂集》等。後者散見《道藏》，例如《上清太玄集》，卷五，二十七（收《道藏》八三：七三〇）及卷九，五（《道藏》八三：七三一）；《玄宗直指萬法同歸》，卷二，十一（《道藏》八三：七三四）；《鳴鶴餘音》，卷六，五（《道藏》八四：七五）。

的收放。此一主題在全書中十分重要，也迭經推演重複。三藏與衆徒——尤其悟空——之間的關係，維肖維妙的示範了佛教智慧收服人心的過程，因爲用猿猴來象徵輕浮急躁的人性十分適切。不過，如果僅從這種觀點來看待《西遊記》，未免大題小作了。「猿馬」的比喻出自佛經道書，人所周知。杜德橋曾經因此宣稱：這種比喻「不足以視爲〔小說〕最急於表現或自然流露的力量」⑩。雖然如此，我們得牢記作者一再演示的一點：悟空的急躁剛愎，是一切煩擾的根源。這種個性有一次還差一點讓他命歸黃泉⑪。此外，小說從未否定佛教不殺生等戒律，也未排斥佛門智慧。悟空二度遭逐，事因怒殺盜賊而起。心軟的三藏內疚不已，頻頻弔祭亡魂。悟空直奔南海，向大士哭訴寃屈。不料觀音卻不假以顏色，明白肯定唐僧有理。戒殺乃佛教重要門規，卽使人道主義式的惻隱之心曾一度爲取經人帶來殺身之禍，三藏仍然堅持如此。

細索悟空個性和行動的多重意義，我們還可以體會出上述佛律中的矛盾。小說的種種寓言也一再強調此一困境，試圖加以解明。夏志淸說得不錯：取經人當中，悟空對於一切皆空的宇宙本質知之最深，因此，他從不避諱遁世的觀念⑫。不過，我們得知道悟空所以會有此等體悟，乃因

---

⑩Dudbridge, *Antecedents*, p. 176.

⑪此一故事發生於車遲國支節。其時悟空與三道士鬥法，虎力大仙提議比賽打坐，悟空耐力欠佳，旋為所敗（參見《西遊記》第四十六回，頁五二八—五二九）。

⑫Hsia, *Introduction*, p. 126.

他善能使心，又長於思考有以致之。了解及此，我們就不難想像何以三藏一面亟思駕馭「心猿」，一面又大力仰仗心猿之助。沒有這位大徒弟的醍醐灌頂，三藏及其他三徒就會「無心」（參較第二十八—三十回）。在取經人一行陷溺最深的時候，「以心問心」，排難解危的是悟空（第五十一回）。因此，其人其行所昭示我們的，便是看待「空」的正確態度。根據鈴木大拙的說法：「『空』的消極面，是指殊相的消失，個體的不存。其積極面則是指出世事的變幻無常：『變』的才是恆常律動，是因緣轉變的生生不息。」[113] 悟空教給三藏——甚至是讀者大眾——的，不是人類經驗的空幻，或是西行所遇邪魔的虛幻本質。更積極的一面是，他想助師父看出這些現象足爲啓悟的工具。因此，在第二十四回三藏問他佛駕所在的西天「幾時方可到」時，悟空的答案如下：

> 你自小時走到老，老了再小，老小千番也還難；只要你見性志誠，念念回首處，即是靈山。（頁二七〇）

在這同時，三藏負有導正四眾道德的責任，使他們不流於亂，能爲人所用，能濟世救國，爲崇高的理想奮戰不懈。天生我材必有用，即使八戒也可以身負「壓路機」的重責：他在第六十四

---

[113] D.T. Suzuki, *Outlines of Mahayana Buddhism* (New York, 1963), p. 173.

回便清理過荆棘遍地的路徑，在第六十七回又推淨了稀柿衕。《西遊記》的作者爲了開展西行的這些深層意義，大量借用了佛道傳統的修辭語彙。小說強調的「整體調合」觀念，符合通俗道教的傳統，因爲修道的本質就如蒲安廸所說：「在於個人的自我依附於一個較廣大的整體觀照。」三藏爲衆徒提供「更生」與「解脫」的門徑。這種門徑當然是透過「自我」依附於「取經的大我」而成就的。雖然如此，我們若進一步徵引蒲安廸，則會發現丹術的視境「會使人發生錯覺，以爲個人心靈〔及身體〕的封閉世界既能擁抱整個宇宙，也就可以獨立運作」⑭。我相信《西遊記》爲了調適此一視境，乃大力強調佛家修「善根」(*kuśalamūla*)與積聚「功果」(*punyam-karoti*)的觀念。這些觀念有益社會，也必須透過互信互賴和共同努力來完成。小說進入高潮之前，寶幢光王佛用無底船引渡衆人。登上解脫的彼岸之際，河流中泱來衆人的本骸，「證明」他們舊殼已脫。我們若依前述的觀念看待此景，便可想見悟空與三藏會有如下對話的原因：

> 三藏方纔醒悟，急轉身，反謝了三個徒弟。行者道：「兩不相謝。彼此皆扶持也。我等虧師父解脫，借門路修功，幸成了正果。師父也賴我等保護，秉教伽持，喜脫了凡胎。」
>
> （頁一一〇五—一一〇六）

---

⑭Plaks, p. 186.

若放在全書的大架構中看，《西遊記》這一部分可以幫助我們了解衆徒順從三藏，接納佛法，並非如某些批評家在比較《西遊記》四徒和《水滸傳》一百零八條好漢時所說的態度消極，一遇懷柔，立刻妥協⑮。《水滸傳》的各路英雄一旦臣服在政治勢力之下，英名即已註定要煙消霧散。可是就《西遊記》裏的悟空、八戒、悟淨和龍馬而言，他們加入取經行列的決定，正是個人自我開悟的嚆矢，從心所欲不踰矩的初機。

**附記**：本文爲余國藩英譯本《西遊記》之〈導論〉(Introduction)，原文見 Anthony C. Yu, trans. and ed., *The Journey to the West* (Chicago and London: The University of Chicago Press, 1978), I, 1-62。原著部分內容曾以論文形式發表："Heroic Verse and Heroic Mission: Dimensions of the Epic in the *Hsi-yu chi*," *Journal of Asian Studies*, 21 (1972): 88-97。又本文全文中譯發表於《中外文學》，第十七卷第六期（一九八八年十一月），四—四五；第十七卷第七期（一九八八年十二月），七二—一〇〇。

⑮荒井健，〈西遊記のなかの西遊記〉，頁六〇一—六〇七。

# 朝聖行

## ——論《神曲》與《西遊記》

「朝聖」一詞在宗教上的定義爲何，學者向來衆說紛紜。儘管如此，其具備某些基本特徵，卻也是衆所確認的事實。用最近一份研究論文上的話來講，宗教上指的「朝聖」至少得含括三種特質：「第一，有『聖地』之存在；第二，個人或團體朝『聖地』而行；第三，這種行動可以爲『朝聖者』帶來物質或精神上的報償。」① 我們若是接受此一定義，則冒險犯難，長途跋涉的旅

①Freddy Raphaël, "Le Pèlerinage, approche sciologique," in *Les Pèlerinages l'antiquité biblique et classique à l'occident médiéval*, ed. M. Simon et al. (Paris, 1973), p. 12. 朝聖行為在各種宗教文化裏都曾廣受討論，批評文獻甚豐。我曾參考過的書籍如下：Jonathan Sumption, ***Pilgrimage: An Image of Mediaeval Religion***

程，就未必全部稱得上是「朝聖」。英雄式的探險雖然每令旅人奮不顧身，但是同樣不盡能以「朝聖」一詞名之。根據前引定義，我們或者還可補充道：個人或集體的行動果若要具備宗教意義，一定得和聖地的觀念、參與的模式，以及旅程本身的回報有關。

---

(Totowa, N.J., 1975); Sidney H. Heath, *Pilgrim Life in the Middle Ages* (Boston, 1912)，以及此書的增訂改題本 *In the Steps of the Pilgrims* (New York, 1950); Donald J. Hall, *English Mediaeval Pilgrimage* (London, 1965); Arthur Percival Newton, ed., *Travel and Travellers in the Middle Ages* (London, 1926); R.J. Mitchell, *The Spring Voyage: The Jerusalem Pilgrimage in 1458* (London, 1964); Thomas Wright, trans., *Early Travels in Palestine* (London, 1848); Victor Turner and Edith Turner, *Image and Pilgrimage in Christian Culture* (New York, 1978); "Pilgrimage," in *Encyclopedia of Religion and Ethics*, ed. James Hastings (New York, 1921), 9:10-28; A. Fowler, "Patterns of Pilgrimage" 〔review article〕, *Times Literary Supplement* (November 12, 1976), pp. 1410-12; Nancy Falk, "To Gaze on the Sacred Traces," *History of Religions*, 16 (1977): 281-93；以及 C.E. King, "Shrines and Pilgrimages before the Reformation," *History Today*, 29 (1979): 664-69。集中探討文學與朝聖之關係的資料，我覺得比較有價值的有下列數種：W.H. Mathews, *Mazes and Labyrinths: Their History and Development* (1922; reprint ed., New York, 1970); Georg Roppen and Richard Sommer, *Strangers and Pilgrims: An Essay on the Metaphor of Journey*, Norwegian Studies in English no. 11 (Oslo, 1964); F.C. Gardiner, *The Pilgrimage of Desire: Theme and Genre in Medieval Literature* (Leiden, 1971); Harold Bloom, "The Internalization of Quest Romance," in *The Ringers in the Tower: Studies in Romantic Tradition* (Chicago, 1971), pp. 13-35; D.L. Maddox, "Pilgrimage Narrative and Meaning in Manuscripts A and L of the *Vie de saint Alexis*," *Romance Philology*, 27 (1973): 143-57; Christian Zacher, *Curiosity and Pilgrimage: The Literature of Discovery in Fourteenth-Century England* (Baltimore, 1976); Ronald Paulson, "Life as Journey and as Theater: Two Eighteenth-

在本文裏，我擬討論兩部文學名著所具現出來的「朝聖」觀：但丁的《神曲》，以及十六世紀時或由吳承恩所撰的《西遊記》。行文之時，我擬先從歷史的角度出發，略談「朝聖」的觀念在西方早期經籍中的發展，然後再把觸角集中到上述兩部作品，看看兩位作者所了解、使用的宗教朝聖行，如何能爲我們提供一種有趣而又不失啓發性的比較。在這種過程裏，我們也可以進一步發現東西文學與宗教文化上的歧異處。

## 一

下文先從《神曲》起論，其原因有二：第一，《神曲》早於《西遊記》出現；第二，此一西方名著呈現的基本朝聖觀，在整體上似乎最能契合其本身預設的宗教傳統。在中世紀基督教會的活動裏，「朝聖」之扮演重要地位，早爲人知，毋庸申述。〈新約〉裏面是否有制化朝聖行爲，尚乏佐證，事實上可能也根本闕如。雖然如此，在〈馬太福音〉第二十三章第二十九節裏，耶穌卻曾提到：「先知的墳墓，以及……爲聖賢所立的石碑」（另請參較〈太〉二七：五二及五三；下引經文均

Century Narrative Structures," *New Literary History*, 7 (1976): 43-58; Donald R. Howard, *Writers and Pilgrims: Medieval Pilgrimage Narratives and Their Posterity* (Berkeley, 1980)。讀者若有興趣探討第四至十九世紀到聖地去的朝聖行爲，下面這本書目必不可缺：Reinhold Röhricht, *Bibliotheca Geographica Palestinae: Chronologisches Verzeichnis der von 333 bis 1878 verfassten Literatur über das heilige Land mit dem Versuch einen Kartographie* (Berlin, 1980), rev. ed. David H.K. Amiran (Jerusalem, 1963)。

出自《聖經》現代中文譯本〔香港：聯合聖經公會，一九七五年〕）。易言之，〈新約〉寫經人所記載的暗示，指出「聖地」與「聖堂」的觀念可能早已存在。以色列人的宗教傳統也相當熟悉同類的設定與構築體。

基督教初興之際，教徒很早就把《聖經》中有關耶穌生平與聖職的地方標出，作爲崇奉的聖地。事實上，探訪巴勒斯坦的朝聖者，一向都視耶穌爲朝聖先驅。他復活後前往以馬忤斯（Emmaus；〈路〉二十四：一三—三五）的旅程，中世紀的解經學者常常將之解釋爲「朝聖行」②。此外，〈馬太福音〉二十七章第五一至五三節，亦曾記述耶穌死後才設置的許多墓碑，並談及復活後立起的「多處上帝子民遺骸」。這些敍述，可以示範「教團神學」(*Gemeindetheologie*) 所預示的末世神話。當然，其敍述可能也會因教徒特別關心聖墓與聖物而更爲生動。

我們當然也得記住：在君士坦丁時代以前，集體朝聖的行動並不多見。通往羅馬的路途，不管一般傳說有多便捷，由於政府敵視不已，加上人民的經濟能力有限，大規模的朝聖若非慘遭迫害，便是因此致令大衆裹足不前。僧侶和佈道人員所以仍願冒死朝聖，目的在完遂學術或宗教追

---

②參較 Herbert Thurston, *The Stations of the Cross: An Account of Their History and Devotional Purpose* (London, 1906), p. 3; Gilbert Cope, *Symbolism in the Bible and the Church* (New York, 1959), pp. 52-53; M.D. Anderson, *Drama and Imagery in English Medieval Churches* (Cambridge, 1963), pp. 150-51; John Plummer, *The Hours of Catherine of Cleves* (New York, 1966), pl. 75; *The Little Flowers of St. Francis*, ed. Damian J. Blaher (New York, 1951), p. 457。

求。他們的朝聖，因而絕少大舉行事，多屬個人行爲，或是小規模的團體合作。

第四世紀以降，教會不再紛擾如故，加上波拉女史（Lady Paula）和聖・傑魯姆（Saint Jerome）等作家一再鼓吹，朝聖的行動日漸增多，日趨盛行。基督徒禮拜聖地（Holy Land）——尤其是耶路撒冷——的動機，宗教熱誠與好奇之感兼而有之，程度且不相上下。這種風起雲湧，蔚爲風氣的情況，《天界漫遊》（*Peregrinatio aetheriae*, ca. 400）的作者曾經身體力行，可爲見證。用最近一位學者的話來形容，這位女作者「手持《聖經》，視之爲旅遊指南」③。她擬探訪《聖經》所示聖地的期望，還不僅止是一種處精思熟的「旅行欲」（*Wandertrieb*）：她每到一地，便回溯《聖經》上的記載，勤勤禮拜，篤篤虔信，不但自然合宜，而且本人幾乎也已融入《聖經》事件和地點之中。綜言之，《天界漫遊》作者的朝聖行，實際上已把救贖史和聖地結爲一體。從埃及到巴勒斯坦這一程人人嚮往的旅途，乃變成新舊〈出埃及記〉的經驗複製。

除了救贖史所聖化了的探訪聖地的企求外，基督徒無異於異教徒，其朝聖的動機常常羼入「療病」或「精神重生」一類於己有益的期盼。朝聖的旅程苦難叢生，可能橫遭刼掠，危險不堪。從此一事實著眼，則羅馬教會視朝聖爲苦修或特殊意義之追尋的看法，毋寧合理。有時候，連教宗本人也會認爲這種作爲是聖舉。華格納（Wagner）的歌劇《譚海瑟》（*Tannhäuser*）第一

---

③Marcel Simon, "Les Pèlerinages dans l'antiquité chréenne," in Simon, ed., p. 100.

幕第三景裏，那幾位年老力衰的朝聖者曾經唱道：

Ach, schwer drückt mich der Sünden Last,
kann länger sie nicht mehr ertragen:
drum will ich auch nich Ruh' noch Rast,
und wähle gern mir Müh' und Plagen.
Am hohen Fest der Gnad' und Huld
in Demuth sühn' ich meine Schuld;
gesegnet, wer im Glauben treu!
er wird erlöst durch Buss und Reu'.

罪愆何其重，
擔擔難忍受；
寧靜祥和遠，
唯好苦與難。
若蒙神寵顧，

謙謙補罪過；
信心人有福，
悔罪得救贖。

朝聖既然是基督徒在俗世獲取「確切解脫」的不二法門，其最佳之實踐當然是透過苦修來悔罪。勾勒此一觀念最爲神龍活現的藝術形式，無過於歷史與歌劇。前者可以教皇格列哥里二世（Gregory II）與亨利四世在一〇七七年充滿衝突性的相遇爲代表。後者自然可舉《譚海瑟》爲最佳例證。

朝聖的意義還不僅限於此端，《聖經》上刻劃的無家可歸的基督徒漫遊者又將之擴張不少。最足以顯示此一觀念的《聖經》篇章，厥爲〈希伯來書〉第十一章第十四至十六節。經文謂：基督徒「在世上不過是異鄉人和流浪的旅客」；他們「渴慕一個更美的家鄉」，盼望「更美好在天上的城」。數世紀以來，此一觀念迭經作家推演，或據而爲「說教的主題，或擴展而爲文學的情節」④。聖·奧古斯丁（St. Augustine）就曾經這樣子做過。在《論基督教義》（*On Christian*

④M.H. Abrams, *Natural Supernaturalism: Tradition and Revolution in Romantic Literature* (New York, 1971), p. 165. 另請參見 Gerhart B. Ladner, "*Homo Viator*: Medieval Ideas of Alienation and Order," *Speculum*, 42 (1967): 233-59; George H. Williams, *Wilderness and Paradise in Christian Thought* (New York, 1962); W.G. Johnsson, "Pilgrimage Motif in the Book of Hebrews," *Journal of Biblical Literature*, 97 (1978): 239-51。

Doctrine）一書裏，他以靈巧的手法接合荷馬式的語言、柏拉圖式的意象，以及基督教理於一體，然後堂而皇之的說道：「因此，我們在有生之年，在乖離上帝之後，若仍思回歸故園，沐浴在神恩裏，我們就得善用俗世的一切，而不是在其中放縱享樂」⑤。

誠如珍・李柯勒（Jean Leclerq）等人提醒過我們的，基督徒放逐者的觀念盛行於中世紀，早就變成很多人的「理想」⑥。至於朝聖旅行，得逮及十二世紀才會成爲顯著的精神追尋的象徵。這種種引發的結果，是肉體與精神之旅的快速融合。在過程當中，實際上的朝聖行——不論是到耶路撒冷、坎特伯里、康普斯第拉（Compostela），或是羅馬——已經反映出人生，反映出一個架構更大的基督教朝聖行爲的過程與意義。中世紀的士林哲學強調人心的優異，與基督教朝聖觀不謀而合。靈魂上昇天堂實與心靈活動關係匪淺。這一點，回應了波那溫提拉（Bonaventura）

---

⑤Augustine, *On Christian Doctrine*, trans. D.W. Robertson, Jr. (Indianapolis, 1958), 1.4, p. 10. 另請參較聖・奧古斯丁在《上帝之城》中所引的普洛丁納斯（Plotinus）的話，見 *The City of God*, trans. Marcus Dodds (New York, 1950), 9.17, p. 296 以及 Christine Mohrmann, *Études sur le latin des Chrétiens*, vol. 2, *Latin Chrétien et médiéval* (Rome, 1961), pp. 75 ff。

⑥請見下書：Dom Jean Leclerq, "Mönchtum und Peregrinatio in Frühmittelalter," *Römische Quartelschrift für Altertumskunde und Kirchengeschichte*, 55 (1960): 212-25 以及 "Monachisme et pérégrination du IXe au XIIe siècle," *Studia monastica*, 3 (1961): 33-52; Giles Constable, "Monachisme et pèlerinage au moyen age," *Revue historique*, 258 (1977): 3-27；以及 Hans Frhr. von Campenhausen, *Die asketische Heimatlasigkeit im altkirchlichen und frühmittelalterlichen Mönchtum* (Tübingen, 1930)。

一部論述的題目：《朝神而行的心靈之旅》(*itinerarium mentis ad Deum*)。聖．多瑪斯(St. Thomas Aquinas)亦作如是觀。他在《神學大全》(*Summa theologica*)裏借用聖．奧古斯丁在《論福音傳播者約翰》(*Tractatus in Joannis evangelium*, 32)裏的話說道：「我們之所以是『徒步的旅人』，乃因我們正在逐步朝神而行。上帝是至福的所在。要接近上帝，不能憑藉『身軀的移動』，唯有昇恃『靈魂的親炙』，才能竟功」⑦。

聖．多瑪斯援用的聖．奧古斯丁所強調的接近神靈之法，當然是從整個基督教神學最嚴格的唯心論出發的。然而，在但丁的《神曲》裏，神卻是可藉「身軀的移動」來接近的。《神曲》裏的詩人朝聖者(the poet-pilgrim)先入地獄。在歷盡危難之後，他努力攀上淨界山。最後，在一片暈眩當中，朝聖者登上最高天。但丁的詩行充塞「身體力行」的寫實風格，數世紀來佳評如潮。這種風格代表詩藝上的人神同形論得向教義決裂的事實。決裂的意願愈強，遊俠作風愈盛。奧爾巴哈(Erich Auerbach)曾經敏銳的指出：「在但丁之前的一整個世紀裏，士林哲學及其求取和諧的奮鬥，已經超越了上古流傳下來的機械論。後者另又本於『低俗的唯心論者』(Vulgar Spiritualist)式的寓言。在聖．多瑪斯的《神學大全》中，早已有一有機而又不失系統化的秩序。此一秩序援用開列與分類之法來定位宇宙：神是第一序位，繼之則為祂所創造的萬物。這種秩序化

⑦Thomas Aquinas, *Summa theologica*, 2-2, 24.4.

了的系統不但有其教誨上的目的，抑且是不論靜動態的萬物皆能含括在內的。」⑧此一教誨系統裏的抽象成員，但丁都曾一一爲之「定位，賦予名稱」。他在這樣做時，實則又把「『存在』化爲經驗；在探討『存在』時，他同時也讓世界『存在』了……。」《神曲》通篇之中，但丁每透過教義的具體演出，把教條化爲戲劇。他所信仰的教義，誠如奧爾巴哈所說的，「乃從基督教的贖罪史建構而來；其理論則本於聖・多瑪斯」⑨。易言之，但丁認爲唯有透過知識上的啓迪與愛的覺醒，人類才有可能在最後與上帝合而爲一。

《神曲》的時空架構浩翰，枝節蔓衍有序，適足讓詩人逞其想像構設戲劇。在這種情況下，朝聖旅人的故事，無疑是組織動靜，設想審判與試煉，畫定逆轉和延宕等戲劇成分的最佳方法。當然，《神曲》裏的朝聖行非關死亡所致。作者吟詠的目的，一方面在記錄自己的精神成長，另方面則在指導芸芸衆生，使其沐浴在永恆的神恩之中。要完遂上述目的，但丁得借助於各種已知的朝聖文獻。如同爾來的研究顯示，他確曾大量徵引傳統⑩。不過，本文由於篇幅有限，不能論

---

⑧Erich Auerbach, *Dante, Poet of the Secular World*, trans. Ralph Manheim (Chicago, 1961), p. 94.

⑨同右注。

⑩相關的論述較簡便的有 John G. Demaray, *The Invention of Dante's "Commedia"* (New Haven, Conn., 1974), pp. 51-52。至於最近期的研究，請參見R.H. Lansing, "Two Similes in Dante's *Commedia*: The Shipwrecked Swimmer and Elijah's Ascent," *Romance Philology*, 28 (1974): 161-77; D. Heilbron, "Dante's Gate of Dis and the Heavenly Jerusalem," *Studies in Philology*, 72 (1975): 167-92; G.D. Economou, "Pastoral Simile

盡一切，所以我只能擇要說明。首先應該注意的是，儘管味吉爾（Virgil）在全詩伊始即已警告但丁若想走出黑森林（*selva oscura*）就得遠離迷途，另尋正道（〈地獄篇〉，一：九一—九三）⑪，但是，〈地獄篇〉中卻無一語暗示但丁有意採行基督教的朝聖觀。他的冥府行雖說森然可怖，地獄的慘狀或許也符合基督教的末世神話，不過，此一歷程構設的目的是要獲悉人亡故後的合理狀況，不是在闡揚神恩浩蕩，更非在申論悔罪能避災免厄的事實。〈地獄篇〉中寫朝聖羣衆及其行動的詩行，通常諷刺連連，例如十八章第二十八至三十三行之中，即有一明喻把皮條客和誘惑者的反常行爲方之天主教大赦年時羅馬的擾嚷大衆。很多批評家從象徵的立場著眼，認爲「地獄」隱喻埃及。後一國度有一切俗世的奢侈、低劣、變節與束縛。詩人一進入淨界，馬上察覺到自己的旅程已有不同於往昔者：他稱呼自己是個「踏入朝聖首日的人」（*novo peregrin*，〈淨界篇〉，

---

of Inferno XXIV and the Unquiet Heart of the Christian Pilgrim," *Speculum*, 51 (1976): 637-46; D.J. Donno, "Moral Hydrography: Dante's Rivers," *Modern Language Notes*, 92 (1977): 130-39; J.C. Boswell, "Dante's Allusions: Addenda to Toynbee," *Notes and Queries*, 24 (1977): 489-92; A.A.M. Paasonen, "Dante's Firm Foot and Guittone d'Arezzo," *Romance Philology*, 33 (1979): 312-17; J.B. Holloway, "Semus Sumus: Joyce and Pilgrimage," *Thought*, 56 (1981): 212-25。

⑪我所用的義大利本文《神曲》，是 Giorgio Petrocchi 為「義大利但丁學會」(Società Dantesca Italiana) 所編的 *Commedia*。此一本子先重刊於 C.H. Grandgent 的版本中，而後經 Charles S. Singleton 修訂再版 (Cambridge, Mass., 1972)。

八：四），而且終全詩還有逐漸增多的細節描寫和朝聖文學、遊記，甚至是和中古地圖所繪一致。全詩的動作和景緻敍寫互相呼應，幾乎已達天衣無縫。例如但丁抵達諸王所在的山谷時，在崦嵫薄暮中，他回想到初識愛情的一刻：此際，遠方鐘聲正響，彷彿在爲新的朝聖者哀悼逝去的歲月（〈淨界篇〉，八：四—六）。

很多批評家曾經觀察到，淨界山實爲西奈山（Mount Sinai）的合成複製品，其最高峯遙對耶路撒冷，與月界接壤。淨界裏到處有危崖（〈淨界篇〉，三：四六—四八），羊腸小徑圈圈環繞，山脊曲曲折折（七：七〇—七二），巉巖之間豁然有曠野（九：七四—七八，以及十二：九七），斜坡則陡峭異常（四：四〇—四三）。這些景緻予人之印象深刻無比，每教人回想起《聖經》和朝聖文學所細寫的「神的雷霆之山」。不論是淨界山或西奈山，由於都在爲人類象徵天地之結合，歷歷如眞，所以彼此關係密切。《聖經》裏的西奈山是以色列人和史上的基督徒到達朝聖終站前必經的審判之地。在基督徒蒙受神恩，福音廣被之前，上帝的戒令必先在此頒佈。正因上述種種，《神曲》裏的詩人朝聖者事先也得攀臨淨界山，體會幸福的眞義，然受再從感同身受裏逐漸滌清錯誤和罪愆（十二：一一五—一三六）。

這樣說來，淨界無疑深能契合其預設的宗教意義與功能。孤獨的旅者若想和其他的贖罪者一樣，獲悉更深一層的團體和靈交之感，必得親臨斯地。在第一卷中，詩人的經驗是既孤獨又可怕，他說：「而我孤單一人」（*"e io sol uno"*，〈地獄篇〉，二：三）。不過，第二卷開卷不久，就在他和味吉爾在淨界山前的荒島上遇到一羣訪客之際，其經驗已然變成一架構更大的經驗的一部分了（〈淨界篇〉，二：二十二以下）。麕集在阿柯戎（Acheron）河畔受罰的亡魂，必須由惡魔卡戎（Charon）擺渡進入地獄：兀自哭泣，兀自「旅行」（〈地獄篇〉，三）。相反的，爲淨界裏的一百靈魂掌舵的是天使。像詩人一樣，這些靈魂已經開始淨化之旅，目的地是天堂。他們走下天使的舟舶之際，齊聲高唱〈以色列人出埃及歌〉（"*In exitu Israel de Aegypto*"）。這首歌是〈舊約．詩篇〉第一一四首的開卷之作，也是但丁在致斯卡拉（Can Grande della Scala）書上，用來解釋贖罪四義的那一首。

幽魂齊聲高唱，天使畫十掌舵，大夥兒終於雀躍登岸，民胞物與之情油然生焉。他們上岸後的和濟之感，實可方之史上的朝聖者踐履聖地的記載。然而，比故事和事件的多義關係更具意義的，則是兩位詩人和一船靈魂會面時形成的微諷之感。衆靈魂興奮的問味吉爾要如何渡到淨界山麓（〈淨界篇〉，二：五九—六〇），而詩人卻以一無所知婉轉拒答。他說：「我們甚至無異各位，也是陌生的訪客」（"*noi siam peregrin come voi siete*"，二：六三）。原文中這位羅馬詩人所用的義大利文 *peregrin*，實爲一文字遊戲，兼有「陌生人」和「朝聖者」的雙關涵意。但丁選用此字，或許是故意之舉。由於味吉爾的命運恆已定於「遺忘獄」（Limbo），他在此一場合中確實不宜以 *peregrin* 來描述自己——除非他指的是不帶宗教意義的「異鄉人」或「過客旅人」。另一方面，味吉爾在原文句中又用到複數形的第一人稱 *noi*，也別無「詩人特權」（poetic license）可言，因爲同行的但丁確爲朝聖者，其命運無異於贖罪的衆靈魂。味吉爾稍後更得在時機來臨時離但丁而去。

兩位詩人分手的一刻，發生在他們攀達淨界山巔之時。值此之際，但丁已臻至意志「自由、曠達和完整」(*"libero, dritto e sano"*，〈淨界篇〉，二七：一四〇—四二）的境界。過去的罪也在昇入天堂之前滌清。〈淨界篇〉最後數章把他「得道昇天」的這一刹那鏤刻得非常仔細，從伏筆到終篇幾乎無懈可擊。如同亞伯拉姆玆（M.H. Abrams）在《自然的超自然作風》一書裏爲我們恰當總結的，基督徒視生命爲「艱辛的朝聖遊歷」(a toilsome *peregrinatio*）的觀念，本身就已包含兩個主要意象：一爲直線形的進程，一爲圈狀的回返。前者的情形，容我引亞氏的話說明：

> 生命是朝聖的比喻，重要非常。此一觀念，乃受〈舊約〉中有關放逐漫遊者之啓發而來，尤以上帝的選民出埃及一事爲然。他們在曠野長途跋涉，最後進入應允之地的事實，同樣具有影響力。旅行的終點設定在新耶路撒冷，事屬不凡。此一地點不但是一「城市」，同時也是一「女人」。渴望一履目的地的心態，常沿襲〈啓示錄〉第二十二章第十七節的模式，而以受邀參加婚禮的形式表現出來：「於是聖靈對新娘子說道：『來吧。』聽到的人也說：『來吧。』渴望參加的人也說：『來吧。』」⑫

⑫見 Abrams 前揭書。

和直線型的旅程相伴而來的，是圈形回返的意象。〈新約‧路加福音〉第十五章十一至三十二節，曾把此一意象的大要濃縮出來。浪子在悔罪、回見欣喜又寬宏大量的父親之前，曾經收拾家業，「出發到遠國旅行，揮霍無度，散盡千金」。基督教傳統裏的此一故事，長久以來就是罪惡和救贖的深刻寓言。在《神曲》裏，直線型的旅程和圈形回返的意象雙雙重現，因爲我們看到朝聖詩人辯解和聖化過程裏的若干階段。

但丁把地上的伊甸園置於淨界山頂，深能脗合《神曲》構設的神學觀。樂園是他窮山惡水漫漫追尋後抵達的首站。根據全詩的地理敍述，從亞當和夏娃因墮落而遭逐出樂園以來，人類已經從南半球遷徙到北半球。所以，凡人的俗眼再也不能辨識神恩的所在，天眞純潔的心靈乃一去不返（參較詩人在〈淨界篇〉，一：二二—二八所唱的哀歌）。查爾斯‧辛格騰（Charles Singleton）在《走向畢翠絲》一書中說明此點道：「一般人看到的但丁詳繪的旅程路線」，因而是一種想要「回歸伊甸園的動作，……極思回復人類在墮落以前的崇高狀態」⑬。

但丁和味吉爾爬上淨界山的第三天拂曉，朝聖詩人深知自己正濱臨頂峯，乃將自己的感覺比喻爲返鄉的朝聖客（"*che tanto a' pellegrin surgon più grati, /quanto, tornando, albergan men lontani*"，〈淨界篇〉，二十七：一一〇—一一一）。接下來，味吉爾告訴他：凡人長久追尋的「甜美果實」

---

⑬Charles S. Singleton, *Journey to Beatrice* (Baltimcre, 1977), pp. 224-25. 本書原為 *Dante Studies 2*。

(*dolce pome*，另請參較〈地獄篇〉，十六：六二)，但丁那一天卽可採得(〈淨界篇〉，二十七：一一五—一一七)。味吉爾臨去那一刻，但丁爲他加冕執笏，以俗世短暫精神權威的象徵來顯耀他。此一舉動相對的反映出詩人朝聖者意志完善，頗能節制自己。

想要恢復內心的廉正，革新精神，不能不先洗滌汚染。辛格騰謂：〈淨界篇〉最後數章寫人類回到自然後的完美和恩澤狀態，極盡生動之能事。這兩種狀態，亦可在廣受景仰的天主教義中找到對稱的說法：依上帝的形象創造出來的亞當，早就從造物主手中獲得額外的恩賜⑭。但丁的詩是否實爲「原始完美」(*justitia originalis*)和「額外恩賜」(*donum superadditum*)的煩瑣寓言，問題複雜無比，本文難以盡論。不過，只有待畢翠絲(Beatrice)現身之後，詩人才能改變自己，獲得救贖，卻也是毋庸置疑的事實。在很多批評家眼裏，畢翠絲不啻基督的一種化身。

〈地獄篇〉第二章中，味吉爾曾經提到聖女露西(Saint Lucy)應聖母瑪麗亞之請，敦促一貌美女性從遺忘獄召喚羅馬詩人前來幫助該女之愛人。所以，《神曲》早在開篇之時，卽已設定畢翠絲爲仲介角色。但丁後來回想到此事，感念之餘驚嘆道：在地獄留下足印，導引他走向贖罪之路的正是畢翠絲(“*e che soffristi per la mia salute /in inferno lasciar le tue vestige*”，〈天堂篇〉，三十一：八〇—八一)。她操之慮之，對但丁的關懷誠誠篤篤。事實上，畢翠絲也幫過詩人堅定

⑭Singleton, pp. 101-16, 223-83.

信心，讓他在旅途伊始即無畏於萬狀困難（〈地獄篇〉，二：一二七—一三三）。在〈淨界篇〉最後一部分中，但丁一眼看到畢翠絲，昔日的愛戀油然甦醒，力量之強之大，就好像她後來嚴斥詩人，讓他痛悔不已的力量一樣。但丁的悔恨，無異於贖罪之舉，所以鋪下最後得見上帝顯靈（*visio Dei*）的道路。

批評家早已指出詩人和幼時情人之間，確實有眞正的感情存在⑮。然而，他們「偉大的舊愛」（"*d'antico amor senti a gran potenza*"，〈淨界篇〉，三十：三十九）顯然沒有「結束」，因爲就全詩的神學架構來看，此一「愛情」正是驅策但丁擁抱「善」的決定性力量：畢翠絲讓他體認到應該愛一切「人在其背後再也找不到可愛對象的『善』」（"*Per entro i mie' disiri, / che ti menavano ad amar lo bene / di là dal non è a che s'aspiri*"，〈淨界篇〉，三十一：二二—二四）。重新進入淨界山尖的人間樂園伊甸之後，基督教朝聖者但丁終於有幸目睹「一場盛大的演出：其動作雍容華麗，其光熾亮如旗幟，而其歌聲莊嚴曼妙。對批評家而言，這些奇景不啻在暗示教廷人員的行進行列。他們肩負化爲聖餅的基督，魚貫而走。朝聖的人已經懺悔；他們曾經苦行贖罪，而聖水也已滌淨他們了。四大美德既然已經堅定他們的信心，接下來朝聖者便可接受聖餅，由耶穌代其贖罪。聖餅是『食物；本身既能滿足大衆，也令人羨慕不已。』朝聖者的靈魂，便因領受

---

⑮參見 Charles Williams, *The Figure of Beatrice: A Study in Dante* (New York, 1961)，尤其是本書第二至第三章及第八至第十二章。

聖餅而與三大神學美德愈形接近」⑯。

終此一支節全部，甚至包括下一篇章，畢翠絲象徵神聖之光的意象持續發展，氣勢攝人而又饒富詩意。她的眼神炯炯，笑容和藹可親。朝聖詩人身歷其境，彷彿看到一個雙重意象：「如鏡中之金烏，尤物光芒二熠，一會兒眼波撩人，一會兒笑容可掬。」(“*Come in lo specchio sol, non altrimenti/ la doppia fiera dentro vi raggiava, / or con altri, or con altri reggimenti*”，〈淨界篇〉，三一：一二一—二三）⑰。儘管但丁汲汲然如此強調，畢翠絲本人所代表的意義——如同詩人後面會細細告訴我們的——實則不僅限於此端。從畢翠絲重逢愛人那一刻開始，一直到最後他們朝光輝耀眼的最高天行進爲止，她每能砥礪朝聖詩人的所作所爲。下引一句，可見此一關係的典型模式：「畢翠絲抬頭仰望，我也目隨她轉」(“*Beatrice in suso, e io in lei guardava*”，〈天堂篇〉，二：二十二）。抬頭睇視太陽的灼灼眼神，確實令凡夫俗子的但丁心儀不已，終而亦步亦趨。曾經有人拿畢翠絲的目光，比附一倍受爭議詩行裏的兩個意象：「箭刺而下又昂然拔起的鷹隼」、「打算歸鄉的朝聖客」(“*come pellegrin che tornar vuole*”，〈天堂篇〉，一：五一）⑱。原文裏的 *pellegrin*

⑯Demaray, p. 123.

⑰詳釋此一「意象的意義的論述，可參見 Dorothy Sayers, trans., *The Comedy of Dante Alighieri, Cantica II: Purgatory* (Baltimore, 1955), p. 321. Sayers 謂：「在啓示之鏡（畢翠絲的雙眼）裏，但丁看到愛的化身的雙重性格——時而神聖，時而屬人……。」

⑱此一小節在英譯上的問題的討論，參見 Dorothy Sayers and Barbara Reynolds, trans., *The Comedy of Dante Alighieri, Cantica III: Paradise* (Baltimore, 1962), pp. 352-53.

仍然一語雙關，可指「鷹隼」或「朝聖者」言。但丁心思細密，用這個字可能有意，蓋兩種詮釋均能強化畢翠絲昇天或入地獄的意義。但丁的天堂之行，亦秉承此種先入地後上天的途徑而來。

艾略特（T.S. Eliot）曾經批評已登天堂的衆人道：「起先，這些人看來並沒有像前面那些未蒙神恩的人那樣清晰可辨。他們乍看雖說變化巧妙，但是，基本上仍屬索然無味的至福狀態的單調變化。」⑲艾略特之言仍有值得商榷之處：他或許應該了解，自己的評論乃是從讀者或從但丁的眼界出發的。詩人寫〈天堂篇〉的目的，是要描述一己贖罪的變遷過程，極盡曲巧之能事。他在天堂的經驗一如先前兩界的遊歷經驗，基本特徵是「成長」，是知識的啓蒙與愛情的強化，而不是要在瞬間得悉人生妙理，或是要澄清自己的情感。但丁到達第一重天月界時，有靈魂在他眼前現身。此時，畢翠絲的諄諄敎誨之中，便明白包含「神的寬容」等萬人景從的教理，裨益詩人，也裨益讀者匪淺（〈天堂篇〉，四：三七—四三）。稍後，畢翠絲復勸但丁要敞開心胸，牢記她曾經爲他揭示的一切：不經過記憶保存、內化，知識不可能會存在（〈天堂篇〉，五：四〇—四三）。

---

⑲T.S. Eliot, "Dante," in *Selected Essays* (New York, 1960), p. 225. 討論〈天堂篇〉裏「發展」的主題的近期文獻有 J. Leyerle, "Rose-Wheel Design and Dante's Paradiso," *University of Toronto Quarterly*, 46 (1977): 280-308; J.L. Miller, "Three Mirrors of Dante's Paradiso," *University of Toronto Quarterly*, 46 (1977): 263-79; D.M. Murtaugh, "Figurando il paradiso: The Signs that Render Dante's Heaven," *PMLA*, 90 (1975): 277-84; J.A. Mazzeo, "Dante and the Pauline Modes of Vision," *Harvard Theological Review*, 50 (1957): 275-306。

因此，朝聖者心境的變遷便爲全詩提供眞正的情節力量。能夠統一並賦予情節動作與興奮之忱的逼眞感的因素，並非等級、階層或各重天體的描寫，而是詩人體之察之的與日俱增的經驗。如果像艾略特所說：天堂裏的聖徒眞的「看來並沒有像前面那些未蒙神恩的人那麼清晰可辨」，這是因爲朝聖者的眼光尚得調適於暈眩的天光之故。但丁最後行進到最高天（〈天堂篇〉，三一），此時他已完全可以適應天光了。於是，連蒙恩靈魂的主人也變得「清晰可辨」，而靈魂個個又觸手可及。但丁在旅程最後階段裏所體會到的，實爲一連串的驚奇、敬畏與愉悅之感。《神曲》的敍述者爲了吐露這些感覺，再度使用到朝聖行的各種意象。史詩誠然雄渾，其時空背景卻是災厄頻仍的一三〇〇年復活節那一周。這一年的二月二十二日，邦尼費斯(Boniface)教皇敕書詔曰：「我們……賜福那些眞心懺悔的人。他們會悔罪，每隔百年卽可行近〔彼得與保羅的〕這些巴西里加（Basilica）教堂。我們全然赦免他們的罪愆，給他們最盛豐的福」⑳。

浸淫在這類形式中能夠產生什麼效果？但丁可能對此嗤之以鼻。不消多說，他一向敵視羅馬教宗及其腐敗的教會。不過，我們卻不能因此否認他對羅馬城關懷有加。羅馬不僅是俗世朝聖者渴望一履的地方，也是所有精神之旅最尊貴的終站。因此，在詩人朝聖者將抵自己目的地——卽

---

⑳教皇敕文的拉丁文原本收於 *L'anno santo del 1300: Storia e bolle pontifice da un codice del sec. XIV del Card. Stefanischi* (Rome, 1900), pp. 30-31。英譯則請參見 Herbert Thurston, *The Holy Year of Jubilee: An Account of the History and Ceremonial of the Roman Jubilee* (Westminster, Md., 1949), p. 14。

天界的玫瑰之城——之時，他把自己的茫茫然比諸北方蠻人之兵臨羅馬城下。鐵騎達達，而首先映入蠻族眼簾的，正是光芒萬丈的拉特蘭教堂的高塔（"*Se i barbari, ...*/ *veggendo Roma e l'ardüa sua opra;* / *stupefaciensi, quando Laterano* / *a le cose mortali andò di sopra*"，〈天堂篇〉，三一：三一—三六）。但丁又兩次自喻爲朝聖者：第一次他環顧周遭，希望知道身在何處，然後他認爲自己是在誓言之寺裏重獲新生的人（〈天堂篇〉，三一：四三—四五）；第二次他則稱呼自己是從柯羅蒂亞（Croatia）來的朝聖者，想要前往羅馬瞻仰聖・佛洛尼加（Saint Veronica）的面紗（〈天堂篇〉，三一：一〇三—四）。這件聖物供奉於聖彼得教堂中，每年一月和復活節前一周開放供人膜拜。然而，但丁稍後很快就會了解，自己已經不需借用象徵或聖物來尋求精神滿足之感了：地理上的神聖處，最後也會融入靈視和讚美的喜悅之中。再不多久後，他也會蒙神眷寵，親眼目睹「無盡善」的光輝。這種「機緣」，筆墨不足以罄述；這種「目睹」，最後會讓但丁解脫出俗世的羈絆，心靈終於獲釋。

## 二

眾所周知，《神曲》的情節建立在想像性的旅程上面；但丁既是朝聖者，也是身歷其境的敍述者。從全詩的表面故事來看，但丁在〈地獄篇〉一開頭即進入冥域。然後在味吉爾的引導下，他成功登上淨界山的對蹠之地。他從山巔飛越地表，最後又昇入神界。我們回顧一下整個旅程，可以想見這種安排必然別有意義。進入地獄，不啻等於基督教朝聖者之進入埃及。登高而行，耶路撒冷就在地球中心遙望淨界的錫安山上（Mount Zion）。詩人最後的旅程，是從巴勒斯坦航向羅馬，以便瞻禮聖彼得教堂供奉的聖・佛洛尼加的面紗。約翰・廸馬瑞（John Demaray）所言不虛：全詩「回顧今世，雖然這並不意味著作者要我們認同俗世。詩中的朝聖途徑，是活人所能踐履的最蒙神恩的路。所以如此，緣於此一路途所經皆爲《聖經》地圖上的最神聖之地。堅忍不拔的朝聖者所以漫漫跋涉，不過是爲了要在人世時能一睹上帝顯靈」㉑。

由於作者最深層的企圖，是要我們把全詩視爲虛構與事實兩皆有之的作品，傳統批評家認爲《神曲》若非「詩之寓言」（*allegoria poetica*）便是「神學寓言」（*allegoria theologica*）的看法，因而頗有商榷的餘地㉒。就某一層面言，詩人的經驗和靈視確屬嚮壁虛構，文學性強。但

---

㉑Demaray, p. 92.

㉒參較 Charles S. Singleto[illegible]*ante Studies I* (Cambridge, Mass., 1954), chap. 1; Jean Pépin, *Dante et la tradition de l'allég*[illegible]ontréal, 1970); R.H. Green, "Dante's 'Allegory of the Poets' and the Medieval Tradition of Po[illegible]tion," *Comparative Literature*, 9 (1957): 118-28; Charles S. Singleton, "The Irreducible Dove[illegible]*parative Literature*, 9 (1957): 129-35; R.H. Hollander, *Allegory in Dante's "Commedia"* (Princet[illegible].J., 1969)，以及 "Dante 'Theologus-Poeta,'" *Dante Society and Annual Reports of the Dante Socie*[illegible]4 (1976): 192-93; J.A. Scott, "Dante's Allegory," *Romance Philology*, 26 (1973): 558-91。

是，即使我們把全篇視爲「詩」，其中所含括的「眞理」，就作者之了解言，竟然又是如此接近《聖經》之中揭示者：詩人在字裏行間顯現出來的企圖，還要加上把自己以外的朝聖者引領向至福視境一事（〈天堂篇〉，一：一三—三六）。

如果我們把《神曲》和晚出兩百年的中國偉構《西遊記》加以比較，我們會發現其中確有近似與對比之處存在。《西遊記》最異於《神曲》的地方，莫過於中國這部史詩性的小說乃取材自宗教史上最受頌揚的朝聖歷程，亦即唐三藏歷時十七年（在小說中爲十四年）的西天取經故史。《神曲》結尾處皆大歡喜，《西遊記》亦然。兩部作品因而皆屬所謂「高喜劇」的模式。話雖如此，《西遊記》之中不乏低級喜劇的成分，卻也是不容否認的事實。這種「成分」，幾乎是喬叟式（Chaucerian）的笑鬧與政教諷喻。當然，兩部傑作的這種敍述語調和特徵上的大幅對比，倒也不應矇蔽我們的觀點，不該讓我們誤以爲《西遊記》遠非《神曲》之屬。事實上，此一中國名著不僅爲一氣勢磅礴的虛構之作，同時也是一複雜多端的寓言：唐三藏「朝神而行」的戲劇，乃是藉作品的文字與譬喻意義之交錯而逐一搬演的。

我認爲《西遊記》的意義至少可從三個層面來談。首先，這是一齣身歷其境的冒險犯難的傳奇。其次，這也是一則演示佛教業報（*Karma*）與解脫觀的故事。最後，小說中涉及內外修行的哲學與宗教內容，又在在說明這是一部寓言。

大衆對於玄奘的故事不但不陌生，反而愛好有加。此一故事在發展成今日的百回本之前，在歷史上業經千年演化，內容實爲點滴聚成。就《西遊記》在明代所發展出來的成熟架構觀之，我們或許可以說：百回本的作者確實已爲玄奘的故事找到最終極也是最合宜的形式。在故事演化史的早期舞臺上，明人所撰的《西遊記雜劇》，同樣擁有類似說部的一些特色，如近四十折的篇幅即屬之㉓。然而，不管《雜劇》有多長，到底還是不能和小說的恢宏氣派相比。後者故事綿延的時間淹遠，地理遼闊，朝聖之行的發展又枝節蔓衍，在在都不是《雜劇》所能望其項背的。《西遊記》的作者——不論是吳承恩或另有其人——在決定用章回體來衍述此一人盡皆知的故事時，確能體認時勢，爲自己的小說提供足夠的篇幅，以便容納他所喜歡的前人相關之作，順便也結合了另行選擇或獨自創建的細節。

實際上，我們若比較百回本與前本，甚至是史上玄奘的朝聖故事，我們會發現此一明本最大的特色，確實就是在所謂的「創造性」這一點上。儘管玄奘的冒險事跡可於正史及其弟子爲他所立的傳記中看到，小說中滙聚而成的各種情節設想，卻不類「歷史小說」裏的同類運作。《西遊記》的作者在營構取經的旅程時，少假已知的歷史材料。相反，誠如近來一位中國批評家堅稱的，小說裏的「眞實人生基礎」（*Sitz im Leben*）除了設立在西南中國以外，別無其他㉔。單就

㉓《西遊記雜劇》收於隋樹森編，《元曲選外編》，（三冊；北京，一九五九年），冊二，頁六三三—九四。

㉔參見蘇興，〈追踪《西遊記》作者吳承恩南行考察報告〉，《吉林師大學報》，六十一期（一九七九年），七八—九二。另見氏著，〈追訪吳承恩的踪跡〉，收於《隨筆重刊》，第三冊（一九七九年），頁一三一—五一。

小說的表面地理細節觀之，亦足以顯示作者無睹於玄奘自撰的《大唐西域記》的事實。作者反而用了很多在江蘇淮安才找得到的地名。這種寫作上的安排，無疑可以引發讀者的熟悉感，進而激發他們的興趣。西向朝聖的豐富想像特質，亦可於此見出。

當然，這樣說並不意味著作者不關心史上的眞正朝聖行。只要時機得當，他同樣會援引史實，造成大的效果。唐太宗爲答謝取經人而頒賜的〈聖教序〉，就是一例。在中國歷史上，太宗欽賜〈聖教序〉時，玄奘已東返中土，甚且已經譯畢浩繁如史詩的《瑜伽師地論》㉕。在小說中，此一敕文卻是由太宗以口頭頒佈，事在玄奘歸來當下，地點則是唐京長安。這種更動雖然無關宏旨，卻增強了君臣重逢的戲劇力量，也爲玄奘的虔誠與成就印證一番。所以序文容或與史筆略有不符，意義卻遠邁之，毫無不及之處。只要一睹小說裏〈聖教序〉述及的旅程艱辛處，我們卽可明察上文的正確性：「我僧玄奘法師者，……翹心淨土，法遊西域；乘危遠邁，策杖孤征。積雪晨飛，途間失地；驚砂夕起，空外迷天。萬里山川，撥煙霞而進步；百重寒暑，躡霜雨而前蹤」㉖。

---

㉕見慧立與彥悰，《大唐大慈恩寺三藏法師傳》，卷六，頁一〇甲—一七乙。另參見 Arthur Waley, *The Real Tripitaka and Other Pieces* (London, 1952), pp. 92-95。

㉖吳承恩，《西遊記》（北京：作家出版社，一九五四年），頁一一二七—二八。下引《西遊記》內文皆出自此一版本，頁碼夾附正文中，不另落註。

太宗數語即盡括玄奘所歷的艱辛，或許也曾挑起作者的奇思構想，進而渲染旅程狀況。在小說所寫的各個支節裏，我們從四十三回的黑水河，五十四回的西梁女國，五十九至六十一回的火焰山，一直到六十四回中橫亙八百里的荊棘嶺，在在皆有幸件隨取經人探訪域外的詭譎，隨著情節的波動而翺翔在想像裏。雖然這些敍述荒誕不經，但是《西遊記》的目的並不僅限於此；旅程和冒險只是萬端之一。讀過《西域記》的人，可能會有興趣於玄奘所歷各地的風土民情，但是，《西遊記》眞正讓人縈繞心頭的，卻是取經人遭禁受綑仍一往無悔，勇於通過試煉的努力。困難萬狀，使取經之行的苦痛更加顯眼，形成小說的大主題。玄奘餐風宿月，無時不爲自然蹂躪，一無依恃。讀小說的人很少略過這點，因爲書中的取經人確實不是受人供養的一般僧伽，不是我們常見的出家人。儘管虛構裏的三藏一反史上悄悄出關的玄奘，並且曾經和太宗義結金蘭，西向時又勞主遠送，十分感人，但他在遙無盡期的旅行中，卻遭貶爲在夾縫中求生的「賤民」。他是一個「行腳僧」；無論就字義或喻義而言，他都無家可歸。由於急於取經朝聖，他甚至會在特殊情況下和結件同行者發生爭執（例如第十六與三十六回）。

除了因自然失調引起的災難外，玄奘也一再遭遇強匪攔路。貪官昏君索求無厭，妖魔鬼怪覬盱不止，甚至是天神地祇都屢加磨鍊。種種的苦難，玄奘都得以堅忍的毅力承受。他的精神照亮了人心的隱晦無力之處，也爲第八十七回末他哀訴的詩行加深沉痛之感：

自從別主來西域，遙遙迢迢去路遙。水水山山災不脫，妖妖怪怪命難逃。心心只為經三藏，念念仍求上九霄。碌碌勞勞何日了，幾時行滿轉唐朝！（頁九八六）

更有甚者，這種精神也究明了他的大徒弟悟空在師父遭假扮佛祖的妖邪所擒後，悲嗟之下失聲問天的話：「師父啊！你是那世裏造下這迍邅難，今世裏步步遇妖精。似這般苦楚難逃，怎生是好」（頁七五〇）？

悟空的話雖然只是率性在表面上抗議一番，實則卻指涉到《西遊記》的第二個大主題。玄奘的西行絕非一般的朝聖之旅，因爲此一旅行乃由皇帝下詔成行，不類其歷史上的對應之舉。而且，取經雖然是西行的藉口，旅行本身卻已超越了我們所知道的史上玄奘的西行關懷。

《西遊記》所強調的宗教上的中心課題，十分類似《神曲》，恆與個人的救贖有關——玄奘或者是衆徒的「救贖」。雖然如此，我們得了解到：上面這個簡單的神學用語在兩部名著中的意義儘管差別不大，但是細究之下仍然有不同之處。但丁身爲詩人朝聖者的角色，在基督教人皆有罪的教義前提下，可謂生來即已決定。這一點，全詩伊始——就在他踏上旅途之時——即已藉由「黑森林」象徵出來了。有一位《神曲》的現代編者，則乾脆注明「黑森林」實指「矇蔽人心的罪惡生活」（"*la vita del peccato, che ottenebra la mente*"）㉗。但丁最後昇上天堂之前，還得在

㉗指 G.M. Tamburini，見 Dante Alighieri, *La divina commedia*, ed. G.M. Tamburini (Florence, 1959), p. 21, n. 2。

淨界懺悔，滌淸在今世所犯的罪愆，其中包括畢翠絲十分不以爲然，因而橫加斥責的知識虛無感與對愛情的不忠（〈淨界篇〉，三十一：五八—六三）。在另一方面，中國小說裏的各個角色雖然也需要「救贖」，不過他們卻是因爲前世違反天條，所以今生必須受苦受難。單就玄奘的四徒而言，還不僅這麼簡單，因爲卽使是在轉世投胎以後，他們仍然不知悔改，罪孽更深更重。

如同衆徒在第八十一回指陳歷歷的，玄奘必須經驗的贖罪過程，包括他遭貶、回生陽世，以及取經過程中的各難。在第八十一回裏，悟空亦曾費辭爲八戒說明師父爲何會罹犯病痾。兩人間的對話如下：

行者道：「……你不知道，師父是我佛如來的第二個徒弟，原叫做金蟬長老；只因他輕慢佛法，該有這場大難。」八戒道：「哥啊，師父旣是輕慢佛法，貶回東土，在是非海內，口舌場中，託化作人身，發願往西天拜佛求經，遇妖精就捆，逢魔頭就吊，受諸苦腦，也殼了；怎麼又叫他害病？」行者道：「你那裏曉得，老師父不曾聽佛講法，打了一個盹，往下一試，左腳下躧了一粒米，下界來，該有這三日病。」（頁九二三）

這種關乎玄奘何以成疾的解釋，幽默中不乏嚴肅，當然是善用喜劇心靈推衍的結果。所以八戒聞言之後，驚嚇道：「像老豬吃東西潑潑灑灑的，也不知害多少年代病是！」（同上頁）雖然如此，玄奘的苦難卻是處處如一，眞而又眞。

倘若三藏必須藉朝聖過程修得的功果之助，才能了還前世的業障，他的徒衆也不例外。我在英譯本《西遊記・導論》裏曾經說過：「加上龍馬在內的四衆，皆曾因犯錯而遭貶。悟空的名頭大，種因於大鬧天宮。八戒、悟淨和龍馬，則分別因帶酒戲弄嫦娥，失手打破蟠桃會上玻璃盞，或是縱火燒了殿上明珠而斥逐出天界，在凡間受苦受難」㉘。

神仙妖怪不斷在全書中出現，或威脅，或色誘，在在考驗取經五聖。這些考驗之中，有無數次涉及旅次所遇的人或非人類；其呈現之方式，則每每以加強佛家的業報觀爲結束。朱紫國王以前曾不經意一箭射中佛母的孔雀，他的王后稍後便有災難，遭觀音的馱獸金毛犼綁去三年（第七十一回）。鳳仙郡守同樣因爲先前將齋天素供推倒餵狗，造有冒犯之罪，玉帝便罰該郡乾旱三年（第八十七回）。種種危機皆有因緣，不過最後終能賴取經人之助而化解。不論如何，這些故事都應了中國俗諺所謂的「一飲一啄，莫非前定」一語（頁四五六）。第九十九回告訴我們：玄奘總共經歷了八十一難。此一聖數乃由九九的倍數得來。事實上，在佛祖座前幾無一筆之誤的在記錄玄奘歷難次數的菩薩，正是重要性無與倫比的觀音。取經快要功圓行滿之際，菩薩突然在歷難簿上發現尚缺一難，於是疾疾如風連命揭諦還生一難，如此才九九歸眞，完成聖數。

---

㉘Anthony C. Yu, trans. and ed., *The Journey to the West* (Chicago, 1977), 1.55. 另請參見本書頁一二八。

觀音在小說中的地位十分特殊，因此，取經人師徒臨近長久追尋的目標之際，她乃再度扮演護佑者的角色，非常合宜。我們還記得：第八回在西天極樂世界裏，觀音曾經當著佛面許下宏願，發誓前往東土尋覓取經人。我們又記得：衆徒尚爲罪身時，勸化他們皈依佛門以便護送唐僧西行的菩薩也是觀音㉙。

取經人啓程後，觀音復令山神土地一路庇護。在旅途中，只要時機成熟，她也都會爲唐僧耳提面命一番。取經徒衆在取經之行前半段中一遇危難，她更會挺身而出，除妖釋厄，而且常是關鍵性的濟助。雖然觀音和唐僧之間沒有任何浪漫韻事，但是她所扮演的調解人角色，確實可以方之《神曲》裏的畢翠絲。第八回觀音奉旨前往東土，敍述者在所吟的詩中，便稱觀音爲「求人」者：「願傾肝膽尋相識」（頁八二）。由於觀音一向救苦救難，慈悲爲懷，她的旅程當然會如敍述者二度的預言，以「佛子還來歸本願」（同上頁）作爲結束。若從小說的整體架構來看，我們還會發現三藏的取經行和但丁的三界之旅另有一些有趣的類似處：除了回返、復歸之外，兩人的朝聖行還應該包含爲求救贖所作之改變。

從觀音本身及其使命來看，她或許可以象徵天佑與驅使人心昇華的力量。味吉爾在但丁的詩中扮演的角色，兼具引導與保護二者。這種雙重身分，在《西遊記》中，則由三藏的衆徒——尤

㉙參見本書一一〇—一一二頁。

其是悟空——來擔任。行者法力高強，不僅可以保護師父，使其免於叛神劣妖騷擾，而且亦每能和師父互易地位，「教導」他取經的眞正意義。第八十五回三藏辭別欽法國後，再度西行，忽見一座高山阻路，「遠遠的有些兇氣，暴雲飛出」，不免懊惱有加，恐懼不安。悟空聞言，乃笑著和師父「對答」起來：

「〔師父，〕你把烏巢禪師的《多心經》早已忘了。」三藏道：「我記得。」行者道：「你雖記得，還有四句頌子，你卻忘了哩。」三藏道：「那四句？」行者道：「佛在靈山莫遠求，靈山只在汝心頭。人人有個靈山塔，好向靈山塔下修。」三藏道：「徒弟，我豈不知？若依此四句，千經萬典，也只是修心。」行者道：「不消說了。心淨孤明獨照，心存萬境皆清。差錯些兒成惰懈，千年萬載不成功。但要一片志誠，雷音只在眼下。似你這般恐懼驚惶，神思不安，大道遠矣，雷音亦遠矣……。」(頁九六六)

我們在此一簡短的支節裏所見到的，可能是全書第三個大主題的清楚顯示：旅程不啻是修心的過程。

研究中國思想史的學者都知道：修心必然得先淨心。這是新儒學思想家共同的認識。從朱熹到王陽明，從邵雍到羅欽順、高攀龍，以及焦竑等人，皆曾大力倡導過修心的重要性。這一些人物也曾舉出各種不同的修心之道，以便說明其能成就的程度。除了新儒家的詮釋外，佛教的禪宗戮力強調的，也只在於一個「心」字。蒲安迪（Andrew Plaks）說得不錯：「心所凝聚的般若波羅蜜智慧，恰好可以爲我們提醒此一事實。不過，〔類似禪宗的〕同一基本訊息，也幾乎盡可以自中國其他著名的佛典裏看到。」㉚只要我們仔細閱讀，新儒家與禪宗所強調的修心之道，皆可在《西遊記》之中發現。民間傳統或是《西遊記》的前本裏的三藏，甚至是明代百回本裏的同一角色，都喜歡誦讀《心經》。小說的敍述本身，也不斷的在玩一些諸如「心猿」等大家耳熟能詳的隱喻。心與佛性的結合，更不時在小說中發現。我們只要參閱第十四回序詩的前四行，即可洞見此一事實：「佛卽心兮心卽佛，心佛從來皆要物。若知無物又無心，便是眞心法身佛」（頁一五三）。

雖然小說裏的玄奘在西行之前卽已說過「心生，種種魔生，心滅，種種魔滅」（頁一四三），但是，他在故事中的經驗，卻一再告訴我們上引之言不過是喜劇性的反諷罷了：玄奘實則不知這些話的眞諦。在取經朝聖的過程中，他不時因「心生」——或因有疑懼之心，愚騃之心，毀譽之

---

㉚Andrew H. Plaks, "Allegory in *Hsi-yu chi* and *Hung-lou meng*," in *Chinese Narrative: Cirtical and Theoretical Essays*, ed. Andrew H. Plaks (Princeton, N.J., 1977), p. 182. 有關「修心」在中國帝制末期的發展的資料性敍述，參見 Judith A. Berling, *The Syncretic Religion of Lin Chao-en* (New York, 1980), pp. 90-144 及其 "Paths of Convergence: Interactions of Inner Alchemy Taoism and Neo-Confucianism," *Journal of Chinese Philosophy* (1979) :123-47。

心，貪逸惡勞之心——而頻頻落入魔掌，受盡苦楚。在這種情形下，眞正能解其心懸，安慰之，濟助之，而又時刻爲他反複致意「無心」與「離心」之重要者，唯悟空而已。在小說中，三藏始終懵懂，但是到了第九十三回，他終於能夠體會出這位大徒弟的言下之意了。於是他心生感激，道：「悟空解得是無言語文字，乃是眞解。」（頁一〇五二）這樣說來，《西遊記》中顯示的心生心滅的深奧弔詭，無疑便可用下面的話來總結：身受聖言如《心經》之教誨，又復持有法具符咒如緊箍兒與定心眞言的人，如果要諸事順遂，成就果業，仍然隨時得仰仗「心」之濟助。

正因爲心的各類意象在《西遊記》中地位是如此明顯，有人便禁不住要視該書通篇爲寓言了。隱喻的是什麼呢？晚明新儒學的理想主義。這種看法或許不失正確性，但是，我們若僅隨清代編者張書紳作如是觀，不免會犯了盲人摸象之病，無睹於小說多義結構裏的其他成分。因此，我們必須記住：《西遊記》強調的不僅止於修心的寓言，還應該包括修身、修道和修煉等課題。如此觀之，反映各種修行的意象，便又會突顯出所謂的「煉丹之術」。

這個課題——容我指出——實則已涵攝在第八十五回悟空引用過的詩中。他三度提到的「靈山」一詞，並不完全指佛祖所居，或是取經人極思一履的宗教聖地，也不一定是心的譬喻之詞。雖然我尚待辨認其正確位置，但是在煉丹術語中，「靈山」確指人體的某一穴道。此即爲何取經過程最後一段的靈山之行，恆有一定程序遵循之故。三藏師徒走到靈鷲山腳時，經金頂大仙延入一座道觀。此一道觀名喚「玉眞」，別具意義。而要攀上靈鷲，抵達目的地，唐僧便得讓金頂

「接引旃壇上法門」。小說接下又道：「原來這條路不出山門，就是觀宇中堂」，而「穿出後門便是〔靈山〕」（頁一一〇三）。對一般門外漢來講，上面的引文了無意義，但是，對近年來臺灣道教團體出版的《西遊記龍門釋義》的編者而言，可就大易其趣了。此一編者認為這一段語意含糊的地理敍寫，實則可以證明「靈山」隱於人體之內的說法㉛。

我們或許不用過分強調這類細節上的巧合，但是，我仍然得指出上述的事實和煉丹術的目的若合符節。悟空有一首自敍詩，提及他所以成仙乃因異人點化，再經修煉完成：「他說身內有丹藥，外邊採取枉徒勞。」（頁一九三）這種成仙之道的觀念，道教歷代宗師以及職業煉丹術士都同聲接受㉜。返老還童，長生不老，憑藉的不是外丹藥石，而是眞正具有保健功效的內丹功夫。其修行方法，誠如一篇開創性的鴻文所說者：

> 〔修習內丹〕必須結合兩個重要性不相上下的觀念。首先，重要的體液必得逆常軌而行。其次，修煉者得在冥思中感覺到五行反其道循環。第一個觀念，卽體液之逆常軌而

㉛陳敦甫編，《西遊記釋義》（臺北，一九七六年），頁一一五〇。

㉜有關道教術士論列內丹的詳論，請參見 Joseph Needham, *Science and Civilisation in China* (Cambridge, 1980), 5, pt.4: 211-323。Needham 編的下一冊書中，又論及煉丹術的生理學層面。討論丹經術語多重內蘊的近期專論有陳國符，〈道藏經中外丹黃白術材料的成立〉，《化學通報》，第六期（一九七九年），七八——八七。

行，特別可以應用在唾液及精水的製造上面。第二個觀念和煉丹術士相傳的五行相生之道有關。這些術士認為他們可以控制萬物正常運作的過程，甚至倒轉之——此即術語中所謂的「顛倒」㉝。

我們披閱《西遊記》時，必須了解小說中往往沿用右引的兩個觀念，而且每有獨到得體之表現，令人刮目相看。

我在英譯本的〈導論〉裏又曾說過，五聖之名和五行有極其顯著的對應關係。此一關係，進一步又配合上不同的內丹系統與功能㉞。因此，就像《神曲》裏的但丁，《西遊記》的作者也將靜態的內丹術語轉化為動態的情節佈局，而且極其成功。由於此一複雜的系統使然，小說家不僅可在回目和證詩中用典，以評論取經人的經驗作為，抑且還能賦特殊的地理景觀以象徵意義。第

---

㉝Lu Gwei-Djen, "The Inner Elixir (Nei Tan): Chinese Physiological Alchemy," in *Changing Perspectives in the History of Science: Essays in Honor of Joseph Needham*, ed. Mikuláš Teich and Robert Young (London, 1973), p. 74. 「顛倒」一詞於此別具意義，因為《西遊記》第二回中須菩提祖師傳給悟空的長生口訣中，即曾用到此一術語：「攢簇五行顛倒用，功完隨作佛和仙」（頁一六）。

㉞參見本書頁一二一—二三。另請參閱 Chang Ching-êrh, "The Structure and Theme of the *Hsi-yu chi*," *Tamkang Review*, 11/2 (1980): 169-88；傅述先，〈西遊記中五聖的關係〉，《中國文化復興月刊》，九卷五期（一九七六年），一〇—一七。

四十四回講車遲國道士欺凌佛僧，悟空棒殺兩個道士，又搗毀了一部車子，然後釋放了五百名慘遭迫害的和尚。原來情形是這樣子的：這些道士逼迫衆僧，令他們把車子推上一條陡峭的山脊。悟空路見不平，出棒相助。我們在閱讀此一支節時，最感到興趣盎然，最急於一探的，可能是回目和正文前半部公然提到的「車」和「脊關」二詞。

對不諳煉丹術語的讀者來講，正文中的散文部分，不過是一平常的客觀描寫而已。但是，對於浸淫在秘術中的龍門編者而言，這部車子無疑是在隱喻「河車」。在傳統的煉丹術中，此一名詞指一車藥材之量或體液的逆轉過程。若由這兩層意義著眼，則「脊關」事實上便指涉到體液在脊椎骨內逆轉時所必須經過的部分。胡適曾指控《西遊記》的傳統編者評者語多「荒誕不經」。如果上述當代寓言家所作的說明恰如胡適的指控，那麼我們至少得瀏覽一下明載此類過程的無數丹經，看看其中爲我們描述了什麼樣深刻的意象：「抽鉛添汞，運大藥爲過關，一路如河中車水，逆流而上，然後送歸黃庭也。」㉟一旦了解上引這一小段話的涵意，我們就不難想像《西遊記》的作者爲何會把第四十四回的故事所在定名爲「車遲國」了。此外，認識到此一觀念，還可以幫助我們設想到一個有趣的類比：《西遊記》中的取經人師徒，實則十分像西亞莫夫（Issac Asimov）的《幻想之航》（*Fantastic Voyage*）裏那些縮小身軀，順血管航行的人。他們都是在進

---

㉟見戴源長，《仙學辭典》（臺北，一九六二年），頁三五（「大河車」條）。另見《西遊記釋義》，頁三四七—四九。「河車」之意義可見 Needham, 5, pt. 4: 254-55.；李叔還，《道教大辭典》（臺北，一九七九年），頁四〇五。

行「體內之旅」。這種比較倘有不諧之處，原因是中國作家的技巧過高：他幾乎不動聲色，只是靜靜的在寫作。近四百年來，《西遊記》的讀者只是爲故事而讀小說。就像閱讀《神曲》的人一樣，他們鮮能觀透「怪異詩行所包裹的教義或微言大義」（"*la dottrina che s'asconde/sotto il velame de li versi strani*"，〈地獄篇〉，九：六二—六三）。雖然如此，小說的寓言企圖仍有其一貫強調之處，而且包羅萬象，即使連寫景也不曾放過。第六十七回寫取經人通過一條狹長隘口，路上盡是惡臭薰天的腐爛柿子。這一條「稀柿衕」，便是在用隱語及字音比喻人體結腸。第五十九回中，三藏路阻火焰山，火勢摧枯拉朽，灼灼逼人，不下於〈地獄篇〉第十四章中但丁所寫的火沙海。待取經人一行安然通過此山後，敍述者又以如下的觀察開啓下一支節：「……唐三藏師徒四衆，水火既濟，本性清涼。借得純陰寶扇，搧熄燥火遙山」（頁七〇九）。

這種「內化旅行」，每爲寓言文學家所愛用，也道盡我在討論此一特殊朝聖行時所謂的「反朝聖之舉」（antipilgrimage）的成分。《西遊記》的架構，大致受制於玄奘西行的史實。雖然如此，故事的表面動作卻毫無顧忌的在尋求一個「終極的解決之道」。而要完遂此一目的，當然得等到三藏師徒抵達靈山之後。至於小說裏的寓言成分，則通篇在嘲諷、譏誚任何盲目依賴距離感和外在事件效果的人。朝聖者的終極回報雖然僅能從聖地獲得，但是此一「地點」近在眼前，實則存在於體內。實際旅行所遭遇到的艱辛，我們也可以將之解釋爲修心煉丹時的不定與變化，例如：心浮氣躁，錯誤屢犯，魔幻欺詐，走火入魔（參較提及「旁門」的各回），怠惰分神，好爲人師

（第八十八至九十四回）等等。

值此之際，有人或許會問道：百回本的作者爲何要借用內丹術來架設其部分的寓言體系？如果我要一絲不苟的答覆此一問題，無疑便得強調作者及其讀者所處的明代中國的文化與思想環境。就本文的篇幅言，我實在無力來研究、省思這個大課題。不過，問題的初步答案，或許可以從《西遊記》不經意流露出的戲謔感找出。此處我僅舉「上西天」一語爲例說明。我們必須記住，在中文的俚俗用法裏，此語每指「死亡」或「死亡的狀態」言。這種用法，作者顯然了然於胸，一有機會，他都會利用此詞來製造幽默感。在第三十九回裏，烏鷄國王已溺斃三年，後來經過衆徒奔走，才告還陽。衆徒留他在身邊，權充個喚使的「老道」。他們上朝廷倒驗關文時，假王疑心老道的身分。此時，作者便讓悟空回道：「陛下，這老道是一個瘖瘂之人，卻又有些耳聾。只因他年幼間曾走過西天，認得道路。他的一節兒起落根本，我盡知之……。」（頁四五二）第七十八回的白鹿精也用過此一慣用語質問取經人：「西方之路，黑漫漫有甚好處！」（頁八九六）由此可知：《西遊記》到處充斥這個活生生的俚語。因此，其涵意就不僅止於西行的目的地，不止是如來佛駕所在，而應包括凡人皆得面臨的駭人結局。如此一來，取經朝聖之旅的意義，便在刹那間又擴大架構，變成更具共性的生命朝聖行。易言之，取經行已變成人類的死亡之旅。如果我上面所言屬實，那麼，接下來還有一個問題：博學多聞天才洋溢的《西遊記》作者藉由寓言形式來敍寫修身煉丹，以便超脫凡人成敗愚得的章法，是不是太過怪異牽強呢？

取經人抵達佛駕所在的靈山時，小說的發展也達到最高潮。就在此刻，佛道意象互通有無，昭然焯然。三藏師徒終得眞經一景固然可以洞見此一事實，第一百回回目上公然使用的「五聖成眞」一語，亦可印證之。靈鷲山在凌雲仙渡彼岸。河水湍急，取經人得由寶幢光王佛掌舵，像《神曲》裏汎舟而行的靈魂一樣，乘無底船橫越蒼溟。舟行河中，玄奘看到上游漂下自己的本骸，不禁大驚。小說便如此這般，把道教用的「尸解」一語揉合進佛家「脫骸」的觀念之中。

雖然取經五聖最後因成佛而歡欣不已，不過，《西遊記》即使到了最後一回，仍然不斷的在思考成仙成佛的妙道。就在越過凌雲渡後，小說中的「有詩為證」再度為我們提供了一個例子：

脫卻胎胞骨肉身，相親相愛是元神。
今朝行滿方成佛，洗淨當年六六塵。
（頁一一〇五）

最後兩行使用的意象顯然是佛語，因為所謂的「六六塵」極可能是指感官的「六依諦」（*guṇas*），即：眼識、耳識、鼻識、舌識、身識，以及意識。至於第二句裏的「元神」，則為道教稱「人體內在之神」的代名詞。

如果詩人朝聖者但丁在登上淨界山後，眞的有幸能共享聖體之宴（Eucharistic meal），那麼抵達大雷音寺的取經人所享用的珍饈百味，就更是慷慨豐盛的一餐了。佛祖命人領他們移香積堂用齋之際，敍述者再賦韻文一首，「有詩爲證」云云：

素味仙花人罕見，香茶異食得長生。
向來受盡千般苦，今日榮華喜道成。
（頁一一〇八）

雖然《神曲》和《西遊記》中都羅列了美食佳餚，但是兩部作品中的主人公享用的經驗卻大不相同。但丁開列的食物必須配合全詩的神學內容，所以餵食他靈魂的食物只會令他更感饑渴，因而渴求更多的食物（*"l' anima mia gustava di quel cibo / che, saziando de sé, di seé asseta"*，〈淨界篇〉，三一：一二七—二八）。但丁的理念實則改寫自〈外經〉（Ecclesiasticus）第二十四章第二十九節。智慧仙（Sapientia）於其中說道：「吃我的人仍然會餓，喝我的人會感到更渴」（*"Qui edunt me adhuc esurient, et qui bibunt me adhuc sitient"*）。相形之下，佛祖擺設的素品就極能滿足取經人，連食腸肥大的八戒都稱道造化。所以食後他們便脫胎換骨，再也不思人間煙火食（頁一一二〇—二一）。這種本質與本性上的改變，象徵佛門強調的凡世性慾的克制，又象徵衆人自己的「道果完成」，不用再倚靠俗世供給。

《西遊記》的作者結合佛道的企圖並非是自覺性的。卽使佛祖的語言也帶有道教色彩。他說賜給取經人的眞經之內，有「成仙了道的奧妙，有發明萬化之奇方」（頁一一一四），就是例子。敍述者唯恐讀者誤會其「論點」，在衆人通過最後一難後，亦曾賦證詩一首如下：

九九歸眞道行難，堅持篤志立玄關。
必須苦練邪魔退，定要修持正法還。
莫把經章當容易，聖僧難過許多般。
古來妙合參同契，毫髮差殊不結丹。
（頁一一一七）

《參同契》（約寫於一四二年）一向是內外丹術士修煉的初階寶鑑，方士和哲學家讀之論之不曾稍歇㊱。《西遊記》想要藉此丹經之王告訴我們的「訊息」，實則再明顯不過了。取經的朝聖行臨終數回的架構龐大，氣勢奪人，想像乂瑰麗無比，不僅明陳三藏一行已取得眞經，同時也暗示他們早已正壽長生，跳出輪迴。

---

㊱長篇處理《參同契》艱深經文的論述，有 Needham (1976), 5, pt. 3:50-75; 5, pt. 4:248-85。

維克多和伊廸絲·特納(Victor and Edith Turner)合著的傑作《基督教文化裏的朝聖者》一書中清清楚楚的說過：「基督教國度的旅行者背後，每每會隱藏著所謂的『十字架之路』(*Via crucis*)的典範。墮落之人，可以因此而淨化而新生。儘管教會裏的冥思之學與神秘之學可以透過內心之旅而助人向善，但是，滾滾紅塵裏的凡夫俗子命就沒有這麼好了。他們必須把自己尋求救贖的企圖用實際行動表現出來。如此，宗教上的新生才有門檻可跨。神秘的冥思果若爲內化的朝聖之旅，那麼，實際上的朝聖便是外現了的神秘思想。」㊲《神曲》和《西遊記》的讀者實在是三生有幸，因爲他們手上捧讀的不僅是以磅礴氣勢結合上述兩種朝聖行爲的作品，而且，不論他們閱讀的是東方或西方的名著，每一部都有其重要的附加價值在焉：他們可以享受到最高的閱讀情趣。

**附記**：本文原題 "Two Literary Examples of Religious Pilgrimage: *The Commedia* and *The Journey to the West*"。英文節稿會宣讀於史丹福大學第十四屆伊凡斯文玆(Evans-Wentz)東方宗教專題講座會議上；全稿復發表於 *History of Religions*, 22/3 (1983)：202-30。中譯稿發表於《中外文學》，第十七卷第二期(一九八八年七月)，四—三六。

---

㊲Turner 等人前揭書(在註①)，頁六—七。

# 宗教與中國文學

## ——論《西遊記》的「玄道」

在進入本文論題之前，我擬引述霍克思（David Hawkes）在二十五年前觀察中國文學特色時寫的兩段長文作爲楔子。霍克思說：

如果我們檢討我們〔西方〕文學和中國文學不能並論的發展過程，我們會發現，其中最顯著的不同是缺乏「宗教啓發性」的問題。我們的戲劇源自異教儀禮，透過中世紀的宗教劇發展而成。至於中國戲曲，究其源流，卻可上溯至二千年前漢代帝王為娛樂看的假面劇與滑稽戲，屬於世俗性。我們最偉大的詩人所吟所唱，若非天后的嫉妒，便是阿波

> 羅的憤怒；若非遊歷於天堂與地獄，便是吟唱撒旦的墮落，或是樂園的「失」與「復得」。反觀中國文學，大體上卻屬世俗性。如果有人觀察一到九世紀「佛教昌盛期」間所向披靡的獻身宗教熱誠，必然會對當時文學中此種宗教闕如的現象感到大惑不解。在這一段期間裏，僧侶倡導通俗文學，目的在勸人改宗佛教。他們在印書事業的發展上，亦居主導地位。印書且為中國城市裏的半文盲階級提供過廉價的通俗小說，其事遠在歐洲類似事情發生前數世紀。不過奇怪的是，當時卻罕有民衆能在寒山之外，另舉任何宗教性詩作。而寒山儘管名不虛傳，詩卻無顯著的重要性。
>
> 常人泛論中國文學，或因此而及於中國社會之時，多用「世俗性」一詞加以描述。帝制時代的中國，或可喻為「一個沒有基督教的歐洲中世紀」。其中的統治階層，全屬官僚人物。他們對文人與教育，畢恭畢敬，意味著文學活動非但有國家庇護，也已經邁入制度化的地步，規模大具①。

前引霍克思的話所以重要，原因有二。首先，這兩段通盤概論的文字，並非急功者爲引人注目所寫下來的聳聽危言。儘管霍克思始於一九六四年的《紅樓夢》英譯卷帙浩繁而又精心雕琢，

---

①David Hawkes, "Literature," in *The Legacy of China*, ed. Raymond Dawson (Oxford: Clarendon Press, 1964), pp. 86-7.

如今廣受稱道，但他早在一九五九年便以英譯《楚辭》奠定穩固的學術地位。《楚辭》譯事之難，業經公認，但霍克思的譯作不但精確無比，抑且令人振奮。他概論中國文學，當然具有學者嚴謹無誤的治學權威。

另一層重要原因，則與霍克思的看法具有廣泛的代表性有關。不少中外的學者，都曾附和過霍氏的論點，堅信中國人「世界觀」（*Weltanschauung*）的主要特色，是理性而現世的，以人為本位。如就中國社會傳統中儒家的主導地位而論，或就此一傳統統治結構及其價值體系亦從儒家推衍觀之，則中國儒者的撫貼安順，早已定於一尊，無所不在。用麥克思・韋伯（Max Weber）研究儒道二家，一度影響深遠的話來講：

> 儒者無意在靈魂超脫輪迴，或在來世迴避懲罰之道上面獲得「救贖」。他們對於這兩個觀念懵懂無知，既不想取得生命的救贖，亦不思從社會中解脫而出。生命已為確認之事，社會也已天定，何假救贖與解脫？他們謹言慎行，但知以自制駕馭機運，不僅無意自罪惡中超生，更不思從己所不知的「墮落」中超越。唯一能令儒者危坐正視的，或許只有匡正社會的魯劣，解羣倫於粗鄙不文，以及挽救自身於缺乏尊嚴而已。只有違法犯禁，心存不誠，毀喪基本社會職責，才會構成他們的「罪惡感」②。

②Max Weber, *The Religion of China: Confucianism and Taoism*, trans. and ed. Hans H. Gerth with an Introduction by C.K. Yang (New York: The Free Press, 1951), pp. 156-57.

韋伯的看法，近年來迭遭責難。艾伯華（Wolfram Eberhard）、狄百瑞（Wm. Theodore de Bary）、秦家懿、杜維明、余英時，以及其他許多學者，都曾經提出質疑。儘管如此，以儒家或入世精神爲中國文化傳統的看法，卻仍然像神話一般主宰著學術界多數人的觀念。如果要再舉例證明此一現象，不妨讓我從一九八四年新出版的《哥大中國詩詞選》中引些文字說明。在這本書的〈導言〉裏，華茲生（Burton Watson）教授說道：

> 大體而言，中國詩詞表現出來的傳統態度，多出以不凡的人本精神與常識感，鮮少觸及超自然的層面，更遑論敢在幻想與修辭上耽迷於放縱的翱遊③。

華茲生斷言，中國詩詞裏的世界所以容易進入，也不受時間限制，原因在「中國詩詞所著重的，絕大部分是不分時地的男女共同關切的實物」。華茲生又說，中國詩詞「不溢美英雄事蹟，絕少觸及戰爭與暴力」，一如其中顯然少見色情主題或意象。他說：「這些種種反映出來的，是儒家文化廣濶的影響」④。

---

③*The Columbia Book of Chinese Poetry: From Early Times to the Thirteenth Century*, trans. and ed. Burton Watson (New York: Columbia University Press, 1984), p. 3.

④同上。

然而，這種對中國文化的單向描述，非但容易混淆事實，更禁不住細究。特別是從文學史上的資料著眼，又會引發一些問題。職是之故，本文擬以有限篇章探討中國文學傳統與宗教彼此在接觸發展上的某些深具意義的階段。在推論的過程中，我相信癥結所在，必然是何謂「宗教啓發性」的問題。霍克思以爲缺乏宗教靈感，正是中國文學所以有異於西方文學的原因。

回頭細究前引霍克思的看法：他似乎把「宗教」或「宗教啓發性」比之西方古典神話和《聖經》文學中所涉及的人物、動作和主題。因此，他才會提到「天后的嫉妒」、「阿波羅的憤怒」、「遊歷於天堂與地獄」、「撒旦的墮落」，以及「樂園的『失』與『復得』」等我們在中國文學中找不到對等的事例。從事此類比較時，霍克思爲配合自己所需，又故意忽略夏志清論中國筆記小說時曾經提及的「無數的仙女、狐仙故事」⑤，更遑論會談到帝制末期即已高度發展的小說中常可一見的天神天仙，地獄衆鬼，或各式各樣的魑魅魍魎。純就層級之廣、結構之複雜而言，這些天神地鬼，並不亞於希臘神話裏的衆神。

我所以提到帝制末期的「小說」，當然是故意之舉。霍克思的概論之中，顯然沒有談到散文虛構，不僅長短篇闕如，文言白話亦然。霍氏有關早期戲曲的評述，或非徒托空言，但是專治小說史的學者，想來很少會同意就文化的架構觀之，中國小說與宗教彼此竟會形同參商，了無關係

⑤C.T. Hsia, “Chinese Novels and American Critics: Reflection on Structure, Tradition, and Satire,”in *Critical Issues in East Asian Literature* (Seoul, Korea: International Cultural Society of Korea, 1983), p. 179.

可言的看法。我們或可爭辯道：中國小說的宗教因素與社會制度及現成教條之間的關係，可能不比其與社會習俗、儀禮，或漫無系統的信仰、假設之間的關係來得強烈（後者不僅爲社會精英所擁抱，一般民衆更加珍惜），但是，現代多數文學史家眼中的「小說」一詞，卻可溯至漢末與六朝。其時在上與在下位者，亟亟關懷廣義上可稱之「超自然」的問題。舉凡「不朽」、「來生」、賞罰與因果關係，以及道術、巫法、煉丹等，都是他們關注的對象。只要考察此一時期的知識史與文化史，我們便不難對時人正視陰陽五行感到印象深刻。其時的歷史著作和沉思宇宙問題的專著，都載有此類紀錄。時人亦思借用陰陽五行爲人、社會與宇宙三者，建立起一套顛撲不破的關係⑥。尾隨此一傾向而來的，是紀錄靈異的衝動，願爲非屬尋常者立下見證。簡言之，溢出生命與歷史中正常或自然運作的事物，都已經轉化爲文學。

當代著名的文學史家王瑤曾謂：「小說」早期的形式，和巫術及占卜的技術有關⑦。儘管可

⑥論及中國古時陰陽五行發展的文獻甚豐。這方面較簡短的討論，請參見徐復觀，〈陰陽五行及其有關文獻之研究〉，收入《中國思想史論集續編》（臺北，一九八二年），頁四一—一一一。另請比較 *Explorations in Early Chinese Cosmology*, ed. Henry Rosemont, Jr., *Journal of the American Academy of Religion Studies*, 50/2 (Chico, California: Scholars Press, 1984)。論及五行對中國小說影響的文獻，請參見 Andrew H. Plaks, "Conceptual Models in Chinese Narrative Theory," *Journal of Chinese Philosophy*, 4 (1977): 25-47。

⑦王瑤，〈小說與方術〉，收入《中古文學思想》（上海，一九五一年），頁一五三—一九四。更進一步探討道術、道士及其與中國文學之關係的論述，有 Ngo Van Xuyet, *Divination, magie et politique dans la Chine ancienne* (Paris:

能有學者對此一看法持有異議，但沒有人能夠否認：不論故事情節或其所反映的社會背景如何，早期中國的散文故事都因摻雜有靈異之屬而倍增顏色。此一時期的短篇故事，充斥著鬼神與動物精靈，還有為數不少的其他妖怪。「志怪」之名，便因此類特色而來。不過，「志怪」小說最稱重要的特色，當在作品係獨立結集的現象。張心滄教授曾經指出，「令人驚為題材的超凡事件」，如今已公認是「本身擁有足夠吸引力的事件，不再是曩昔以為的歷史之一部分了」⑧。亞里士多德可能會因理性作風而不屑一顧「機關神」(*deux ex machina*) 的技巧，進而無睹希臘悲劇中最稱重要的神異現象，乃至於強把超自然的因素貶謫至悲劇六要素最卑下的地位。可是，漢末及魏晉文人異於亞氏的是，他們反而似乎與歐洲文藝復興對於超自然描寫的愛好不謀而合。不過，歐洲文藝復興時期多數的理論家如敏特諾 (Minturno)、卡斯特維區 (Castelvetro) 和倪若尼

---

Presses Universitaires de France, 1976); Kenneth J. DeWoskin, *Doctors, Diviners, and Magicians of Ancient China: Biographies of Fang-shih* (New York: Columbia University Press, 1983) 和李劍國，《唐前志怪小說史》(天津：南開大學，一九八四年)。概論小說興起的文獻，參見 Henri Maspero, "Le roman historique dans la littérature chinoise de l'antiquité," *Mélanges posthumes sur les religions et l'histoire de la Chine*, III (Paris: Civilisations du Sud, 1950), pp. 55-62，倪豪士 (William H. Nienhauser, Jr.)，〈中國小說的起源〉，刊《古典文學》，卷七(一九八五年八月)，九一九—九四一。

⑧H.C. Chang, *Chinese Literature 3: Tales of the Supernatural* (New York: Columbia University Press, 1984), p. 5.

(Neroni) 等人，都堅持神異故事旨在予人快樂之感⑨。反之，中國文人卻以爲「載道」才是此類故事主要的目的。用包德英 (Derk Bodde) 論《搜神記》的話來講：鬼怪和談來生報應的故事常假定自有使命，「要在一個疑神疑鬼的世界中，證明其中眞有鬼神存在」⑩。志怪小說此種意圖與其中的題材，對我而言，似乎不能形容爲缺乏「宗教啓發性」。

如果對於超自然的興趣至少爲中國小說提供了最基本的創作與鈎沉的動力，這種「動力」也已經緊緊抓住後世的想像力，垂數世紀而不墜。興起於有唐一代的散文虛構「傳奇」，所「傳」的便是「奇」異之事。不容否認，好寫神異世界的傾向，曾經讓唐代以前四百年間的「說書」傳統增色不少。到了唐代，這種「傾向」遂成爲文學史確認的共同傳統，而不僅僅是在敬事鬼神，或只是在闡揚宗教。因此，思與上界神仙共遊，或與下界鬼狐交往的企圖，便在很多唐宋的筆記

⑨參較 Baxter Hathaway, *Marvels and Commonplaces: Renaissance Literary Criticism* (New York: Random House, 1968)。

⑩"Some Chinese Tales of the Supernatural: Kan Pao and His *Sou-shen chi*," 一九四二年初刊，重印於 *Essays on Chinese Civilization*, ed. Charles Le Blanc and Dorothy Borei (Princeton, New Jersey: Princeton University Press, 1981), p. 334。另比較 *Classic Chinese Tales of the Supernatural and the Fantastic: Selections from the Third to the Tenth Century*, ed. Karl S.Y. Kao (Bloomington, Indiana: Indiana University Press, 1985) 及我發表於 *Harvard Journal of Asiatic Studies*, 7/2 (1987): 397-434的 "'Rest, Rest, Perturbed Spirit!' Ghosts in Traditional Chinese Prose Fiction" 一文。後文中譯見范國生譯，〈「安息罷，安息罷，受擾的靈！」——中國傳統小說裏的鬼〉，《中外文學》，第十七卷第四期（一九八八年九月），四—三六。

小說中，散佈著不滅的火花。明顯的例子，可推現今尚存的小說集如《太平廣記》、《青瑣高議》以及《夷堅志》等爲代表。

佛教傳入中國後，於漢唐之際特別鼎盛，小說中的宗教層面擴張不少，問題也變得更趨複雜。此一宗教大傳統和中國文學史的關係，曲折離奇，錯綜複雜，顯非三言兩語可以敷衍了事，有賴系統性的歷史探究才解得開。在此，我們至少應該討論此一關係中的兩個層面。其一與創作性小說的源起有關。一九二八年胡適在《白話文學史》中，曾辯稱中國傳統長詩如〈孔雀東南飛〉只有寫實的成分，缺乏超越時空或自然界的想像⑪。在他看來，印度文化和幻想文學的傳入，以及其「上天下地」、「毫無拘束」的取向，大大解放了中國的傳統文章。從敍事詩的觀點來看，這類「影響」首先會擴張全詩的篇幅。胡適曾舉馬鳴（Asvaghosa）的《佛所行讚經》爲例說明這一點。由於曇無讖把這部本生故事用五言詩譯成中文，胡適肯定這是中國文學史上第一首眞正的長詩。其四萬六千字的篇幅，已遠遠超過任何本土詩作的長度⑫。此外，印度文學加諸中國小說的影響，則見於前人所未有的「形式上的佈局與結構」的斟酌上⑬。雖然登錄奇人異事的古代小說一向以「野史」的面貌僞裝，但胡適判斷印度文學曾爲中國人提供過一種「懸空結構

⑪胡適，《白話文學史》（一九二八年；臺北重印，一九五七年），頁一九五。
⑫同上，頁一九〇—一九一。
⑬同上，頁二〇三。

的文學體裁」。總而言之，純屬創造性的作品已經獲致認可，有一己獨立的價值。

胡適這些觀點雖非毫無爭議性，但近代學者卻不斷舊話重提，予以補充。梅維恒（Victor Mair）在研究敦煌文學，尤其是變文時，便曾經強調過「幻」與「化」的重要性。他認爲上述兩項特性，影響了中國人對於「小說」的了解，進而使「小說」從街譚巷議、軼史與筆記逐漸推展爲虛構故事。梅氏又述及當代文學史家霍世休的看法，藉之提出一個嶄新而具說服力的意見，肯定由於吸取了外國或印度文化，中國在唐代才開始出現有意識的文學創作⑭。

不管我們是否同意梅氏論小說起源的話，相信沒有人會反對佛教曾爲虛構文學提供素材，引進過新的文學與語言形式的看法。只要稍微涉獵佛教傳佈的情形，任何人都會了解，佛教輸入中國不單意味著一種新的、持續成長中的教義移植，而且，如果考察漢末迄南宋這千餘年的早期發展，我們還會發現佛教進入中土，另外意味著一種勢均力敵文化的大量入侵。其影響力之強，遍及中國人文化生活中的每一層面。舉例言之：印度語言學曾經左右中國字源學與音韻學；佛典上的玄學名詞，也廣泛應用在中國美學及詩學的討論上；至於翻譯事業空前鼎盛、版本學的長足

⑭Victor H. Mair, "The Narrative Revolution in Chinese Literature: Ontological Presuppositions," ***Chinese Literature**: Essays, Articles, Reviews*, 5 (July, 1983): 1-27; *Tun-huang Popular Narratives*, Cambridge Studies in Chinese History, Literature and Institutions (Cambridge: Cambridge University Press, 1983), pp. 1-30.

進展、模倣印度經典而盛極一時的韻文創作，就更不在話下了。隨著佛教的發展與流傳，一些宗教觀念如「業報」和末世神話等，相繼結合佛祖、高僧與奇人的冒險事蹟，爲中國文學的生發提供過很多引人入勝的題目⑮。

論及中國詩中的佛教奉獻精神時，霍克思指出除了「浪得虛名」的寒山之外，他只看到少數詩歌表現出此類精神。衆所周知，中國抒情詩的形式簡潔有力。而如今毋庸申辯的是，使用此一文類的文人，基本上更反對在詩中滲入外延式與推論性的說理文字。然而，這種特色並不表示佛教或其他宗教的教義，難以化入抒情的形式之中。正如任二北的編纂與研究顯示，敦煌遺留下來的文學作品中，有極其豐富的詩作一眼即可斷定和佛教有關⑯。有些詩組的題目，如〈禪門十二

⑮有關佛教對中國文學的影響，敘述簡便的文獻有Jan Yün-hua, "Buddhist Literature," in *The Indiana Companion to Traditional Chinese Literature*, ed. William H. Nienhauser, Jr. (Bloomington: Indiana University Press, 1986), pp. 1-12。另參較鄭振鐸，〈佛曲與變文〉及〈佛曲敘錄〉，收入《中國文學研究》卷三（一九五七年；香港，一九七〇年），頁一〇六六—六七；陳寅恪，〈四聲三問〉，收入《陳寅恪先生文史論集》，上冊（香港，一九七三年），頁二〇五—一八；張曼濤編，《現代佛教學術叢刊》（臺北，一九七六—七九年），冊十九《佛教與中國文學》及冊三十八《佛典翻譯史》；澤田瑞穗，《佛教と中國文學》（東京，一九七五年）；平野顯照，〈唐代文學と佛教の研究〉（京都，一九七八年）；加地哲定《中國佛教文學研究》（東京，一九七九年）；Sun Jingyao, "The Name of the Game: The Term 'Comparative' and its Equivalents in the Context of Chinese Literary History," *Yearbook of Comparative and General Literature*, 33 (1984), 59-62; Kang-i Sun Chang, *Six Dynasties Poetry* (Princeton, New Jersey: Princeton University Press), pp. 117-28。

⑯任二北，《敦煌曲初探》（上海，一九五四年）；《敦煌曲校錄》（上海，一九五五年）。

時〉和〈法門十二時〉等，顯然是在規律地頌揚一種行爲和思考的法則。這一類的詩，無論是在形式、情感或藝術上，都值得和英國赫伯特（George Herbert）與沃恩（Henry Vaughan）等，或是和印度達沙（Sura Dasa）及拜伊（Miram Bai）等人的宗教奉獻詩組作一比較⑰。

除了上述明顯的虔信宗教詩作外，我們必須體認到，就詩之創作藝術本身而言，還有一種流行更爲廣泛、更爲持久的詩觀，基本上是類似佛教對於「現實」與「存在」的了解的。禪宗所強調的語言多義性、語言神秘的啓示力，還有對於「悟」、「覺」的需求，在在可以在討論「詩藝」最著名的《滄浪詩話》以及黃庭堅的相關論述中，找到熱烈的回響，而且時有闡發。禪與詩的適切結合，可以從「學詩渾似學參禪」一句話看出。這種「結合」，已然成爲唐宋詩人和詩話奉爲典範的口號了。卽使在大詩人如白居易的作品中，禪宗的思想也規律性地出現，雖然白氏並不屬於任何教派⑱。

在白氏晚年，宗教上的「齋戒」尤常出現詩中。不但出現的頻率有規律可循，而且「齋戒」的儀式極受頌揚，每視爲拯救感官淪於誘惑的解藥⑲。一場與三位亡友歡飲的夢，曾使白氏回想

⑰John A. Ramsaran, *English and Hindi Religious Poetry: An Analogical Study* (Leiden: E.J. Brill, 1973).

⑱參較錢鍾書，《談藝錄》（一九四八年；臺北影印，年份不詳），頁一一八—一一九；杜松柏，《禪學與唐宋詩學》，二版（臺北，一九七八年）。尤請參較杜著第三到第五章。

⑲參較白氏下列各詩：〈仲夏齋戒月〉、〈齋月靜居〉、〈齋月居〉、〈齋居〉、〈齋戒〉；收入《白香山詩集》（四部備要版）二：四，二九：一一，三〇：一一乙及三六：四（第一個數字指「卷」）。下引白詩，悉依此版。

起佛典中「轉識爲智」的教訓⑳。而花木凋零的景象，更令他參透「觀幻」之道㉑。白氏坦承嗜讀禪，也經常參禪㉒。他深爲元稹悼念亡妻的〈遣悲懷〉詩系所動，乃起而倣效之，故有致贈至友《楞伽經》四卷以療對方哀思的舉動出現㉓。不過，白氏也曾嘗試道教煉丹之術。他不像寒山那麼爲宗教著迷，也不像敦煌詩人一樣，貢獻畢生於佛門。儘管如此，這些現象都讓他詩中的佛教精神更顯突出，予人深刻的印象。白詩簡樸，用字俚俗，音律工整，一向爲人稱頌不已，也爲他贏得大詩人的令譽。因此，他詩中的宗教信仰和情感才得以溝通無礙，效果絕佳。

如果從佛家轉到道教，我們隨時可以在謝靈運和陶潛等以熱衷道術聞名於世，具有道家傾向的詩人的作品中，找到特出而明顯的宗教痕跡。謝佛（Edward Schafer）和柯羅爾（Paul Kroll）的著作中已經明白地指出：道教的超越論、宇宙觀、占星術和煉丹術等，曾經在很多漢唐詩中出現。這種情形所以鮮爲人知，乃因當代的東西讀者甚少正視上述觀念，遑論探究其出處使然。不過，這些觀念爲了解唐詩所需，乃不爭之事實。我們若要了解米爾頓在史詩中爲上帝的正義與全能所做的辯護，不能不了解拉克坦提爾斯（Lactantius）和葛羅提斯（Hugo Grotius）

⑳〈因夢有悟〉，收入《白香山詩集》，二四：七。
㉑〈觀幻〉，收入《白香山詩集》，二九：五。
㉒〈讀禪經〉、〈病中看經贈諸道侶〉、〈正月十五日夜東林寺學禪偶懷藍田楊主簿因呈智禪師〉，收入《白香山詩集》，三三：一，一二七：六乙，一六：一二乙。
㉓〈見元九悼亡詩因此以寄〉，收入《白香山詩集》，一四：二乙。

吧？要了解但丁的「煉獄」，總得熟知格列哥里教皇（Gregory the Great）和卡姆斯特（Peter Comestor）等人才是。因此，如果不了解道姑作法時所用法具和所穿道袍的象徵涵意，便不可能體會得出如〈女冠子〉之類的宗教曲牌的意義，更無法測知由此一曲牌轉喻的打情罵俏的寓意。其與送別、死亡有關，固無論矣㉔。李白有一組登泰山詩，粗心的讀者乍看詩中的典故，可能會認爲這些不過是有關俗世之作。然而這組詩的眞正內蘊，卽詩人登臨泰山頂南天門一事，卻要等到我們能夠「恢復這些詩整體上的宗教架構」，才會變得明朗。而要恢復此一架構，非得對道教有通盤認識不爲功；對符咒、打坐和仙山聖地的了解，也是重要的一環㉕。

前舉例證，在中國文學史中還可找到很多。不過，我相信我的論點已經交代得夠清楚，足以證明絕大多數中國傳統文學並未缺乏「宗教啓發性」：富有宗教意義的作品，反而俯身可拾。接下來，我想簡略評析一部無論「創造性」和「宗教啓發性」都深具影響力的作品，以作爲我的論證更進一步的說明。我舉的例子，係十六世紀時或由吳承恩所撰的《西遊記》。

衆所熟知，《西遊記》的故事大略基於唐史玄奘的事蹟。玄奘西至印度取經，歷時十七載，

㉔Edward H. Schafer, "The Capeline Cantos: Verses on the Divine Loves of Taoist Priestesses," *Asiatische Studien*, 32/1 (1978): 5-65.

㉕Paul W. Kroll, "Verses from On High: The Ascent of T'ai Shan," *T'oung Pao*, 69/4-5 (1983): 223-60. 另參較 Stephen Bokenkamp, "Taoist Literature, Part I: Through the T'ang Dynasty" 以及 Judith Boltz, "Part II: Five Dynasties to the Ming," in Nienhauser, ed., *The Indiana Companion*, pp. 138-74。

始返中土。在小說中，此一歷程則縮短爲十四年。佛教史上，不論中外，或僧或俗，玄奘皆非唯一能完成任務的佛門弟子。他往返兩國，耗費時日，嚐盡了千辛萬苦。而他在西元六二七年出發西行時，所處的特殊環境更非常人可比。當時，他自請取經，有詔不許，只好喬裝出關。他長途跋涉終抵聖地，又到處巡行，禮佛參經，成就空前。回國之後，他全神貫注在譯經和解經上，有過人的表現。這些種種，使他成爲中國史上可能是最爲人稱道的佛教高僧。毫無疑問，玄奘精通梵文，其流利的程度，據他的弟子撰寫的傳記稱，曾經感化匪徒，令其皈依佛門。其辯論技巧又復高明，曾經擊潰敵對教派的僧侶。他寫下的書籍，記錄行程中耳聞目睹的奇人異地，公認是中國史上第一部眞正的地理著作。聖俗成就之大，唐太宗特予嘉賜。卽使在有生之年，玄奘也已成爲一位傳奇性的英雄。

《西遊記》正面敍述這位奇人，敷陳他不屈不撓的心路歷程，允爲處理玄奘行宜最具深意的作品。明代的「四大奇書」中，《三國》與《水滸》脫胎自歷史，《金瓶梅》則純屬虛構，只有《西遊記》直接以一位高僧爲關注的對象。雖然有人曾經注意到此一現象，我得立卽指出：《西遊記》並非忠實鋪陳玄奘行程和生平的所謂「歷史小說」。除了取經這一主題、主角的名姓，以太宗欽賜的〈聖教序〉之外，整個西遊故事的發展，似乎和歷史事實無關。歷史上玄奘的取經路線多沿絲路，跋山涉水，驚險無比。熟知玄奘作品和傳記的讀者，對此必然早有所聞。可是這類的困難萬狀，比諸小說中屢屢出入羣魔洞穴，毋寧顯得平淡無奇。《西遊記》第八十六回中，玄奘夫子自道的「水水山山災不脫，妖妖怪怪命難逃」一語㉖，可以看成是他的苦難的縮影。一步一危難，想喫他的肉的妖魔鬼怪，不知凡幾。

如果環繞在小說中的玄奘的細節純出自作者個人的虛構，乃建立在大部頭小說出現前發展已近千年的說書傳統的大前提之下，則有關玄奘三門徒及馱負聖僧西行的龍馬的刻劃，就更屬想像之作了。儘管有人戮力解釋孫悟空和豬八戒的來源，我們必須認識到，他們並非史上伴陪玄奘西行的人。易言之，他們當係作者想像力的產物。不過，前頭我所謂小說人物和情節基本上缺乏歷史關聯，並不意味著《西遊記》沒有特殊的宗教意義。相反，我所要暗示的，是小說展現出來的一個有趣矛盾，即：《西遊記》中有違史實的部分，一向公認是中國宗教史上最爲輝煌的一章，而這個事實，正是作者賴以架設其虛構情節，使作品深具複雜的宗教意義的所在。這種宗教意義，乃由小說中直指儒釋道三教的經典所形成的各種典故與象徵組成。三教並陳，又大量擷取所需教義，也是《西遊記》能夠鵠立於中國小說史的原因㉗。

㉖見吳承恩，《西遊記》（北京：作家出版社，一九五四年），頁九八六。作家版《西遊記》乃根據明刊本金陵世德堂《新刻出像官版大字西遊記》，並參考清代刻本校訂增補重印。本文下引《西遊記》，皆出自此一版本；頁碼夾附於正文中，不另添註。

㉗我所知道的唯一能與《西遊記》比擬，同時又長於使用三教典故的小說，只有《三教開迷歸正演義》一書。不過，坊間尚無此書的通行版本。唯一尚存的本子，現藏於日本天理大學圖書館。請參見 Judith A. Berling 傑出的墾荒之作“Religion and Popular Culture: The Management of Moral Capital in *The Romance of the Three*

雖然小說中寫玄奘的出身、青少年期，乃及引發他西行取經的事件，都是出以虛構的手法，和史實顯有不符，但小說中卻有很多例證，可以顯示作者對佛經與佛理的了解並不亞於他組織這些材料的能力。在第九十三回，取經徒衆一行將抵天竺時，玄奘在布金寺外曾經說出一段話，可以見出作者對於佛教的了解。玄奘說：

> 我常看經誦典，說是佛在舍衛城祇樹給孤園。這園說是給孤獨長者問太子買了，請佛講經。太子說：「我這園不賣。他若要買我的時，除非黃金滿布園地。」給孤獨長者聽說，隨以黃金為磚，布滿園地，纔買得太子祇園，才請得世尊說法。我想這布金寺莫非就是這個故事。（頁一〇五二）

除了玄奘講的這個考據性的故事外，小說中不經意流出的闡發佛典的片段，也是俯身可拾。如同最近一位研究《西遊記》的學者在一連串溯源文章中所示，熟悉玄奘傳記的讀者可以在其中

---

*Teachings,*" in *Popular Culture in Late Imperial China*, ed. David Johnson, Andrew J. Nathan, and Evelyn S. Rawski (Berkeley, Los Angeles, and London: University of California Press, 1985), pp. 188-218。根據 Berling 的研究，《三教開迷歸正演義》所受影響甚多，《西遊記》即為其一。但是這部小說載道言志的色彩，似要強過《西遊記》。

發現無數資料，似乎都在爲小說中的情節出處「暗下伏軍」㉘。比方說，《大唐大慈恩寺三藏法師傳》第四卷中，便有關於女人國的記述，還記載了仙女因水神感孕，產下四子等事，令人想起小說第五十三回中，玄奘與八戒飲了西梁女人國的母子河水，因而受孕的情節。又例如，在玄奘的《大唐西域記》第一卷中有屈支（龜茲）國的簡介，談到一潭「龍池」，其中的龍和母馬交配，會產下「龍馬」。這則紀錄，不僅爲中國引進一個印度神話中廣爲人知的母題（motif），尤其會讓人想到玄奘座下的龍馬，還有龍馬最後羽化登仙的地方。按：佛祖稱頌龍馬時，加陞其職正果，說道：「每日家虧你馱負聖僧西來」，然後命揭諦：

> 引了馬下靈山後崖，化龍池邊，將馬推入池中。須臾間，那馬打個展身，卽退了毛皮，換了頭角，渾身長起金鱗，腮頷下生出銀鬚，一身瑞氣，四爪祥雲，飛出化龍池，盤繞

---

㉘參見曹仕邦，〈西遊記中若干情節本源的探討〉，刊《中國學人》，第一期（一九七〇年三月），頁九九—一〇四；〈再探〉，刊《幼獅月刊》，卷四一第三期（一九七五年三月），頁三二—三七；〈三探〉，刊《幼獅學誌》，卷十六第三期（一九八〇年十二月），頁一九七—二一〇；〈四探〉，刊《書目季刊》，卷十五第三期（一九八一年十二月），頁一一七—一二六；〈五探〉，刊《書目季刊》，卷十六第四期（一九八三年三月），頁三五—四三；〈六探〉，刊《書目季刊》，卷十七第二期（一九八三年九月），頁三六—四五；〈七探〉，刊《書目季刊》，卷十九第一期（一九八五年六月），頁三—一三。我在本文中簡述《西遊記》所受的佛教影響，有一部分因曹仕邦的研究啓發而來。不過他有很多溯源性的探討，我認為過於牽強。

在山門裏，擎天華表柱上。（頁一一三〇）

在車遲國一節中，悟空與佯裝道士的虎力、鹿力、羊力三妖鬥法的「求雨」一景，其細節近似不空和尚生平所爲。不空係印度高僧，在唐室以引進密宗名噪一時。順宗、肅宗與代宗之時，不空聲望臻至頂峯，不但皇室引爲心腹，而且晚年還册封之爲「國師」。小說中的三妖，也曾受封以同一名號。《宋高僧傳》云：順宗與代宗皆曾在天旱之際，命不空求雨㉙。他初作法便甘霖大降，惹得人溺於市，大樹拔起，一派霪雨連綿的景象㉚。悟空求雨時，同樣大雨滂沱，作者即可能因不空求雨情況而得靈感。小說中說道：「這場雨……下得那車遲城，裏裏外外，水漫了街衢。」（頁五二六）國王惟恐雨滂禾苗，乃央求悟空停雨。不空第二度求雨，事在代宗之時，而且聖旨下詔，命在三日內顯現法力。《宋高僧傳》續載，第二天果然大雨沛然。小說中也有類似的情節：悟空和三藏必須冒生命危險，施展法力。確然，小說中的車遲國王因曩昔佛僧在同樣的祈雨競賽中輸給了道士，所以揚道抑佛。這類佛道相爭的主題還時常出現，強烈無比。習於中國史的讀者，對於這類爭執應不陌生：史上類似之事，時或可聞。玄宗、代宗之際，佛道尤常投入劇

㉙參見《大正新修大藏經》，二〇六一，收入卷五十，頁七一二—一四。下引本書，簡稱《大正藏》。

㉚同上，頁七一三。

爭，史所確認，難怪不空傳中會有一段話，記載他與術士羅公遠之間的有趣小爭執㉛。這場競賽可能激勵了《西遊記》作者的想像力，因而在小說之中依樣畫起葫蘆，編造出一段佛道相爭的有趣插曲。

《西遊記》在佛教上的溯源，還可以找出更多的例子。不過，我不認爲這種「溯源」是構成是書宗教意義唯一的特徵。相反的，我們可以把玄奘及其弟子的經驗觀念化，察覺出更爲深刻更加微妙的宗教教訓。我們回想一下：史書和高僧傳裏的玄奘，一向天資聰穎，勇氣煥發，有過人的耐心和毅力。爲闡明佛教教義，度化同胞，他甘冒生命危險，以無畏的精神跋涉「千山萬水」，西至印度取經，再傳回東土。但如同所有的讀者都會不無遺憾地注意到的，小說裏的玄奘不論心智或個性，都和正史上的玄奘截然相反。雖然就取經的意願來看，虛構的玄奘可能堅定一如正史裏的三藏，但是，他對於自己的追尋究竟代表什麼，似乎所知不多。對於自己的經歷，實際上更是一無了解。

歷史上和虛構裏的玄奘所以會有如此大的差異，絕對不是因爲作者的想像力出現差池。我毋寧認爲這是精心設計的故意之舉。今日可見的史書昭示，史上的玄奘所以執意取經，確因自己有一清楚的目的。往返印度與中土，不論耗時多久，危難和阻力有多大，都不過是他完成目的之方

㉛同上。

法，絕非目的本身。然而小說中的取經人，一生卻是困頓唐突，顛沛流離。這種情形，早在他出生之前卽已預設伏筆，再隨小說的敍述一路開展，務求切合最終的結局。是故西行的旅程不僅是無我的行動，不僅是在爲中國的羣黎百姓謀福，更重要的是，此一旅程也是個人贖罪開悟的途徑。這種詮釋，像我在其他有關《西遊記》的拙作中辯稱過的㉜，乃是基於儒釋道三教之了解推衍而出的。

就佛教一方而言，作者所要強調的，是玄奘及衆弟子必須受苦受難才能加陞功果的經驗。這種經驗，因常人有「將功贖罪」的觀念而顯得不陌生。〈新約〉裏的猶推古（Eutychus）在基督門徒保羅講道之際，居然沉沉入睡，終至不起（〈徒〉二〇：九—一二）。玄奘亦然。他的前生是如來座下的金蟬長老：「只爲無心聽佛講」（頁一三一），睡倒在蓮花臺前，虔信之心既損，遂遭貶凡塵受苦。他的贖罪之道十分獨特，包括沿街托鉢，挨餓受凍，以及西行時得經歷八十一難的考驗。包含龍馬在內的衆徒，也和師父一樣要身歷苦難，以彌補前世的罪愆。

隨著小說的進展，這種對取經人的「旅程」及其衍生枝節的詮釋，會因大主題稍變，而有不

㉜參見拙作 "Narrative Structure and the Problem of Chapter Nine in the *Hsi-yu chi*," *Journal of Asian Studies*, 34 (1975): 295-311; "Two Literary Examples of Religious Pilgrimage: The *Commedia* and *The Journey to the West*," *History of Religions*, 22/3 (1983): 202-30。另參見拙譯 *The Journey to the West*, vol. I (Chicago and London: The University of Chicago Press, 1977), pp. 36-62。

同的體會。在一般人——尤其是具唯心色彩的禪宗——眼裏，佛心既是「魔幻」的濫觴之處，又是悟道的泉源。《西遊記》的作者便把握住此一矛盾，以心靈的提昇和墮落作爲建立情節、塑造人物的方法。事實上，這個態度已經作者據爲扭曲習見「心猿意馬」等佛家常用陳腐隱語的方式。作者且曾爲之別賦新義：他筆下的這個比喻性成語，指的是人類智慧與情感中的一種不安定、不受束縛的質素。

歷史上的玄奘特好《心經》中撮述而出的摩訶般若波羅蜜的睿智。西行中如遇大苦大難，他常喜誦讀《心經》，並以其中的箴言作爲抵擋感官誘惑之法。或用來集中神情，以免因外相而分心。這一類的事實，由於玄奘傳的流佈和傳統因循相襲之故，業已深植人心。在小說中，作者以悟空爲唐僧的大徒弟，以便護師上西天取經。又在他的性格中，注入寫實的成分，極其引人注目。作者處理《心經》和唐僧之間的特殊關係時，便是藉悟空的性格來拓展此一基本主題。小說的敍述者，向稱悟空爲「心猿」。他不但肩挑護師西行的重擔，而且還是唐僧心性的指導者。凡身的三藏，一旦因走入極端而致神思不安，或因匱乏而口出怨言，悟空便會喚起他的記憶，提醒他《心經》中重要的頌句。唐僧更是不能不承認，「千經萬典，也只是修心」（頁九六六）。

玄奘在八十五回若有所悟的那一刹那，不能僅用佛語來解釋。研究中國思想史的人都了解，孟子「養心」或「修心」的觀念，至少從宋代開始就已是新儒學汲汲探討的課題。其眞正源頭，甚且可能可以追溯到唐代㉝。「養心」或「修心」的觀念，又結合了《大學》「修身」的大觀念。在孔門中，「修身」是賢者行爲的根本，也是「齊家、治國、平天下」的基礎。所以新儒家一再呼籲「清心」的重要，強調「正心」的必需，要求全神融入根本眞理之中，以免「異端與淺見進入」人心㉞。周敦頤的《周子通書》，以簡潔的語句回應了這類的強調與呼籲：

> 聖可學乎？曰可。曰有要乎？曰有。請聞焉：曰一為要。一者，無欲也。無欲則靜，虛動直。靜虛則明，明則通。動直則公，公則溥。明通公溥庶矣乎㉟。

對《西遊記》的讀者來講，此種勸人皈依眞一的論調，很可能是小說中一場喧鬧有趣混亂的來源。此一插曲出現在第五十八回：其時悟空和他的另一「自我」六耳獼猴，引發了一場驚天動

---

㉝大多數學者都認為朱熹是新儒學的開山人物，例如 Wm. Theodore de Bary 就持這種觀點；見氏著 *Neo-Confucian Orthodoxy and the Learning of the Mind-and-Heart* (New York: Columbia University Press, 1981)。然而，余英時的研究卻指出，韓愈的〈原道〉中已有「治心」的看法，因此理學可以上溯至禪宗的影響。參見余著〈儒家思想與經濟發展〉，刊《知識份子》，卷二第二期（一九八六年），頁三—四五。尤請注意余文六—九及一四—一六頁。另參較 Charles Hartman, *Han Yü and the T'ang Search for Unity* (Princeton: Princeton University Press, 1986), pp. 93-99, 159-66。論列禪宗「是心是佛，是心作佛」，以及「本覺真性亦名佛性，亦名心地」等觀念的著作，請參見《景德傳燈錄》（四部叢刊版），卷九，頁一三乙；卷十三，頁一三。

㉞de Bary, p. 37.

㉟周敦頤，《周子通書》（四庫備要版），頁四乙。

地的混戰。他們長相一致，天仙難辨。到了最後關頭，只有佛祖才分辨得出各自的原身。這兩隻猴子一路打到雷音勝境，佛祖是時正在七寶蓮花臺上講經，乃對著臺下諸衆道：「汝等俱是一心，且看二心競鬬而來也。」在稍前，小說的敍述者也評論道：

人有二心生禍災，天涯海角致疑猜。
欲思寶馬三公位，又憶金鑾一品臺。
南征北討無休歇，東擋西除未定哉。
禪門須學無心訣，靜養嬰兒結聖胎。

（頁六七一）

我舉出此一則「有詩爲證」，仍然是故意之舉。雖然倒數第二句化禪門的老生常談爲說教之詞，最後一句詩卻在無形中，爲我們提示道教煉丹術已經引進小說中的事實。在道教術語裏，「聖嬰」一詞特指完成「內丹」時所要經歷的決定長生的狀態。

李約瑟（Joseph Needham）和他的同僚，在劃時代的中國科技史的研究裏，淸淸楚楚地說過：煉丹術乃「誕生自道教教理」。不論是借助化學、冶金術或草藥來煉就「外丹」之功，或者借用生理過程來完成「內丹」修爲，中國的煉丹術總是以「求取肉身不死」爲終極目的[36]。這種肉身不死的理想，如果不論觀念和技術上的衆多類似點，基本上與印度或西方的「煉金」觀有所不同。

《西遊記》用過很多內丹術語。此一事實，從有清一代的編纂者和評點家到今日臺灣刊行全眞教版《西遊記》的人，都曾經注意到㊲。我在迻譯《西遊記》時，也曾在史上有關煉丹的記載中尋出很多相關的來源出處。一九八五年，柳存仁教授在一篇分五次連載的長文中，又擴展我在這一方面的研究，成果斐然㊳。柳教授從小說中摘出一些剽竊自全眞教經典的詳例，或可證明清代和當代全眞教徒一再宣告的《西遊記》非出自明人手筆，而係元代全眞長老邱處機之作的看法。湊巧的是，邱處機也以煉丹術著稱於有元一代。雖然依我淺見，作者究屬何人仍然難以定案，然而柳教授的研究，卻足以證明《西遊記》的作者嫻熟全眞祖師王喆和第二代掌門馬丹陽

---

㊱Joseph Needham, *Science and Civilisation in China*, vol. 5/5 (Cambridge: Cambridge University Press, 1954-83), p. xxv.

㊲近期撮要性敍述，可參見 Catherine Despeux, "Les lectures alchemiques du *Hsi-yu chi*," in *Religion und Philosophie in Ostasien*, Festschriften für Hans Steininger (Würzburg: Konigshausen und Neumann, 1985), pp. 61-75。

㊳柳存仁，〈全真教和小說西遊記㈠〉，刊《明報月刊》，二三三期（一九八五年五月），頁五五—六二；〈㈡〉，刊《明報月刊》，二三四期（一九八五年六月），頁五九—六四；〈㈢〉，刊《明報月刊》，二三五期（一九八五年七月），頁八五—九〇；〈㈣〉，刊《明報月刊》，二三六期（一九八五年八月），頁八五—九〇；〈㈤〉，刊《明報月刊》，二三七期（一九八五年九月），頁七〇—七四。

及再傳弟子的思想。伴隨此一發現而來的詮釋問題，因此就必須一談小說何以用到煉丹術的原因了。其觀念和使用情形，也應該一併論列。

由於我已經重複到我在其他研究中的論點，此處僅擬稍加解說。爲何小說中用到煉丹術？首先，我得指出，「煉丹」的母題在《西遊記》的發展史上，顯然是敍述處理上極其特殊的一環。舉例言之：如果審閱可能存在百回本之前的《西遊記雜劇》，我們會發現說曲之間有很多事件安排上的類似處，也有一些角色塑造上的相同點，但在《雜劇》之中，絕對沒有以煉丹術作爲寓言的暗示出現。如此一來，小說的作者實已爲西遊故事另添了一層新意：他羅列了很多可以煉就內丹的方法。因此，在佛家的「解脫」和「頓悟」，以及新儒家「正心」的思想之外，《西遊記》的作者又列入了長生不死的觀念，以作爲取經歷程獨特的目的。霍克思最近在研究全眞教戲曲時，曾擇要介紹過全眞教觀念中獲取肉身不死的方法，方便我們的研究不少。他說：

〔擅長不死術的全真教徒〕，想在肚臍和恥骨之間的丹田所在，冥思其中有一丹爐。再經由上下體液中複雜的內丹過程所抽取出來的元素的結合，產生純陽之氣。舌頭攪拌唾液後，形成泡沫，再嚥下這泡沫，是獲取純陽之氣的重要過程。「唾液」稱為「上水」，最後得和下身產生的「火」結合。精於此道者，可以製造出兩種不同的「唾液」。其一結合「肝氣」，其二結合「肺氣」。最終製造出來的東西稱「神水」，裏頭有「火」元素。下身生出的「火」，也會經歷同樣的過程。三爻卦裏的「坎」和「離」，一旦在丹田會合，也可以用來製造「神水」和「真火」。用這些方法製造成功的純陽之氣，對全真教的道士而言，便是以前外丹術士所謂的長生不死藥。要製造純陽之氣，得處於「清淨」的狀態中，無憂無慾，心既不在猿也不在馬，始克有功㊴。

讀過《西遊記》的人，可以立時認出：這種「內丹」的過程，正是玄奘諸弟子在小說中述及自己出身時一個恆常不變的主題。他們的敍述，通常出之以帶有尾韻的排律，聲調鏗鏘，生動地戲劇化了悟空、八戒與沙淨等三人渴望修煉成仙的奮鬥過程。悟空由山林猢猻一變而為神仙中人，八戒與沙僧則由區區凡胎化而為天仙天將。他們所憑藉的無非便是修煉的功夫。這種「功夫」使他們夠格成為唐僧的保護者，偶又足為唐僧修煉時的指導者。悟空竭盡心機，想要幫助唐僧了解佛教《心經》蘊含的「遁世」精神。在第三十六回，他和沙僧又在唐僧思歸之際，教其先天採煉之法。其時月光皎潔，二徒分以月之盈虧，引導唐僧體會其中深層的神秘。唐僧對月懷歸，口占一首古風長篇，對仗工整，充溢傳統的隱喻和典故。悟空聽罷，回道：「月家之意，乃先天法象之規繩也。」（頁四一九）接下來，八戒和沙僧分再闡發悟空之言。他們的說明，稍改宋代張伯

㊴David Hawkes, "*Quanzhen* Plays and *Quanzhen* Masters," *Bulletin de l'Ecole Française d'Extrême-Orient*, 69 (1981): 164.

端的《悟眞篇》，仍然以詩體出之。他們所述，其實結合了魏伯陽《參同契》和全眞經典中的思想。月有盈虧，見於上弦與下弦，反映的是宇宙與人體中輪番消長的陰陽之氣。進一步說，則與鉛汞的交互作用有關。鉛汞在另一方面，是人體內不同的體液和內臟之「氣」的表徵。李約瑟解釋道：「因此，曖昧不明的說『二八兩鉛汞』，指的是月在二八日間何以會形成盈虧的玄秘之道」㊵。李約瑟的解釋，說明了悟空何以要對唐僧說出如下的建議：「我等若能溫養二八，九九成功，那時節，見佛容易，返故田亦易也」（頁四一九）。

悟空的建議，意蘊豐富。所謂「故田」，不僅指唐僧渴望歸去的世俗中國。由於唐僧和徒衆前世都因故而爲罪身，所以他們往謁佛祖的旅程儘管多災多難，卻有贖罪之意。在小說中，又可視爲「返鄉之旅」（請比較第二十三回玄奘在自己所吟的詩裏用到的「返鄉」一詞〔頁二六一〕。玄奘此時使用此一名詞，旨在頌揚某種「功果」）。毫無疑問，中國長安是史上玄奘的歸田之所，但是小說卻一再強調：金蟬長老眞正的故園是西方極樂世界。之所以如此，乃因玄奘前世爲佛子使然。更有甚者，在小說中，玄奘的「返鄉」也順便結合了佛家以悟爲發現本性的認識，正是所謂的「明心見性」也。如果這種解釋無誤，「返鄉」恰可視爲作者寫成仙之道時一個意蘊深刻又推展容易的母題。

根據李約瑟的說法，「內丹修煉之道，沒有一個法門會比逆轉肉體衰退之軌，使之逐步返璞

---

㊵同注㊱，5/5: 57-8。

來得重要」㊶。從《道德經》成書的時代以還，道士對於生死現象，都懷有強烈的興趣。《道德經》第十六章中，有幾句箴言可以解釋這種情形：

萬物並作，吾以觀復。夫物云云，各復歸其根。歸根曰靜，是謂復命。復命曰常，知常曰明㊷。

然而，對思以內丹修道的術士而言，其所追尋的卻是另一層知識的問題，也是另一層永恆的問題。爲了達到上述目的，內丹術士的追尋反要逆自然之理而行。此即何以此類術士所寫，恆與「還」或「返」，「修」、「修補」或「復」等觀念有關。李約瑟說，這種對其信念的基本信賴，有助於解釋其他兩組以技術爲主的觀念：

……第一個觀念，是要求重要體液逆常軌而行。第二個觀念，則是一種冥思的體系，面對的是五行正常關係的單純性倒轉。第一個觀念的逆常軌而行，可以從「逆流」或「逆

㊶同前引書，頁二五。
㊷引自《老子釋譯》（臺北：里仁書局，一九八五年重印），頁四一—四二。

行」等名詞見之。尤其可以應用在精液與唾液的製造上。第二個觀念則與內丹術士深信的力量有關。他們相信自己的技術可與五行自然生發的過程彼此「相生」，也可以「相勝」或「相剋」。他們竟還相信可假一己之力，倒退或控制萬物正常的運行之道。這正是所謂的「顛倒」㊸。

雖然李約瑟試圖把這類複雜的理論用科技加以比較，期能為人接受，但對現代讀者來說，這種理論似乎仍然過於神妙，簡直難以置信。然而，上述抽象的觀念一旦用到《西遊記》這部迷人的小說上，卻可以幫助我們了解其中某些場景的意義，看出作者的創作天才。在修煉成仙的寓言設計中，取經者一行的努力也才會有更深刻的意義。他們本身已然成為求取不朽過程的化身了：玄奘及衆弟子的名字，首先透過一種複雜的體系配合上五行的循環，其次又與內臟功能及分泌有關。取經歷程的經驗，在故事表面上確是逸趣橫生：他們又要與妖魔作戰，又要與天上劣神叛仙周旋。不過這類的經驗，卻也依次暗示道教術士修煉時所會遭遇到的困難和不定，反映出他們再三的失敗和一部分的成功。他們要不斷和分神或肉體煎熬搏鬥，隨時還得面對走火入魔的危險。更有甚者，他們的「身體」和「經驗」，也戲劇化地呈現了修煉之力的正反作用，以至於山川地

---

㊸見注㊵，頁二五。

理，都會象徵人體器官。我在別的論文中曾經指出㊹，第六十七回述及的七絕山中的稀柿衕，顯然是在比擬人體結腸的一段。至於道術中把丹田藉由「河車」打上脊髓的方法，毫無疑問便是第四十四回車遲國中有關「夾脊關」此一特殊地名的揷曲的靈感來源。所謂「河車」，有道術秘笈形容猶「如逆水行舟」㊺。西行取經的外在朝聖動作，乃因此一變而爲內在修持的旅程的象徵。這種「轉變」的方式，恰可爲那些將小說視爲「將全眞功法逐步演出」的讀者說明其論點的大部分㊻。

在結束本文之前，我想稍談三個相關問題。第一個問題是：「此類宗教寓言，是否爲小說所需？」這個問題若指：「取經的故事是否有任何內在的理由，足以顯示小說非得假借寓言不爲功？」答案可能是否定的。但是，如果有人指：「我們是否非得從寓言的角度看不可，才能了解這部小說？」我的回答必然是肯定的。《西遊記》絕非胡適在考證編者和評者時，所謂這是一部「三、四百年來」讓「無數道士、和尚、秀才弄壞」了的書㊼。這本小說確實一再要求讀者注意

---

㊹見本書頁一七四—七五。

㊺參見戴源長，《仙學大辭典》（臺北，一九六二年），「大河車」條。另參較注㊱，5/4, pp. 254-55; 5/5, pp. 225, 250；李叔還，《道教大辭典》（臺北，一九七九年），頁四〇五。

㊻〈西遊記釋義龍門心傳出版序〉，收入《西遊記釋義》（臺北，一九七六年），頁三三。

㊼胡適，〈西遊記考證〉，一九二三年發表，收入《胡適文存》，第二集（香港，一九六二年），頁三九〇。

書中的言外之意㊽。書中顯著的特色，如謂沙悟淨是四位徒衆中，唯一不用也無力變化的角色，就不是任何寫實小說的原則解釋得了的事實。要詮釋小說的內涵與作者的意圖，非得借助外緣的知識和相關資料不可㊾。

我的第二個問題，牽涉到《西遊記》的結尾。由於這部小說顯然喜歡重複類似的情節，蒲安迪（Andrew Plaks）在一本刻日付梓討論明代四大奇書的重要研究裏，便認爲《西遊記》結尾的部分，有一點「反高潮」的現象出現：取經人一行，在結局似乎一無改變的跡象；抵達長期渴盼一履的聖地，其經驗卻似在重蹈先前在無數事件中的徘徊迷途。這種收場，言下是否意味著取經人根本無處可去？是否在在指出他們最終的目的地亦如同途中妖魔所佈的障眼，都是虛幻不實的地方？此種有關結局之見，雖說並非毫無足資稱道之處，但依我管見，卻應與我們對其他出現在小說中的特色的認識加以調合才行。《西遊記》的情節不論有多乖違史實，依然是以正史上的西行朝聖爲骨骼。這種架構，並無損於玄奘的追尋，亦無損於他返回故國後的功成名就。換句話說，小說的結局在某種意義上，仍取決於取材事件的終極目的上面。

---

㊽參較 Andrew H. Plaks, "Allegory in *Hsi-yu Chi* and *Hung-lou Meng*," in *Chinese Narrative: Critical and Theoretical Essays*, ed. Andrew H. Plaks (Princeton, New Jersey: Princeton University Press, 1977), pp. 163-202，以及他即將出版的 *The Four Masterworks of the Ming Novel* 一書。

㊾劉一明編，《西遊原旨》（一八一九年護國刊本），〈卷首〉，頁三四乙—三五。

然而，小說最後的三回之中，卻有一明顯特色直陳一種「反諷」的態度。取經人的成功，便由此一態度刻劃而出。「解脫」和「頓悟」在此三回中，似乎悄然來臨，不知不覺就獲得了。悟空一向擁有先知先覺的智慧，知道他們已經完成千里追尋的道果。其他取經人可就懵懂不知，有賴悟空予以啓迪：

> 師父，你在那假境界，假佛像處，倒強要下拜；今日到了這真境界，真佛像處，倒還不下馬，是怎的說？（頁一一〇二）

在渡過凌雲渡，捐棄本骸之時，八戒、沙僧和三藏仍然執迷不悟。其儒弱膽小之情，顯得喜感十足，一貫小說中刻劃的性格。即使是在上謁如來，享用了仙餚珍饈而「正壽長生」，「脫胎換骨」之後，他們仍然不能順利取得眞經，完遂西行的目的。只有到了回行途中八大金剛按下風來，把四衆墜落下地，再徂通天河一景，玄奘因善忘而有負河中老黿所託，一行遂同淬河中，游行登岸之時，他們才徹悟所獲者究爲何經。這件小小的意外事件，當然會有所失；取得的經卷，也因打濕置於岸邊石上曝曬，而沾破了幾許。此一事件，可能源自玄奘傳記所述㊿。不過此一事

---

㊿釋慧立，《大唐大慈恩寺三藏法師傳》，收入《大正藏》，五〇：二〇五三，卷五c

件的眞正內涵，卻要由當晚悟空在護經以防衆魔襲奪之時，他爲擠抱在一起，受驚又受嚇的同伴所作的解釋中，才揭露出來。悟空說：

師父，你不知就裏。我等保護你取獲此經，乃是奪天地造化之功，可以與乾坤並久，日月同明，壽享長春，法身不朽：此所以為天地不容，鬼神所忌，欲來暗奪之耳。一則這經是水濕透了；二則是你的正法身壓住，雷不能轟，電不能照，霧不能迷；……及至天明，陽氣又盛：所以不能奪去也。（頁一一一九）

小說中的敍述者接下續道：「三藏、八戒、沙僧方才省悟，各謝不盡。」（同上頁）不論我們作何想法，取經人不僅因取得眞經而成佛得道，他們取經行程的完遂，也是修煉「成眞」的隱喻。到目前爲止，如果我的論證已經把《西遊記》中大量的宗教成分展露成功，最後仍然有第三個問題，有待回答。批評家經常針對宗教式的詮釋提出質疑：「小說中的宗教意義，如何與充斥全書的諷寓和幽默相提並論？」後二者不但尖銳無比，而且洋溢書中，正是《西遊記》所以生動的主因。當然，此一問題還意味著：宗教未免太過嚴肅，對《西遊記》中如此生動的活力和鄙俗的趣味而言，是太沉重、太莊嚴的外衣。我知道若要適度地回答此一問題，有賴另一篇幅相當的論文來解說。此刻我只能就可能回答之法，稍作提示。

我們得先認識到：雖然《西遊記》和西方的宗教寓言如《仙后》、《天路歷程》以及《神曲》一樣，具有某些共同的母題和特色，但是這部小說卻缺乏班揚作品裏的「嚴肅性」（*gravitas*），也缺乏但丁偉大的頌歌裏的豐富狂想。要把這部小說方之西方的傑作，最容易讓我們想起來的應該是喬叟、拉伯雷和史威夫特的作品。所以，我們不能輕忽或否定這位明代作家創造出來的高度喜感以及尖銳的諷刺。豬八戒是中國傳統文學中，不容辯駁的獨一無二的喜劇性角色，融合浮爾斯塔夫（Falstaff）、唐吉訶德、山丘班扎（Sancho Panza）的特色於一爐。他的好色、怠惰，以及爭先恐後，唯恐吃不到的貪婪像，早已令數百年來的讀者為之捧腹不已。同樣的，悟空這隻桀驁不馴的潑猴，居然敢在佛祖中指上撒尿，把道教三清的神像丟到茅坑去，而且欺騙三清的信徒把自己的尿液當「聖水」給喝了。如此大不敬的小說，怎能稱得上宗教感十足呢？

對於這個問題，我的回答是：要視《西遊記》所推演的係屬何種宗教而定。猶太教除希伯來經典外，其傳統中另有豐富的笑話、民間機智語和無拘無束的幽默感，但基督教就比較正經而拘束重重。至少就下面從基督教經典舉出的特色觀之，確實如此：〈新約〉從未用過「微笑」（*meidaō*）這個動詞，而「笑」（*gelaō*）或「笑聲」，也僅在「譏諷」性的場合出現（如〈太〉九：二四），或用於啼笑的對照上（如〈路〉六：二一、二五；〈雅〉四：九）。保羅的書信中，確有嘲弄或責罵的例子，不過那些都當作是神學上激辯時用的工具看待[61]。

再回到中國傳統來看。儒家也是莊、嚴並存；孔子一向謹言慎行。門人紀錄其行誼，道：

「夫子樂然後笑」（〈憲問〉第十四）；只有在少許場合，他才會「莞爾而笑」（〈陽貨〉第十七）。對照之下，道家經典如《莊子》裏，有些對話和軼史，就包含有駭人的機智語和帶有苦味的幽默言詞，以供嚴肅的哲學討論之用。然而，在中國宗教史上，毫無疑問，只有佛教才能提供最顯著的例子，說明笑謔之詞、幽默與眞理如何能同時並存的道理。尤其在禪宗大師如謎一般的言談舉止中，戲謔笑鬧之詞和突兀之語，甚至是低級喜劇，都具有誘人省悟的功效。我們一讀到禪門各式各樣的語錄，難免邊讀邊笑，印象深刻。這種場合裏的笑意，常意味著突如其來的洞見。禪宗長老所以借助於謎語、笑話和荒謬的推理，無非是要幫助和他對話的人，能卽時參透眞理和世俗

---

51 宗教上的幽默感這個題目，尚有待學界予以恰當的注意。概論性的討論，可參見 Reinhold Niebuhr, "Humour and Faith," in *Discerning the Sings of the Times* (New York: Charles Scribner's Sons, 1946); *Holy Laughter*, ed. M. Conrad Hyers (New York: The Seabury Press, 1969); Helmut Thielicke, *Das Lachen der Heiligen und Narren* (Freiburg im Breisgau: Herder, 1974); Robert A. Kantra, *All Things Vain: Religious Satirists and Their Art* (University Park: Penn State University Press, 1984)。猶太教的幽默，可參見 Shmuel Avidor, *Touching Heaven, Touching Earth: Hassidic Humor and Wit* (Tel Aviv: Sadan Publishing, 1976); Henry D. Spalding, comp., *Encyclopedia of Jewish Humor: from Biblical Times to the Modern Age* (New York: Jonathan David Publishers, 1976); Judith Stora-Sandor, *L'humour juif dans la littérature de Job à Woody Allen* (Paris: Presses universitaires de France, 1984)。後書附有一份可以更進一步探究的書目。至於基督教的幽默，請參見 Martin Grotjahn, *Beyond Laughter* (New York: McGraw-Hill Book Company, 1957); D. Elton Trueblood, *The Humor of Christ* (New York: Harper and Row, 1954); Frederick Buechner, *Telling the Truth: The Gospel as Tragedy, Comedy, and Fairy Tale* (New York: Harper and Row, 1977)。

推理間的矛盾性。常人常陷入頑固的思辨陷阱，而且一落入其中就難以自拔。幽默得結合打罵等外表上的粗魯行爲，以便我們從陶然自得於幻景的狀態中驚醒。這種反傳統的作風，正是禪門如「呵佛罵祖」、「一棒子打殺〔世尊〕與狗子吃卻」等語產生時的推動力[52]。這些禪語雖顯極端，卻十分著稱於世。

在禪宗的反傳統思想裏，「神聖與喜感的關係，一如所有辯證中兩極的關係。」所以在禪門傳統中，「即使是經驗中最爲神聖的一刻，也會摻雜著令人忍俊不住的瀆神之舉，以及卑微自抑的幽默言詞」[53]。由於禪宗具有此一傳統，無怪乎某些傳統的《西遊記》讀者和批評家會因書中神奇地融合了神聖與喜感，而爲之感佩不已。悟空在第二回遇見第一位師父須菩提祖師，不僅學得一身變化的功夫，也洞悉永生的奧秘。這場師徒對答，妙語如珠，如銀彈之迸射，可能倣效自禪門公案。悟空一旦打破須菩提的「盤中之謎」（頁一五），終全書便係機智善對之徒，可以爲「隨機應變」或「將計就計」等習語增添新義。在第三十三回，悟空遭遇到平生最難應付的兵器：銀角大王的「紫金紅葫蘆」和金角大王的「羊脂玉淨瓶」。這兩件兵器，實際上是從太上老君處偷來的，只要在一時三刻內，便可將吸入之人化成膿水。悟空只消扮做騙子，佯稱自己有一隻能吸入天地的葫蘆，便騙走二魔的眞葫蘆。第八十八回中的滅法國王，曾下詔誓言殺死一萬名佛

---

[52] 見《佛果圜悟禪師碧岩錄》，收入《大正藏》，二〇〇三，卷四八，頁一四三—四四，一四六，一五六。

[53] M. Conrad Hyers, *Zen and the Comic Spirit* (London: Rider and Company, 1974), p. 115.

僧。遭此威脅，悟空但憑心計，在一夜間剃光滅法國朝中衆人之頭，便制服了該國朝廷上下，要他們懺悔罪愆。

小說中的悟空機警且有急智。此一現象，並非了無大意。因爲，正如霍瑞（Bernard Faure）在一篇近文中的觀察，「強調『方便』(*upāya*) 和『妙法』，會令人想起西方國家自從選用柏拉圖式的理想主義來打擊早期希臘人的實用智慧（*mētis*）之後，所忽視的某些東西。寒山菩提一類理想中的禪門典型，正如奧廸修斯，是機智且擅逞口舌的人：喜歡說謎語，任何機會也不放過」㊹。小說中的悟空，也可看成是這類的鼓舌之徒，而且同樣優秀，絲毫不遜於禪史或僧傳裏的寒山菩提。他本人又象徵下列矛盾性格的組合，十分有趣：普洛米修斯的勇氣與小丑一般的戲謔作風、一心奉獻和再三瀆神、鞭辟入裏的洞察力及盲目的熱情。像悟空這類矛盾的性格，世界神話中不乏熟悉的典型。皮爾登（Robert D. Pelton）嘗謂：「『卑微的虛誇之辭』，『腐朽的神聖感』，乃及『神聖的褻瀆』，都是機智之徒要向我們的理解力挑戰時所用的反諷語」㊺。

悟空在第十四回，因殺戮六賊而受懲。像這一類的事件，顯然是建立在《曹山本寂禪師語

㊹"Zen and Modernity," *Zen Buddhism Today*, 4 (Spring, 1986): 87.

㊺Robert D. Pelton, *The Trickster in West Africa: A Study of Mythic Irony and Sacred Delight* (Berkeley: University of California Press, 1980), p. 24. 另參較 Mac Linscott Ricketts, "The North American Indian Trickster," *History of Religions*, 5 (1967): 327-50; Laura Makarius, "Le Mythe du 'Trickster,'" *Revue de l'histoire des religions*, 175 (1969): 17-46。

錄》裏師徒著名的對答上面。從下面事實中，我們還可以看出此一事件具有深刻的反諷性：唐僧只知道「戒殺」的字面涵意，但悟空卻能夠充分掌握住一個矛盾的眞理，知道「一劍揮盡」六賊，正是同情心的表現㊻。悟空殺死六賊這一情節的載道企圖，在小說中已藉由生動的寓言講得引人入勝。這種企圖，也可能是《西遊記》本文衆多的特色裏，會讓劉一明做出下面的解讀的原因之一：

《西遊》立言與禪機頗同，其用意處盡在言外：或藏於俗語常言中，或托於山川人物中，或在一笑一戲裏分其邪正，一言一字上別其真假㊼。

這部小說所以能夠成爲一部喜劇性的宗教寓言，正是因其敍述本質和創造性的設計一方面確立了三教的教理，另一方面又大事譏諷所謂「不濟的和尙，膿包的道士」（頁二〇五）。

在小說開頭的第二回裏，悟空曳步進入須菩提祖師的房門，欲學長生之道。祖師從寢榻上醒來，第一句話便衝著悟空說道：

---

㊻語出《曹山本寂禪師語錄》，收入《大正藏》一九八七號第二卷，在卷四七，頁五三八。

㊼劉一明，〈卷首〉，頁二八。

> 難！難！難！道最玄，莫把金丹做等閒。（頁一六）

須菩提所謂的「玄」，有晦澀難懂、高妙深奧、狡黠機智，甚至是想像的成分在內。這個字因《道德經》第一章的闡明而萬古流傳。老子本意在解釋天道的神秘，不過，稍後也有人用「玄」字來比喻說書與小說創作藝術之難。在把「金丹」的玄理演化成爲一部有趣易讀的小說之際，《西遊記》的作者確乎可以歸入第一流的天才之列。

**附記**：本文原題 "Religion and Chinese Literature: The 'Obscure Way' in *The Journey to the West*"。英文稿原宣讀於「輔仁大學第一屆國際文學與宗教會議」（一九八六年十一月）上，後發表於 Ching-I Tu, ed., *Tradition and Creativity: Essays on East Asian Civilization* (New Brunswick and Oxford: Transaction Books, 1987), pp. 109–54。中譯發表於《中外文學》，第十五卷第六期（一九八六年十一月），二五—五六。又收入輔仁大學外語學院編，《文學與宗教》（臺北：時報文化公司，一九八七年），頁二八一—三一四。

# 附錄一：歷史、虛構與中國敘事文學之閱讀

史學撰述是書寫系統的一支，源自廣義的閱讀理論。

——保羅·呂刻

專治中國傳統敘事文學的學者，習慣上都會提到散文虛構和歷史之間的密切關係①。或者，

①Andrew H. Plaks, "Towards A Critical Theory of Chinese Narrative," in *Chinese Narrative: Critical and Theoretical Essays* (Princeton: Princeton University Press, 1977), p. 311 因此說道：「任何對於中國敘事文學本質所做的理論性探討，首先得從重要無比的史學撰述着手。在某層意義上，也必須從整體文化中的『歷史主義』下手。事實上，如何定義中國敘事文學的問題，最後總會歸結到傳統文化是否能從根本上區別史學撰述與虛構小說的問題。」

更精確的說，他們都會注意到散文虛構在發展過程中依賴歷史撰述的程度。儘管據《漢書．藝文志》卷三〇所稱②，「小說」一詞乃起源自街譚巷議，或爲稗官小吏所採集，目的在反映社會狀況，但其往後之衍稱如「野史」與「稗史」等，卻都指出這些新立的名目，已經不再自囿於「小說」的原始形式，也正確超越了其模倣者早先接受的敍事觀念。

「野史」或「稗史」的新稱，或可爲我們指出虛構性敍事文學的一項特色，即：「事實」與「未經證實的事實」，彼此亦可經由構成上的特色而共冶於一爐。當代學者馬幼垣在定義中國講史小說時，因而提供了如下的描述：

> ……講史小說，是指以史實為核心的小說；……〔這種小說〕藝術化地融合事實與想像，在人物及事件的描述上有創新的發揮，但不違背衆所皆知的事實③。

---

②雖然《莊子．外物》中的「小說」一詞，亦有瑣屑虛構之談的意思，但是在本文中，我毋寧以《漢書．藝文志》所提的同一名詞，作為討論上的出發點。

③Y. W. Ma, "The Chinese Historical Novel: An Outline of Themes and Contexts," *Journal of Asian Studies*, 34/2 (1975): 278. 中譯引自馬幼垣著，賴瑞和譯，〈中國講史小說的主體與內容〉，收入馬著，《中國小說史集稿》（臺北：時報文化公司，一九八〇年），頁七七。

上面的陳述，顯然在強調題材或馬氏另一專文中所稱的「實質的寫實」④。惜乎馬氏的界說對於「事實」與「想像」可能擁有的形式共同點，著墨並不多。他也沒有告訴我們歷史在披上小說的外衣之前，到底能享有程度多大的「創新」處。虛構作品在發展成爲歷史的時候，「不違背衆所皆知的事實」的幅度可以有多大，他亦未嘗論及。

實際上，「事實」與「想像」的結合不僅會牽涉到講史小說的定義，更重要的是，此種「結合」也是一深具意義的起點。從此出發，尤可檢視歷史性的敍事與虛構性的敍事在形式上的共同處。這種情形，不獨中國文學如此，證之西方傳統亦然。

不論出以口述或書寫的方式，歷史都是過去事件的言辭陳述，是一種「敍述出來的故事」⑤，因而也會具有多數敍事文學所共有的某些形式特徵。職是之故，當代研究《左傳》的學者在

---

④Y.W. Ma, "Fact and Fantasy in T'ang Tales," *Chinese Literature: Essays, Articles, Reviews*, 2 (1980): 168. 中譯引自馬幼垣著，姜臺芬譯，〈唐人小說中的事實與幻設〉，收入侯健編，《國外學者看中國文學》（臺北：中央文物供應社，一九八二年），頁七三。

⑤雖然此處所強調的，主要是史學撰述的語言層面，不過我當然充分了解所有物質文化的組成條件（如器皿、人工製品、建築、廢墟、雕塑與平面藝術等），以及自然生態（如氣候和地理上的改變、海岸線之後退、洪水、旱災、饑荒、火山爆發）等因素，也是構成現代史家所謂的歷史的「痕跡」或「足跡」的要素。缺乏這些要素，史學撰述便可能遭到嚴重的損害，難以保持完整。參見 Paul Ricoeur, *Temps et récit*, 3 vols. (Paris: Editions du seuil, 1983-85), 3, 171-82; 268.。另請參見 Fernand Braudel, *On History*, trans. Sarah Matthews (Chicago: The University of Chicago Press, 1980), pp. 105-19; Edward Shils, *Tradition* (Chicago: The University of Chicago Press, 1981)，尤其是第二及第三章。

探討這部古代經典時，便會強調其中情節、人物塑造與敍述觀點等問題，也會藉由融入的言辭對話、預言、戲劇化事件與軼史等，加以闡明分析⑥。上述種種敍事特色，爲史學撰述提供一些必要的環結，以便結合一些乍看無關的事件，使之成爲眞實而又緊湊完整的故事。

然而，如就歷史係「過去事實」的陳述一點而論，卻不免會引發如下問題：「歷史事實」究竟爲何？若從一般考證史實的標準觀之，有哪些事實「確曾」或「不曾」在史上發生過？歷史因果律又可否爲人證明？上述對於事實及其可考與否的關懷，點出來的正是區分「事實性」與「文學性」時應該考慮的一些事項。

長久以來，學者咸認爲希臘上古荷馬詩人和史學家，彼此皆具有共同的敍事傳統，尤以他們慣用第一人稱行文的方式爲然。但是當代學者卻迫不及待的指出，由於希臘史家（*histor*）力圖將他們的敍述置於一種新權威感之上，所以詩人和史家的敍事態勢，確實有所不同。*Histor* 一稱所指的，畢竟不僅是類似「歌者」（*aoidê*）、「編連歌者」（*rhapsodos*），或是「製造者」（*poiêtês*）等等的事件「記錄者」或「重述者」，他們更是「詢問者」與「調查者」。希羅多德（Herodotus）

⑥參較 John C.Y. Wang, "Early Chinese Narrative: The *Tso-chuan* as Example," in *Chinese Narrative: Critical and Theoretical Essays*, ed. Andrew H. Plaks (Princeton: Princeton University Press, 1987), pp. 3-20; Ronald C. Egan, "Narratives in *Tso Chuan*," *Harvard Journal of Asiatic Studies*, 37/2 (1977): 323-352。

在其名著《歷史》(*Histories*)中，曾爲特洛伊爭端提供有關波斯與菲尼基人的故事。接下來，他又說道：「就我個人而言，我不會說此一故事或彼一故事確曾發生過。然而，對那些我所知曾對希臘人造成無謂傷害的人，我卻會予以指名道姓一番，然後再繼續講我的故事……」(*Herodotus*, 1, 5)。希羅多德式的記史，不僅保存希臘與其他民族早期的事蹟，對抗時間的腐蝕（*tō chrōnō exitēla-Herodotus*, 1, 1），而且還是出諸一種自覺性的淵博。這種著述方法，亦可在中國大史家司馬遷（紀元前約一四五—約九〇）的著作中聽到類似聲音。司馬遷在《史記・太史公自序》中曾謂：「若滅功臣世家賢大夫之業不述」，則其「罪莫大焉」。由此觀之，則司馬氏提到自己名山之作撰述動機所說的「余所謂述故事，整齊其世傳，非所謂作也」（卷一三〇）一句，便不僅是謙詞，不敢媲美孔子之作《春秋》，更是一種強調，說明其作品眞正本質爲何。希羅多德和司馬遷雖不曾聲明能寫出今日業已成形的史學論述，著作中亦短見今人著作常見的系統性旁徵博引，嚴謹篩濾證據的態度更付闕如⑦，但是他們各自的作品，卻一再顯示確具探索事因的嚴肅精神。在評論古希臘史家時，有兩位當代學者曾經觀察道：「傳統詩人只能局限自己於一種故事說法的地方，史家卻能同時取材自各種矛盾說法，探索事實眞相。修西底地斯（Thucydides）是上古史家最完美的典型；他在史學上的權威性，不但建立於擅蒐證據的事實上，更因著作結論每每精到無比使

⑦Arnaldo Momigliano, "Ancient History and the Antiquarian," *Contributo alla Storia degli Studi classici* (Rome: Edizioni di Storia e Letteratura, 1955), pp. 67–106.

然」⑧。

若有人追問：所謂「歷史證據」究該具備哪些條件？對於這一個問題，我想阿諾德・馬米格里亞諾（Arnaldo Momigliano）可能會回答道：「證據之所以能夠成爲證據，正因其有確切可考的日期之故。」⑨易言之，能夠流傳下來當證據的線索，必定曾在時序上留下足以形成「事件」特色的痕跡。這種重視事件的「時間性」，亦可在中國史學強調的「紀言」與「紀事」等語言要觀中，尋到對稱的說法。史學上所稱的「空言」，不論其眞諦係「浮泛無稽之談」，或者有特殊指義如「理論形態」等，由於皆具「不可考」之性質，故常能讓人體認到語言所蘊蓄的叛逆性⑩。中國思想上「實事」與「空言」的對立，或亦因此而引發。董仲舒（紀元前約一七九—約一〇四）便認爲《春秋》之作，係因孔子自述的下列動機而起：「吾因其行事而加乎王心焉，以爲見之空言，不如行事博深切明。」（《春秋繁露・俞序第十七》）司馬遷的〈自序〉亦曾讓筆下的孔子說道：

---

⑧Robert Scholes and Robert Kellogg, *The Nature of Narrative* (London and New York: Oxford University Press, 1966), p. 243.

⑨Arnaldo Momigliano, *Essays in Ancient and Modern Historiography* (Oxford: Basil Blackwell, 1977), p. 192. 另參較 Louis O. Mink, "History as Modes of Comprehension," *New Literary History*, 1/3 (1970), 545。Mink 說：「由於描述對象要求真有其事的時空明證，也要求重估既存史料」，歷史確有別於小說。

⑩有關「空言」的一般定義或其特殊涵意的討論，請參見 Burton Watson, *Ssu-ma Ch'ien: Grand Historian of China* (New York: Columbia University Press, 1958), pp. 87-9。

「我欲載之空言，不如見之於行事之深切著明也。」（《史記》卷一三〇）同樣的，班固（三二—九二）〈藝文志〉亦引孔子論國家之禮必得有「徵」（《論語・八佾》，第九章）的觀念，來支撐他對《左傳》撰述動機所持的看法：「夫子不以空言說經。」（《漢書》卷三〇）語言思想得與事件結爲一體的需求與強調，數世紀來迭經學者確認。所以清代史學家章學誠（一七三八—一八〇一）的《文史通義》，開宗明義便說道：「六經皆史也，……古人未嘗離事而言理」⑪。

章學誠強烈堅持言、事不分的史學撰述態度，以致幾不考慮就質疑起傳統業已定於一尊，屢經學界公認的所謂「左史記言，右史記動」的說法。他說：

> 左史記言，右史記動，其職不見於《周官》，其書不傳於後世，……後儒不察，而以《尚書》分屬記言，《春秋》分屬記事，則失之甚也。夫《春秋》不能舍《傳》而空存其事目，則左氏所記之言不啻千萬矣。《尚書》典謨之篇，記事而言亦具焉；訓誥之篇，記言而事亦見焉。古人事見於言，言以為事，未嘗分事言為二物也。劉知幾以二〈典〉、〈貢〉、〈範〉諸篇之錯出，轉譏《尚書》義例不純，乃因後世之空言，而疑古人之實事乎⑫？

⑪章學誠，《文史通義》（北京：中華書局，一九五六年），頁一。
⑫同上，頁八—九。

儘管章學誠擴大歷史的定義，連六經都可涵攝在內，但學界卻因此而吵擾不休，屢爲歷史眞諦與原則大展辯舌⑬。不過，章學誠觀念和大部分史論中最值得我們細究的問題，卻是歷史證據的充分性與局限性。就算史家的理想是「從古人」，而且也不該躭於某些不必要的理論，那麼一旦需要時，他爲完成著述，又能「離事」有多遠呢？在塡補史事罅隙，彌補散佚部分，以成就貫穿古今言而有徵的「過去事實」的「陳述」時，史家究能享有多少自由，以便發揮想像力呢？

早在修西底地斯之時，西方史家即已認識到上述歷史言談的基本問題。傳統上，西方史家認爲這些問題所以惹人注目，係因其乃「事實」（資料或訊息）與「詮釋」（解說或「談及事實的故事」）的必然性「結合」之故⑭。詮釋的行爲，開始於一種似眞的呼籲之介入（孔子絕糧於陳時，可能就會這麼說吧），或從個人行事動機的討論上著手。或再申而論之，從發現歷史因果而形成擬「閱讀大段時

---

⑬金毓黻，《中國史學史》（上海：商務印書館，一九四一年），頁二三二—二三三；David S. Nivison, "The Philosophy of Chang Hsüeh-ch'eng," *Occasional Papers*, 3 (Kyoto: Kansai Asiatic Society, 1955): 22-34; "The Problem of 'Knowledge' and 'Action' in Chinese Thought since Wang Yang-ming," *Studies in Chinese Thought*, *The American Anthropologist*, 55/5, pt. 2 (1953): 126-34；余英時，《論戴震與章學誠》（香港：龍門書店，一九七六年），頁二〇二—二二五；Paul Demiéville, "Chang Hsüeh-ch'eng and his Historiography," in *Choix d'études sinologiques* (Leiden: E.J. Brill, 1973), pp. 178-82。

⑭Hayden White, *Tropics of Discourse: Essays in Cultural Criticism* (Baltimore and London: The Johns Hopkins University Press, 1978), p. 107. 能洞察中國史學論著同類現象之簡論，請參閱錢鍾書，《管錐編》（北京：中華書局，一九七九年），冊一，頁一六一—一六六。

間」的動機引發。後一起點，還涉及爲「類型」和「排列」命名，爲「事件的外觀與內延」描述等動機⑮。修西底地斯因而說道：「在戰爭前夕或在戰爭期間發表的演說詞，不論是我耳聞或他人轉述給我的，我都很難記得十分精確。所以我一面儘可能保存實際講話的大意，另一方面，只要時機必要，我也會模擬情境，讓演說者講出他們可能講出來的話」（*The Peloponnesian Wars*, 1, 22）。

對希臘史家來講，要讓筆下人物道出時機必要時所「可能講出來的話」，不啻是強要自己發表高見：他得揣摹、歸納、比擬事件人物的思想與可能說出的話。這種寫作行爲，若依柯靈烏（R.G. Collingwood）的看法，便是「再制定史家心中所存的過去思想」⑯。當代西方史家或會認爲：我們與其同意柯氏所謂歷史即思想史，還不如肯定他在詮釋理論上的浪漫傾向——例如其稱司來馬赫（Schleiermacher）的詮釋觀基本上是心理測量與心理複製（*Nachbildung*）⑰。雖說如此，西方史家當會認同柯氏以「建設性想像力」撰述史學的必要性。資料或事實本身，容或能如潮湧般呈現，卻不能結構爲一完整的敍述，也不能爲故事性或探討性的歷史錦上添花。想要達到上述言談水準，得對事實或證據加以嚴謹確認。然而，這種工作卻僅屬史學撰述諸多曠日

---

⑮R.G. Collingwood, *The Idea of History* (New York: Oxford University Press, 1946), p. 213.
⑯Collingwood, p. 215.
⑰Fr. D.E. Schleiermacher, *Hermeneutik*, ed. Heinz Kimmerle (Heidelberg: Carl Winter, Universitätsverlag, 1959), pp. 108-09.

持久甚耗心力工作的第一環。所有的資料，都得經此一環節篩濾，才能凝聚成史家可以運用的材料。這一切，絕不能外於史學撰述的過程。海登・懷特（Hayden White）說得好：「『事實』只有在言談需要時，才會呈現出來，也才會有人設法加以掌握。其呈現與掌握的目的，是要『批准』事實所需的詮釋。後者的力量，源出言談中能呈現事實秩序與方式所帶來的眞實性。言談本身實則爲事實與意義的結合，會在自身加上某一『特殊』意義結構的特定層面。至於『意義』，我們亦可視之爲歷史意識的產物，而非他物所生。」⑱懷特的話，實爲柯靈烏的「建設性想像力」最佳的注解。對柯氏而言，這種想像力「既屬『先驗性的』（*a priori*，意指不會任意更動），亦屬『結構性的』（*structural*，指：能為架構思想的題材的形式一貫性所駕馭的）」⑲。

史家的技巧，一旦淪爲構設題材的形式與本質要件，則我幾可立卽結論道：閱讀歷史的過程，實則無異於閱讀虛構的過程。我之所以如此認定，並非因歷史眞相和想像藝術毫無界線可資區分——雖然某些當代西方理論家，確實以此感到滿足⑳——而是因閱讀這兩種文類的作品時，讀者肩挑的責任，大抵不相上下。這一點，便是保羅・呂刻（Paul Ricoeur）在《時間與敍事文

⑱White, p. 107.

⑲White, p. 60.

⑳海登・懷特是最好的例子；他曾因把「史學撰述融入虛構之中」，而受到批評。參見 Arnaldo Momigliano, "Biblical Studies and Classical Studies: Simple Reflections about Historical Method," *Biblical Archeologist* (Fall, 1982): 224-28。

學》(*Temps et récit*)一書中爭辯的焦點：

我們可以像「讀」小說一樣的「讀」一部史學著作。一旦如此，我們便進入一種閱讀契約之中。這種契約隱含著一種關係，是由敘述性的聲音和隱藏著的讀者所組成的。藉著這種契約之助，讀者會瓦解自己的武裝，自願讓自己的「不信」擺盪著。同時，讀者也會顯出信心，同意史家所提的人在知識上過當的權力。假後者之名，古代史家還會毫不猶豫的讓筆下的英雄，道出一些實為史家自己創造出來的言談。即使這些言談並無立論上的根據，只是十分類似英雄可能講出來的話，也在所不惜。當代的史家可就不允許這一類的「幻想」——我是指此一名詞的一般定義而言——侵入史學撰述之中了。雖然如此，當代史家重製或重思「中腰」與「結尾」，借助於小說的精神之處，並不會輸給前人。他們所作所為，不過是出以較微妙的面貌和僞裝罷了。史家從未非難過自己所「描述」或「傳遞」的一行思想，也不曾抨擊自己在轉述思想的過程中，實則已賦予思想一種內在言談「活力」的事實。在這一類的看法裏，我們可再度看到亞里士多德在其言辭理論中所曾強調過的言談效果。據亞氏的《修辭學》(*Rhétorique*)一書所稱，「雄辯術」或「遣詞造句」的能力，皆具有令我們感到「如在目前」的力量，因此也可以產生「讓人看到」的效果。很簡單的一個將某物「看作」的動作，實已引我們向前跨出了一大步。這種「看作」的舉動，並不會有礙於融合性的隱喩和有距離的反諷結為一體：我們已然進入「幻想」的畛域。此一畛域真正的涵意，實則已結合「看作」和「信卽是見」的行為。在這個畛域裏，「認為是事實」的「相信」行為，業已臣伏在「呈現」的幻覺之下㉑。

放眼中國思想家，我們發現像章學誠一類的學者，早已十分了然語言和歷史具有唇齒與共的關係。章氏謂：「史所貴者義也，而所具者事也，所憑者文也。」㉒依我看來，章氏此一理論比名評點家金聖嘆（約一六一〇—六一）的看法似乎進步多了。在《水滸傳》第七十回的〈讀法〉裏，金氏謂司馬遷「以文運事」，而小說家「因文生事」㉓。金氏之說稍嫌零亂，缺乏系統，可見〈讀法〉典型論式之一斑。不過，這位評點家顯然擬以語言的呈現觀對照語言的構成，為文學和歷史畫一界線。然而，就「呈現」一點而論，「語言」卻是僅能借助「描述」來「運」傳史事或經驗的。相反的，章學誠似乎很清楚某些史學當務之急㉔。他除要求史家從「本於口耳之受授者」獲

---

㉑Ricoeur, 3, p. 271.

㉒章學誠，前揭書，頁一四四。

㉓金聖嘆，〈論第五才子書法〉，在施耐庵，《水滸傳》（臺北：文淵書局，一九七〇年），冊一，頁九三。

㉔探討語言在歷史撰述中具有的主宰地位的近期精論，見 J. Hillis Miller, "Literature and History: The Example of Hawthorne's 'The Minister's Black Veil'," in *Bulletin of the American Academy of Arts and Sciences*, 41 (1988): 15-31。

得訊息外㉕，還要他們讓自身提供訊息。因此，史家亦得具有創意，能夠「創」造出「事如其事與言」的訊息；要能歸納原因——「因則期於適如其文所指」㉖。我們或可借助西方術語謂：章學誠爲史學撰述所開列的目標，便是要達到「似眞」（verisimilitude）的效果。在其他文章裏，章氏又指出：「文史千變萬化，……記言記事必欲適如其言其事而不可增損。」㉗他進一步談到，「事」與「言」有一極其重要的分野：前者不得擅添枝蔓，即使是「一字之增」亦「做僞也」；另一方面，章氏又說道：「記言之法增損無常，惟作者之所欲，然必推言當日意中之所有，雖增千萬言而不爲多……。推言者當日意中所本無，雖一字之增亦造僞也」㉘。

由於章學誠對史學撰述持有如許看法，故而不曾以虛構作品爲重，他說：「古人不以文辭相矜私，史文不可以憑虛而別構。」㉙因此，他爲文史的差異發出如下的讜論：「文士勦襲之弊，與史家運用之功相似而實相天淵。勦襲者唯恐人知其所本，運用者唯恐人不知其所本」㉚。

像這一類的文史觀，雖說出現於十八世紀的中國，我們卻不應僅視之爲彼時之產物，因爲此

---

㉕章學誠，前揭書，頁二九〇。
㉖同上。
㉗章學誠，〈與陳觀民工部論史學〉，收入《章氏遺書》，頁一四。
㉘同上。
㉙章學誠，《文史通義》，頁八九。
㉚章學誠，《章氏遺書》，頁一四。

類崇高目標與理想，如同所有研究中國文化的學者都會了解的，乃直承自古人流傳後世一個顚撲不破的傳統。中國人評史的標準及用史的正確無誤，早已令非炎黃子孫的史家稱頌不已，深爲其「正確性、客觀性，以及奉獻眞理的熱誠」所折服㉛。章學誠爲史學撰述目的所擬的「似眞感」，不但要求史家發揮想像力，求得言事與已知史證的脗合，同時也非常類似前面我曾提及的修西底地斯的史學觀：他們皆要求筆下的歷史人物，能講出他們在歷史情境中「可能講出來的話」。然而，章學誠的看法或屬高瞻遠矚，現代讀者在閱讀這位舉世公認「第一流史學天才」的著作時㉜，卻可能忽略他話中另一重要意見，即：史家在撰述時，也會體認到我們在修西底地斯著作中早已清楚偵悉的「無可避免的主觀性」。這種「主觀性」，用懷特的話來講，是「詮釋過程中的不能化約與不能消除的因素」。表面上，中國人對於所謂「後設歷史學」的問題，似乎都缺乏清楚的認識。所以如此，我認爲應該從兩方面再加探討。首先，我們可以利用傳統史學撰述的某些

---

㉛Earl H. Pritchard, "Traditional Chinese Historiography and Local Histories," in *The Uses of History: Essays in Intellectual and Social History Presented to William J. Bossenbrook*, compiled and edited by Hayden V. White (Detroit: Wayne State University Press, 1968), p. 198. 另請參見 Homer H. Dubs, "The Reliability of Chinese Histories," *Far Eastern Quarterly*, 6 (1946): 23–43，以及較近一點 Yu Yingshi, "The Seating Order at the Hung Men Banquet," trans. T.C. Tang, *Renditions* 〔Special Issue on Chinese History and Historiography〕, 15 (Spring, 1951): 49–61。余英時文中文原題〈說鴻門宴的坐次〉，發表於《沈剛伯先生八秩榮慶論文集》（臺北：聯經出版事業公司，一九七六年）。

㉜Demiéville, p. 257.

原則討論，深入分析形成原則的背景與原因㉝。其次，我們可藉虛構作品對於歷史權威的反應，再予論列。因此，在本文結束之前，我會簡單討論一下《紅樓夢》這本小說。

常人皆知，中國古代有很多史乘皆以「編年體」寫定。最早的史籍《尚書》所以具有爲不同事件繫年的傾向，乃因按中國史籍分類法，此一著作顯然不能外於記言與記事的傳統。不過，早期中國史册中，最具「編年」特徵的一部，當推記錄魯史的《春秋》。下引一段文字，是《春秋》中最典型的記史方式：

十有六年，春，齊侯伐徐。
楚子誘戎蠻子殺之。
夏，公至自晉。
秋，八月，己亥，晉侯夷卒㉞。

---

㉝Lien-sheng Yang, "The Organization of Chinese Official Historiography: Principles and Methods of the Standard Histories from the T'ang through the Ming Dynasty," in *Historians of China and Japan*, ed. W.G. Beasley and E.G. Pulleyblank (London: Oxford University Press, 1961), p. 46. 此書後注概縮寫爲*HCJ*。

㉞〈昭公十六年〉。

劉知幾在《史通》（四庫備要版《史通通釋》，一，五乙）裏，曾用簡潔的文字，詳舉右引這段文字的編年特色，謂其「以事繫日，以日繫月，言春以包夏，舉秋以兼多，年有四時，故錯舉以爲所記之名也。」西方學者龍彼得（Piet van der Loon）探討《春秋》的特出之處，曾經揣測道：謄錄這部編年史的「書記的工作，可能卽爲職司慶典儀式者的工作。史學撰述和公卿王室的命運，實爲密不可分。這些統治世家能否奠定威信，獲致成功，有賴在其宗祠舉行的祭儀來決定，亦和來日曆法記載的季節正常推移有關」㉟。

雖然龍彼得的觀察有其洞見之處，但是中國人所以強調事件與繫年密不可分，我認爲還可加深一層探討。首先，編年體顯然和中文語法有關。中國語文的結構本身，缺乏識別過去、現在和將來的時態變化，所以其動詞和印歐語文有異，必須借助時間標誌，才能廓清過去發生事的「過去性」。用中文寫就的敍事作品，容或可借助其他詞類或語言組成部分如冠詞、副詞與附屬句，來指示動作的完成或有待著手，但是編年體特有的效果，卻仍爲敍事時間不可或缺的關鍵。此所以劉知幾認爲「年既不編，何記之有」（《史通》，二，八乙）？

編年法與敍事作品密不可分的第二個理由，則不僅可上溯至皇室祭儀，更要緊的是，還應從一個基本歷史信念來探討。就本質而言，歷史皆屬正面意義所謂「政治性」的。這種信念特別明

---

㉟P. van der Loon, "The Ancient Chinese Chronicles and the Growth of Historical Ideals," in *HCJ*, p. 25.

顯，乃因歷來歷史記錄多圍繞在社會與政治典章制度發展使然，亦因史籍多載帝王與官吏事蹟言辭，或因正式曆書及其使用方式皆經政府頒訂有以致之。由於上述原因，中國上古典史與占兆的工作才會合而爲一，由或稱「太史公」與「太史令」的高官職司。

李約瑟（Joseph Needham）曾經敏銳的指出，所謂「太史公」或「太史令」，可能係指「皇室占兆之官」或「宮廷柱下史或編年官」而言。李氏以爲後指較言之成理，因爲一般人認爲太史公所司，「無疑結合了俗世文牘與神聖天文書志等工作」㊱。後一官職又顯示，早在上古之時，中國即擁有進步的原始科學思想，也有重要的科技發現。確然，中國古聖賢如墨翟輩，並未發展出演繹性的幾何學，也不懂伽利略式的物理學，因而難以像西方文藝復興期的物理學者一樣，能夠提出以時間爲定點的地理轉換觀，或因之而發展出「動作」的理念，但是，最遲應到紀元前一千五百年左右，中國人即已熟知某種陰陽曆。逮至紀元第一世紀，「獨立於天體現象之外」的曆法又產生了㊲。從紀元前三七〇年到紀元後一七三二年，這中間經由數學家與天文學家推算出來

---

㊱Joseph Needham, "Tine and Krowledge in China and the West," in *The Voices of Time: A Cooperative Survey of Man's Views of Time as Understood and Described by the Sciences and the Humanities*, ed. J.T. Fraser (New York: George Braziller, 1966), p. 101. 有關中國天文學史的詳細討論，參見 Joseph Needham, *Science and Civilisation in China*, 13 vols. (Cambridge: Cambridge University Press, 1954—), 3, 178-461. 下面提及後書，概縮稱 SCC。

㊲Needham, in Fraser, p. 100.

的曆法與天文圖表，更是不下百種，可見中國人對時間所持的嚴肅態度。

這種態度之所以會出現，緣於曆法和國力強弱關係匪淺。更因這種因果關係深具必然性，中國人在天文學方面的才具方顯突出，而能和希臘人在同一領域或史學撰述上的能力形成強烈的對比㊳。希臘古人雖未因事件選編和繫年具有互賴性，而眞的走向「歷史與編年研究的融合」㊴，中國人卻一如他們的典章制度已經證實出來的，深覺有必要將曆法與歷史關懷並置而論。李約瑟說：「在源出農業的文明中，人民必須知道合於行事的時間，因此中國才會有陰陽曆法的頒行，這也是天子神聖的職責。曆法的接受，正是効忠的象徵，就好比在其他文明裏，接受統治者的威儀或錢幣上的銘文，亦可見人民効忠的程度。」㊵當代西方的思想家，常常質問曆法的適切性，例如下舉單一紀元法：以耶誕前七七六年爲起點的「奧林匹克紀元法」；以前三一一年推算的「西留希德（Seleucid）紀元法」；或中國人所謂「兩儀生四象」的紀元法。西方思想家也懷疑爲建立編年而頒行的曆法，是否眞的不是在使用杜撰的「入碼」形式㊶，更懷疑繫年月日的行爲，本身是否應該視爲天文與人類社會時間最後的綜合？他們認爲上述種種皆屬臆測之舉，是對

---

㊳Needham, *SCC*, 3, p. 189.

㊴Momigliano, "*Time in Ancient Historiography*," p. 192.

㊵同注㊳。

㊶Claude Lévi-Strauss, *The Savage Mind* (Chicago: The University of Chicago Press), pp. 258-60.

一般事例鮮明的「當時情況」所作的「假定」（"as if"）或「想像」㊷。雖然這些西方思想家的質疑甚為有力，頗能自圓其說，但是對中國古人而言，年月季節絕對得與農事、祭儀或宮廷大事調和一致。這種觀念早已深植人心，根本不容置疑。

歷史與政治統治間強而有力的統合，我認為亦可幫助我們說明傳統中國史學論述中何以會有許多深奧道德教訓的原因。保存過去的教訓，雖說基本目的是要淪啓後人，但是歷史眞正教導中國人的，卻是在為「變」進一解，為「公卿巨室的命運」言詮，為先聖先王的成敗下注，或為「天下初生」以來的「一治一亂」探本尋源（《孟子・滕文公下》，第九章）。職是之故，《易・繫辭》中所謂的「通變」，遂成為常人習史的終極目的。〈繫辭下傳〉中，有一句屢見引用的話：「易窮則變，變則通，通則久」㊸。

當然，不同文明的釋「變」之法，也會有所不同。《聖經》歷史頌揚雅未（Yaweh）的意志，視之為掃羅（Saul）被逐之因與大衞獲選為王之故。荷馬認為特洛伊之戰，乃濫觴自派里斯為女色所愚，以及衆神難以為人信賴，居然介入爭端的事實。希羅多德解釋波斯戰史，則強調人類的動機，尤其是澤克西斯（Xerxes）狂妄自大，擬蠶食鯨吞的野心。相反的，修西底地斯卻從雅典逐日增強的勢力中，找到柏羅奔尼撒戰爭的起因：雅典的軍力令「拉卡人（Lacadaemonians）感

---

㊷Ricoeur, 3, pp. 266-68 於此一點有精辟闡發。

㊸《易・繫辭下傳》，第二章；引自朱維煥，《周易經傳象義闡釋》（臺北：學生書局，一九八〇年），頁四九四。

到害怕，乃起而作戰。」中國史家解釋史「變」，主要從道德與自然原因著手。他們不認爲這兩者必然相對或相斥。

在本文中，我不擬爭辯孔子是否曾以褒貶論史，不過，值得我們注意的是，遵循這種理想化的評史觀撰寫歷史，不啻將事件置於絕對道德秩序的欄柵裏，而且也會因此而泯除「驚訝」於「變易」之外。如果說中國史上有很多「詩之正義」的事例，或許是誇大之言，但是，像《左傳》一類的史書，確實有爲道德訂定律則的企圖，不僅要求「懲惡」，而且還要「勸善」（〈成公十四年〉）。史書著錄的事件，尤其適用於治國的考慮。這一點可從史書所載未必全在揚善懲惡，或在抑暴止虐上看出。不能果斷決事，行事不宜，或疏於儀禮，不會廣納諫言，都可能讓人惹禍上身㊹。在中國正史裏，寓於春秋大義，或正面由倫理標準來臧否人物的事例，可謂縷縷不絕。有一位當代史家，就曾以史上惡名昭彰的女皇武則天爲例，說明貫穿於史籍中的這類說教意圖。他說：「《舊唐書》曾詳舉因由，以迂迴方式責於武氏，不過結尾卻也引用數例，說明武氏的政治秉賦與手腕。至於《新唐書》，則有專文評隲武氏的政治道德與歷史地位。武氏一生作惡多端，但未遭受報應。縱然如此，《新唐書》仍試圖以她爲例，說明天理昭彰，報應不爽。」㊺因此，

---

㊹參較 Egan, 327-32。

㊺Wang Gungwu, "Some Comments on the Later Standard Histories," in *Essays on Sources for Chinese History*, ed. Donald D. Leslie, Colin Mackerras, and Wang Gungwu (Columbia, South Carolina: University of South Carolina Press, 1973), p. 57.

《新唐書》或《舊唐書》裏的武則天，都已定位在不變的道德秩序中。亦因此之故，可知中國歷史所強調的，實爲人物與事件顯示的敎化意義：由於常人認定歷史敎訓公正不阿，史家故而希冀藉此垂訓後世。用西方宗教術語來講，中國歷史實已具有「具體末世神話」的權威地位㊻。

李約瑟進一步指出，和道德釋「變」同時並存的，還有另外一種詮釋法，乃衍生自中國哲學上的「有機性自然主義」㊼。易言之，中國史學另好將人事與文化對稱於陰陽五行的觀念。後者一稱「五德」係由土木金水火組成。司馬遷的《史記》除有專卷精述鄒衍（約紀元前三五〇—二七〇）的生平外（卷七四），並曾提到鄒氏之徒所推衍的五德終始說。這種理論以木火金水對應四時，其間有對稱之顏色與方位，土德居中調和。五行的推移係一動制一動，周而復始，稱爲「相尅」。漢代哲學家董仲舒重探過《春秋》，於其著作中改訂五德終始說，以爲五行循環皆能「相生」。

姑且不論這五種宇宙力量究屬相尅或相生，此類理論給我們最大的啓示是：五德終始說基本上仍然在持續道德通變之法。其釋史方式，時而或有過甚於道德理論者，每見於以數字規律來論

---

㊻請注意：元代學者王鶚在一二六一年的一道奏摺上，曾謂：「自古有可亡之國，無可亡之史。蓋前代史冊，必待興者以修，是非愚得，待人而後公故也。」上文引自 Lien-sheng Yang, p. 47。

㊼Needham, SCC, 2, 287ff.。另請參較 Vitaly A. Rubin, "Ancient Chinese Cosmology and *Fa-chia* Theory," *JAAR Thematic Studies*, 50/2 (1976): 95-104; Benjamin I. Schwartz, *The World of Thought in Ancient China* (Cambridge: The Belknap Press of Harvard University Press, 1985), pp. 350-82。

史的努力上。面對需要詮釋改朝換代的因由時，這種情形就會更加明顯，因爲，如同拿單・席文（Nathan Sivin）所說的，這種努力實則在「定義秩序」㊽。對西方人如莎士比亞的朱麗葉來講，「月亮在一個月中的變化圓缺不定」，給人善變多遷之感。但對中國人而言，圓缺並非不定，而是規則秩序之象。星體運行與宇宙基本力量，故而可與人際變遷類比發明，也可以用來解釋歷史興革，爲一切變動不居說明大要。毛宗崗本《三國演義》的敍述者說：「天下大勢，分久必合，合久必分。」這正是歷史周轉，治亂相尋的最佳寫照。因此之故，人世朝代的成敗，已不能純以政治疏忽或道德墮落論定。弔詭的是，在強調「人事起伏」之際，史家並未排除人類自身的責任，亦未嘗忽略行事之初敬謹從事的重要，因爲「政治藝術最稱緊要的一環，正是帝王（及其臣屬）體認朝代興革契機的能力。統治者還必須具有帶動來世政權向前推進的力量，能引介促使國家儀典曆法和往後勢力結合的方法」㊾。

記錄過去的文獻已經保存具體難以磨滅的例證，恰可指導當前行事的準則，所以歷史亦得具備如「預言導師」般的功能。此外，人若聰敏淵博，還可結合歷史與宇宙觀，以探知時間混亂的

---

㊽Nathan Sivin, "On the Limits of Empirical Knowledge in the Traditional Chinese Sciences," in *Time, Science, and Society in China and the West*, The Study of Time V, ed. J.T. Fraser, N. Lawrence, and F. C. Harber (Amherst: The University of Massachusetts Press, 1986), pp. 151-69.

㊾Rubin, 98.

表象下，其所蘊藏的神秘律動與終極目的。正如農人和天文學家可假天象觀察預悉卽將發生之事，浸淫在歷史中的聰慧之士，亦可因之說明天地的「氣數」。中國古人把一年分成二十五「節」，乃取法乎竹幹的環節。而這一現象，也是「節氣」一詞的由來。古人又認爲每一「節氣」皆有獨特徵兆，因此，史學撰述常見以「氣數」來論個人成敗的情形，進而援引爲朝代更替的解釋。卽以說部而論，像《三國演義》和《封神榜》，由於其中心關懷皆爲改朝換代，故而不乏以「氣數」釋史的現象。生性剛強的君主如秦之始皇帝，亦能接受五行的理論，以之說明權位獲得與權力機構設置之因。從這類事實可知，以「有機性自然主義」釋史，確曾在中國引起廣大共鳴：秦亡後有千餘年的後晉（一一一五—一二三四），卽嘗持續爭辯五行理論，爲此一史觀再闢新境，使之愈趨複雜深邃㊿。

毫無疑問，歷史在中國文化中廣受重視，具有無可匹敵的權威地位。《史記》卷五係〈秦本紀〉，太史公於其中云：「十三年初（卽紀元前七五三年），有史以紀事，民多化者。」龍彼得在論釋這段話時，謂其「顯然在傳達一位後出史官的信念，認爲從紀元前七五三年開始記史較爲有利。不過，秦代第一位史官可能並不這麼認爲」(51)。龍彼得的論釋或屬眞確，但是他的批評慧眼

㊿參見 Hok-lam Chan, *Legitimation in Imperial China: Discussions under the Jurchen-Chin Dynasty* (1115-1234) (Seattle and London: University of Washington Press, 1984)。

(51)van der Loon, p. 25.

顯然有所閃失。《史記》中這一句話究指第一位史官的「希望」或稍後史官的「信念」，非關重要，因爲龍氏所稱的「有利」效果，並不能從經驗上證實，且不管他以「改革」釋「化」是否能令人信服。這一段話重要之處，在其顯示出中國人高度重視歷史的事實。中國人認爲擁有歷史即擁有歷史教訓，能化導世人，使時間變得有秩序，易於掌握。此外，歷史還可化約，讓萬物萬事井然有序，清明澄澈，以便對抗現實生活中的矛盾、曖昧與混亂。若從劉知幾的觀點出發，則歷史充滿了以惡警世、以善教世的實例。即使歷史不能拯救世人於錯謬，亦可紓緩他們的困惑。所以，在一個基本上傾向入世的文明裏，歷史非但可爲俯仰其中的人解答人類起源與終結等問題，還可以透過其影響力與咄咄逼人的似眞性，和宗教經典取得一致的地位：歷史撰述在中國所具有的此種功能，在其他文化裏泰半只能由宗教代爲籌謀。因此，中國史學撰述的權威感，幾乎便可用諾索普·傅萊（Northrop Frye）借自布雷克（William Blake）的「大典」（"Great Code"）一詞形容。布雷克杜撰此一名詞稱呼《聖經》，但傅萊卻利用此一名詞描述西方文化傳統的「神話性制約」（mythological conditioning）。中國歷史言談的重要性，由於具有上述難以匹敵的地位，下引一位當代學者的意見，才會更具剴切中肯的力量：「在中國古典小說的世界裏，只要能與歷史情境扯上關聯，則任一事物皆『有其意義』。至於小說敘述中對語言、服飾、禮節舉止及道德規範等紀錄，即使有時代錯置的現象發生，卻鮮爲作者／說話人及讀者所重視。因爲大家認爲歷史敘述最主要的功能是作爲借鏡，提醒讀者其中道德運作的意義，而此一意義是超乎時空限制的。這也正聚照出中國傳統史學的基本前提之一」[52]。

歷史既然在中國文化中表現如此特出，其間是否能夠容納得下虛構的成分？是否能允許非事實性的人物和事件登場？又是否可讓所謂的「空言」存在呢？如果有人對上述問題持否定態度，我認爲這不啻視若無睹史上的鐵證，因爲在中國史學撰述傳統裏，正有無數虛構作品悠游其間。不過話雖如此，我們到底該如何了解歷史情境中所謂「虛構」在認知上所具有的特權性言談呢？這種言談是如何架設起來的？又如何爲人所接受？這些問題十分複雜，不是三言兩語即可敷衍了事，需賴全盤性的考慮。可惜若要涉及上述問題的答案，我可能需要數倍於本文的篇幅，才能暢所欲言。下面，我僅擬分析一下《紅樓夢》的第一回，稍爲前述問題可能的回答方式作一提示。我將略去一些背景性說明，也不擬多作引論；我單單只強調《紅樓夢》的修辭方式，讀者可以因此得悉在和上述問題奮戰時，一個作者可能會採行的方式。

《紅樓夢》早在全書首回，即因脂硯齋如下一語，點出全書超凡不俗之處：「開卷一篇立意，眞打破歷來小說窠臼」[53]。雖然脂硯齋接下並未詳論這部心愛小說和常見敍事傳統有何不

---

[52] David Der-wei Wang, "Fictional History/Historical Fiction," *Studies in Language and Literature*, 1 (March, 1985): 65-66. 中譯引自王德威著，彭碧台譯，〈歷史／小說／虛構〉，收入王著，《從劉鶚到王禎和》（臺北：時報文化公司，一九八六年），頁二七四—二七五。

[53] 陳慶浩，《新編石頭記脂硯齋評語輯校》，修訂版（臺北：聯經出版事業公司，一九八六年），頁一〇。

同之處，但是，我們仍可借助一些耳熟能詳的前代說部體認脂評的說服力。

《紅樓夢》以前的明代四大奇書中，只有《西遊記》沒有像其他三部小說一樣，在命篇之首即將人類的歷史秩序引出。相反的，《西遊記》以一則雙重創世紀神話發端：這部小說先述鴻濛初判，次及石猴誕生。當然，小說隨後很快就提到中國宇宙觀中一些常見的母題，也曾道及神話歷史中的三皇五帝。不過，小說接下隨即更換場景，「單表東勝神州」。讀者在接觸到唐代中國的世俗之前，的確已和石猴一起上訪天宮之極，下臨地獄之最。

和《西遊記》對照之下，其他三部奇書的視境，則完全以人間為限。不管這些說部各自發展出來的形式有何差異，《三國演義》、《水滸傳》和《金瓶梅》都在書首即已展現其文類特徵，揭露虛擬歷史的傾向。羅貫中編次的《三國演義》，其最古的弘治本（首版於一四九四年）開頭，就以最近史筆的方式寫出：

> 後漢桓帝崩，靈帝即位，時年十二歲，朝廷有大將軍竇武、太傅陳蕃、司徒胡廣，共相輔佐。至秋九月，中涓曹節、王甫弄權。竇武、陳蕃預謀誅之，機謀不密，反被曹節、王甫所害。中涓自此得權。

即使在簡單若此的引文中，弘治本不假修飾的語言，簡樸的文體，亦已顯出作者「擬史」的企圖。弘治本的版面與繡像之中，另有接連數欄的帝王譜系與權臣表傳，難怪蔣大器寫於首版同年的〈序〉文中，會說是書「庶幾乎史」。我們若再檢視較通俗的毛宗崗父子本的第一才子書，當會發現毛氏本雖已極力沖淡中國編年史「從中起述」（*in medias res*）方式造成的錯愕感，但是他們仍以一句傳統史觀中的歷史鐵則開場：「話說天下大勢，分久必合，合久必分。」小說接下卽引述史上合乎此一鐵則的事例，並指出東漢末年的「致亂之由」，乃起自桓靈二帝，因而有三國鼎立的故事產生。毛氏父子的改作，雖然僅以寥寥五、六句發筆，卻能讓我們充分體認到此一本子亦在強調史學撰述中業經理想化了的一個關懷：史家得在記事之際，發現乃至指出歷史分合的鐵則。

另一方面，在《水滸傳》和《金瓶梅》中，我們發現小說所需的創造性大增，敍事技巧也圓熟不少。這兩部小說充滿歷史典故，但是，這些典故顯然僅爲支撐敍述的架構，不過是在指示故事的主體罷了。《水滸傳》冗長的〈楔子〉，恰如其分的重述了「殘唐」以來中國混亂的朝代更替。但是小說推展到宋室興立之後，隨卽把重心放在仁宗一朝。此時作者刻意突出「樂極生悲」周轉循環的警語，以便接續尾隨瘟疫橫行的慘狀。仁宗體恤民艱，遣人禳災，殿前太尉洪信得令，飛馬前往山西宣張天師入宮覲見。這一段故事誠然荒誕不經，但是充滿了懸宕與危疑，終因洪太尉誤走妖魔，而爲《水滸傳》引出一百零八魔君下世的後文。在小說中，作者還用了包括《紅樓夢》作者在內中國小說家善使的一個技巧：由於梁山好漢皆有前世，小說乃先預述「神話背景」，以便說明後續故事裏的業報現象。在中國小說裏，「前因後果」常爲「蓋然性」或「必然性」的代名詞；〈楔子〉裏洪太尉的作爲，故而亦可加強小說回目所舉的中心反諷：欽差索求禳災之法，反倒誤走妖魔，貽害後世。

在中國小說史裏，《金瓶梅》一向卓爾有名，因其爲首部純屬虛構的長篇。雖然如此，這部小說仍難免一述徽宗時代的宋朝，而且還從歷史記載中，強引出來一些陳悶乏味的教訓。第一回起始數頁的散文，實際上是序詩中提到的劉邦項羽典故的闡發。小說就此一史典推演，明白指出：只要沉迷女色，不論成王敗寇，皆難逃一死。小說的敍述者因而嚴肅評道：「劉、項者，固當世之英雄，不免爲二婦人，以屈其志氣。」紅顏禍水，史上早有明訓，小說當可據之而「引出一個風情故事來」，繼而再詳陳細剖「一個好色婦女，因與了破落戶相通」的軼聞。在這一類敍事態勢裏，藝術特有的地位絕對不會令人誤解：小說不過是歷史的轉述罷了。

《紅樓夢》則不類曩前四大奇書。是書第一回伊始，便有一段文字逗人深思：

列位看官：你道此書從何而來？說其根由雖近荒唐，細按則深有趣味。

用這種隨口閒話來命篇之首，確實令人既驚且愕。這種筆法，也唯有隨後故事的多彩多姿才能配合無間，相映成趣。第一回裏，敍事觀點不斷轉換，時間層層交錯，繁複多端，雖然乍看迂迴，但是確實引人入勝，願藉不同幻景設計，一路晉至故事主線[54]。在中國傳統裏，《紅樓夢》開卷所述的女媧神話，早已隸屬於大衆文化涵育出來的宇宙形成觀。不過在小說中，此一神話卻藉此一宇宙觀深入民間的本質，將之對照於一塊無用的棄石及其故事：後者眞正的主角，前世非木即石。他們的神話傳說，又爲小說建立起情節上的悲劇性兩難：語云「木石無情」，然本書之「木石」卻爲最多情之種子，可以比人類更易受制於愛慾的糾葛。另一方面，小說中僧道與棄石的爭辯，雖然如打啞謎一般有趣，卻可貢獻有關故事緣起的線索。細讀故事之後，此一爭辯亦可闡明故事本質及其可能的效果。再就第三個層面而論：首回即已引入的「人」物，由於多屬隨後小說核心所關懷的賈氏一族成員，故而當可帶領我們進入小說情節設計中的世俗與寫實面。他們的名字如賈雨村（假語村言）、甄士隱（眞事隱）和英蓮（應憐）等，在在提醒我們一個事實：即使故事非關寓言，我們亦應有一探小說修辭運作的欲望。

上述三層敍述脈絡，乃伴隨逐漸繁雜的修辭技巧一路開展。曹雪芹利用這些策略，實則要求我們細繹虛構的本質和閱讀的特性。這種情形，文學史上前所未見，啓人深思。小說開頭所提有關是書緣起的「問題」，其可預期之答案，可能得從國家或個人歷史來追索。這種期盼自然又

---

[54] Lucien Miller 有精辟的分析，見其 *Masks of Fiction in Dream of the Red Chamber: Myth, Mimesis, and Persona*, The Association for Asian Studies: Monograph No. 28 (Tucson: The University of Arizona Press, 1975)，尤請參閱此書第二及第四章。

強烈，適可說明《紅樓夢》歷來的編者（包括一九八二年的新版），爲何都深覺有必要在首回郎加上一段自注性案語：這樣子做，小說似乎才會變得眞確可靠。不管書首的「問題」應該如何解答，值得我們注意的是：擬回答問題的文句，實則並非答案本身。讀者非但無法從其中獲得滿意，而且讀了之後，還會立郎受到警告：自己郎將閱讀的，是一部貌似玩世不恭，實則甚爲艱澀的著作。雖然如此，由於作者的自問自答要求讀者「細玩」此書，稍前所謂「此書從何而來」的問題，便不會顯得過分突兀。至於「荒唐」一語，因作者自稱該書「有趣味」，也會獲得某種平衡。

把關乎「呈現」與「閱讀過程」的問題並列一處，史上絕無僅有，但《紅樓夢》首回率先使用，方便我們探討貫穿在小說中的各種迷人「自問自答」。待進入小說浩繁的主體，我們又可透過人物的爭辯，看到是書對詩、戲劇、小說，以及散文等主要文類的觀點。若不問距離與作者架設上經心與否，《紅樓夢》的這種寫法，無疑爲另一東亞名著《源氏物語》有趣的廻響。曹雪芹這位中國作家，不僅常利用「夢」、「幻」、「鑑」等字涵意探討多重意義網路，而且還透過「葫蘆」一詞，調和作品的效果。在口語中，後一名詞恰爲「謎語」或「言辭」的代喻。實際上，作者說自己的小說如夢如幻如謎時，便已要求我們一面注意小說的虛構本質，一面又要小心其中揭露的迷人風月思想。

這樣看來，《紅樓夢》從讀者處獲得的回報，便不僅在讓讀者指出該小說係一強化了的系統幻景，而且還以反諷方式，自行指出該類「強化」不但有其必要，抑且有其危險。上述弔詭深刻無比，髣髴告訴我們生命幻覺要求我們痛苦承認的，是現實中的非現實與非眞實性只能透過藝術處理，而從「假中有眞」來掌握[55]。在《紅樓夢》中，回應和闡發這種弔詭的方式很多。第一回的回目，便聚照了「知」與「隱」結爲一體所產生的矛盾性，亦突出了特殊言辭戴上寫實面具後所會引發的不調和：

甄士隱夢幻識通靈
賈雨村風塵懷閨秀

這兩行回目的上款，很難用外文迻譯，原因是：「通靈」一詞不但可指書中主角，同時還具有「聰慧神秘」之意。上款另一引人深思的問題是：從夢幻中攫獲的虛構題材，究竟應以那種方法「識」知？如果現實業經僞裝，「空無」(absence)亦相對於「歷史知識」，那麼，描寫「空無」又能得到什麼「眞理」？

---

[55] 這些觀念顯然和佛門思想有主題上的契合處。我在另一較長的拙文中，曾經深入探討佛教思想作為小說題材和藝術本體所會產生的問題，見 Anthony C. Yu, "The Quest of Brother Amor: Buddhist Intimations in *The Story of the Stone*," *Harvard Journal of Asiatic Studies*, 49/1 (1989): 55-92。

一旦進入小說本體的閱讀，類似上述的問題便會接二連三出現。雖說中國讀者早已熟悉「莊周夢蝶」一類的故事，亦已非常清楚《楞伽阿跋多羅寶經》中揭示的「人生如夢」主題，但閱讀《紅樓夢》時，他們難道僅應注意此類教訓？《紅樓夢》的作者早從痛苦中獲知此類教訓。小說中的主角及次角，當然也深諳此意，並嘗爲之掬「一把辛酸淚」，從經驗中退隱到自己的家園去。此外，小說滿紙「荒唐言」，讀者究應如何看待？這些「荒唐言」非特可視爲鮮活的人生經驗，而且每令人著迷不已。如果生命確如小說一樣虛幻，爲何敍寫生命的小說會充滿如此吸引人的「虛幻」？所以會有此等關懷，原因第一回早已指出，因爲故事或「本文」討論緣起時提出的質疑，首回已藉強調「存在的虛構模式之欺騙性」予以解答：這部小說不但「荒唐」、「有趣味」，而且在「大荒」、「無稽」、「無朝代年紀可考」的狀態下，猶能「眞」實一如人生。因此，作者處理《紅樓夢》的方式便和西方文論裏的一個特出觀念不謀而合：「像眞實一般的虛構作品」，乃透過冥思玄想的形式運作求得的。這種冥思玄想由於具有虛假性，故而「可使眞實變得更眞實」[56]。《紅樓夢》第五十六回，賈寶玉自述在夢中會識到鏡中的自己之像。他說這種「像」是「眞而又眞」，此語也能脗合上舉西方文學觀念。

在西方思想領域裏，我剛剛提到的那種冥思玄想的形式非常出色，因爲敍事作品含有「記

---

[56] Edward W. Said, *Beginnings: Intention and Method* (Baltimore and London: The Johns Hopkins University Press, 1975), p. 90.

憶」的特質，能夠呈現時間概念。此外，上述種種又會導發某些可能，引起特殊問題，亦爲重要原因。史迪芬・克里特斯（Stephen Crites）說過：「記憶所涉及的時序，有一種簡單的『持續存在』的時間觀，亦有『在前』與『在後』的觀念。不過，由於記憶裏的時序尚不足以判明過去、目前與將來的分野，當然就難以形成經驗上的張力，遑論會使用語言要求的時態。」[57]在這種基本上屬奧古斯丁式的記憶與時間觀裏，我們的經驗若可藉語言傳出，實際上便會「批准」那些業經印歐語言印證了的時間標記。因爲此時的經驗，實爲一種時間持續感，會「從瞬間形成的知覺表象裏，提煉出具有連貫性的整體力量」[58]。這種「連貫性」，本身雖爲歷史或虛構敘事文學的構成特色，但若缺乏時態指示，恐怕不易獲得，是以班文尼斯提（Emile Benveniste）、漢布爾吉（Käte Hamburger）、丹圖（Arthur Danto），以及呂刻等人，才會以持平的態度，將各自的敍述理論建立在語言的包容力上，而且認爲只要「有時態系統」，這種包容力還會含括「一種現成的時間轉換法，可以將敍述之鏈裏的動作動詞調整一番」[59]。

雖然在上面的簡述裏，我僅能略及西方敍事學中一個重要的觀念，而且利用此一觀念來閱讀

---

[57] Stephen Crites, "The Narrative Quality of Experience," *Journal of the American Academy of Religion*, 39/3 (1971)：301.

[58] Crites, p. 298.

[59] Ricoeur, 2, p. 93.

中國小說也顯得牽強無稽，但是此時一探這種觀念，我認爲確可幫助我們了解《紅樓夢》的作者在強調其作品特色時，所可能會採行的修辭技巧。如同我在前面已經說過的，中國的語法由於不具有以時態來區分的時間結構，所以根本不允許語文中的動作動詞調整其時間性。因此，中文裏的敍事文句若不提及「朝代年紀」，根本不可能會存在，遑論會形成呂刻和丹圖雙雙首肯的一種「兩事同述句」：這種文句「一則要能被指，再則要能藉前一條件所受之考慮，提供描繪」[60]。若能明乎此，不僅可以探知統御中國史學撰述和多數虛構作品的基本文體特色，而且還可偵悉曹雪芹說他的故事是荒唐無稽，「無朝代年紀可考」的原因。有些批評家認爲，曹氏所以發展出如此獨特的修辭方式，目的在凸顯其故事的不受時間限定，或其在政治上的一無百害。但是我認爲與其說是如此，還不如說曹氏立意要和一種不僅相異而且對立的寫作方式抗衡：史學撰述。

在中國文學裏，《紅樓夢》由於深能自省其虛構本質，因而在小說史上享有無可匹敵的地位。但是，過去百年來中國的紅學專家，卻多喜歡將是書視爲一「歷史文獻」[61]。這種看法，證之前面我的討論，毋寧深富反諷。探討《紅樓夢》爲人接受的歷史，不啻在感覺歷史加諸人的影

---

[60] Ricoeur, 1, pp. 206-07; 2, p. 69.

[61] 見余英時，《紅樓夢的兩個世界》，增訂版（臺北：聯經出版事業公司，一九八一年），頁一六。余氏的看法，另一紅學專家俞平伯幾乎也是字字同意。後者最近在接受《中報》訪問時，批評了索隱派和持自傳說的學者，以為他們視《紅樓夢》為歷史文獻的作法，毋乃過甚。參見《中報》（一九八七年一月七日），第十七版。

響力。有時候，這種影響力甚且會演變成為「歷史霸道」。正如西方人的歷史觀已經發展成為系統[62]，中國人視歷史為循環現象、教化工具的看法，也早已根深蒂固，有其體系。因此，此時此地，不管我們是要從歷史或從虛構的角度出發，我們或許都應該為中國敘事文學另尋一個不同的閱讀模式了。

**附記**：本文原題"History, Fiction, and the Reading of Chinese Narrative"，初稿宣讀於普林斯頓大學中國小說會議（一九八七年），修訂稿於一九八九年四月發表為芝加哥大學神學與人文兩學院「巴克人文學講座教授」（Carl Darling Buck Professor in Humanities）之就職演說辭。全文並將刊載於 *Chinese Literature: Essays, Articles, Reviews*, Vol. 10。中譯初稿原為普大會議而譯，修訂稿即將發表於《小說戲曲研究》（臺北：聯經出版事業公司，一九九〇年），第三集。

---

[62] 參較 Jacques Derrida 在 *Positions*（Paris: Les Editions de Minuit, 1972）頁七七中的話：「歷史觀的形而上特性，不僅和歷史源流譜系的觀念結合在一起，同時也和寓義的整體網路有關（諸如目的論、末世神話、意義旁涉與內聚、傳統性、延續觀念與真理等）。這種源譜觀念，故而不僅是一種偶發的屬性。不經過一般組織的全體錯置，不重組系統本身，我們亦無法將屬性觀從整個源譜系統中區分開來。」

# 附錄二：宗教研究與文學史

## 一

研究宗教不能偏廢文學上的資料。之所以如此，最顯著與最得當的理由必須從歷史的角度來尋找。然而，顯著的事情時或容易忽略，即使某些爲人熟悉的文學與宗教間的事例，也經常是如此。所有在實質上屬於高度發展的文化體系，不論是印度、伊斯蘭、中、日或猶太與基督教，就其過去的傳統而言，儘管形式與外貌上或有極大的差異，但如再就整體發展來看，卻和宗教思想及其實踐、機構與象徵，都有十分密切的關係，而且確乎經常糾纏不清。如果不熟悉希臘的神話與思想，昧於希伯來的傳奇故事和智慧，甚或忽視基督教的象徵系統和虔信熱忱，那麼奧爾巴哈

(Erich Auerbach)所謂二千五百年來「歐洲文學戲劇性發展」的來龍去脈，便無從探淸了。換個方式說，如果不窮究宗教經典與相關的文學作品，那麼上述三種宗教傳統的知識及其自我表現方式和文化影響，我們在認識上恐怕就要略嫌不足了。同樣的，中國帝制時代的道教儀式、佛家戒律，以及孔門倫理思想，也是共同促成古典抒情詩的發展，維繫戲曲和章回小說的創作主力。日本中古時期的雲遊僧，還有這些僧人驅魔除妖的事蹟，曾爲無數的「能劇」提供過情節上的素材。十二世紀詩人西行精緻無比的和歌，則因時人曾爲草木是否具有佛性提出過微妙複雜的辯論而增色不少。印度教、猶太教，以及佛教的一些主要宗派，其解經學上的傳統，不論是聖或俗，在不同的時代都有平行的發展：跨教的影響更是顯而易見。如果忽視這些宗教的聖俗文獻彼此間的關係，或者不顧其詮釋方法彼此相互的依賴性，則不啻在曲解多數的世界文學，扭曲宗教發展的歷史。

歷來的學者一再暗示，詩和戲劇等文學上主要的文類，可能直接導源自宗教儀式。此一看法容或不能含蓋所有的文學形式，但如稱某些類型的史詩之源起，可以上溯至古代巫祝的祈神作法，應無疑義。因此，文學與宗教之間的關係，如就口述或書寫文學，或就大衆與文人文學的功能來看，其最顯著最重要的特徵之一，厥在爲宗教作見證。這些文學上的形式，都具有保存宗教觀念，掀露宗教活動的功能。這一點，可以從味吉爾《羅馬建國錄》所細寫的西比預言，或從席尼加《奧迪帕斯王》中對於神巫檢視動物內臟，以爲預言依據的述寫上，求得證實。在印度等一類的古文化裏，文學有時更可能是宗教傳統唯一主要的紀錄。

列士基（Albin Lesky）在《希臘文學史》中，曾經提到「神人之間的問題，是荷馬的世界的重心。」此一看法業經肯定；不過，在近東及印度豐富的文學遺產裏，神人問題所涉及的層面，可能更要大過希臘史詩。愛里亞德（Mircea Eliade）曾譽之為「跨出歷史性的第一步」的《鳩格米西史詩》（*Epic of Gilgamesh*），在其蘇美文和古巴比倫文本裏，宗教上的材料早已結合冒險犯難的事蹟，娛樂性高，因此成為巴比倫的世俗文學裏廣泛為人接受的古典範例。這部史詩的表面關懷雖說是人類追尋知識的過程與亟思迴避死亡的欲求，而且詩中亦無確鑿的證據，足以顯示有人曾在宗教儀式上，像誦讀巴比倫的創世紀詩一樣，高聲背誦過這部史詩，但是史詩卻能為我們廓清美索不達米亞人複雜的宇宙觀，提供其完整的諸神譜系。鳩格米西和恩奇度的故事，乃環繞在圍城與森林之旅上展開：他們曾經擊敗一位善變的女神，過程中不免有極為動人的哀朋傷友事蹟。在故事進展的同時，我們也目睹到一羣神祇的作為，以及他們表現出來的鮮明個性。巴比倫文明中重要性無與倫比的神聖觀念，便透過詩中衆神所扮演的角色，一一揭露。此外，史詩中尚有大洪水的故事，描寫地獄也十分生動，確曾引起不少人的注意。因此，有人會把這些現象比諸希伯來人的創世紀觀和末世神話，當非隨興之舉。

對研究印度傳統的人而言，宗教確實是印度古典文學的嚆矢。不論是實質或形式，印度古典作品皆從宗教中汲取靈感。其層面之寬廣，每令當代的評介者如廸馬克（Edward C. Dimock）

等人，亦不得不承認：「包括巴基斯坦在內的現代印度次大陸，卽使是到了近代，若是要把文學從宗教中區分出來，也不是一件簡單的事。原因不是有人蓄意強置宗教價值體系於社會之上，而是因爲宗教早已和印人生活上的各個層面結爲一體。卽使是文學裏的諸種形式，也難免受到宗教的影響。」諸如此類的看法，可以從印度人極力頌揚的「口說文字」(the spoken word) 上，獲得證明。印人所謂的「口說文字」，其意義一如希伯來語裏的 *davar*，或是〈約翰福音〉裏所稱的 *logos*。印人認定「文語」——我不是指日常口語或文書往來上使用的語言——實際上就是「神意」的產物，是「女神本身，是般若揭婆諦的呼喚，是創造主，是毗鄰創造的女神」，足以配享在《吠陀頌》的太廟裏。《吠陀頌》產生於紀元前兩千年，共計四部，內容主要在冥思人類的宇宙地位、人類和萬物的關係，以及生與死等大問題。形諸文字之前，這四部頌歌早已口耳相傳，以「語言」的形式廣受景仰。其莊嚴曼妙，又復令「頌歌本身」——梵文所謂的 *śruti*（意為「啓示」或「妙音清律」）——具備「誘發」的功能，以便召喚俗世的歌者將之譜下，對抗時間的腐蝕。這些詩行多由僧人抄寫。由於印人認爲詩行和巫卜之辭都具有靈性，他們對於書寫的文字，當然也有擇善固執的理想，要求誦讀詩行的聲音圓柔妥善。抄寫《吠陀頌》的僧人既然身負重責，筆下自然草率不得。這種對於語言文字的敬畏，也引發印度語言學的蓬勃發展。印人在訓詁語源上，耗力甚勤，舉凡文字及其語言上的構成因素，都解剖得十分細微。紀元前四百年波爾尼 (Pāṇini) 的語法研究，實際上可以和稍後兩百年秦吏李斯編纂的中文部首，或和再後一百年許愼的首部中文辭書《說文解字》，相互媲美。波儞尼的文法，是印度訓詁學發展到高峯的明證，不但爲梵文訂下標準，同時也使之成爲印度全國的文學用語。

當然，梵文也是印度許多重要著作的母語。正如《吠陀頌》的出現導發了《森林書》和《奧義書》裏的古印度哲學的發展，根據波儞尼的文法書所稱，梵文文學也產生過兩部劃時代的史詩，卽：橫跨紀元前後各四百年才完成的《大戰詩》（*The Mahābhārata*）與蟻垤（Vālmiki）寫於紀元第一世紀的《羅摩傳》（*The Rāmāyaṇa*）。《大戰詩》共達十萬對句，可謂世上最長的史詩。這部鉅著，主要講兩位兄弟達陀拉斯陀與班度的鬩牆之爭；他們的宿怨傳諸久遠，禍及後世的子孫。後世的子孫則分屬二族：俱盧族（the Kauravas）與般達族（the Pāṇḍavas）。《大戰詩》素有「第五部《吠陀》」之稱，除了史詩主線的故事外，還包羅萬象，舉凡神話、民俗傳說、論述，以及宗教教義等等，無所不攝。世界上恐怕沒有一部作品能像《大戰詩》一樣，擔當得起傅萊（Northrop Frye）所謂的「百科全書式的形式」一詞。至於《羅摩傳》就短小多了，但其結構卻比《大戰詩》嚴密，可以說是一部浪漫的故事集。史詩中的英雄羅摩爲奪回遭刼的愛妻，在神猴哈奴曼領導的猴羣襄助之下，公然向誘拐其妻的天神羅刹（Rāvaṇa）挑戰。類似這兩部史詩的作品，還有同屬撮述性質的《往世書》（*The Purāṇas*）。《往世書》中蒐羅的作品，是古印度人創作故事與格言時取之不盡的寶藏，非特記錄了印人的思想與宗教態度，更傳達出他們的自我期許以及對於世界的感觸。與蟻垤寫《羅摩傳》的第一世紀同時，印度又有「欽定詩」(*kāvya*)的產生。這種詩體包含篇幅較長的敘事詩（the *mahākāvya*），以及短小精煉的抒情詩（the *subhāṣita*）。

雖然用梵文撰就的作品爲數不少，但是我們應該記住：所謂的梵文文學不過是印度史上主要的語言和文學潮流之一。在我這篇簡略的綜述裏，其他意義不凡、值得提出討論的文學潮流，還應該包括爪威達的文學。這種文學的主要語言有塔米爾文、鐵流枯文、迦那達文，以及馬拉雅蘭文等。其中的每一種語言，都有自己獨特的文學形式和傳統，也有自己的史詩、抒情詩和敘事故事。此外，在北印度和孟加拉文的傳統中，還有彼此形貌各異但豐富無比的宗教抒情詩。對專門研究佛教的學者來講，巴利文和印度的「俗語」（Prakrit）文學，更是鋪陳佛經和相關論述不可或缺的工具。如同所有的宗教學者一樣，專研印度宗教的學者必得同時研究印度的藝術、建築、儀禮與制度、象徵和崇拜、社會結構、文化模式等。雖然如此，他們也不得偏廢該國悠久廣袤的文學傳統，因爲一部印度文學史所涵攝的宗教題材種類繁多，諸如宇宙觀和末世神話，諸神譜系和統治結構，「法」和業報，罪與救贖，蒙塵與潔淨，豐饒與永生，啓蒙與聖化，婆羅門似的堅忍苦修與婆訶諦般的虔信，以及千面神佛等，都可以在其中見到。杜美吉爾（Georges Dumézil）在《神話與史詩》中曾經提到，在《大戰詩》等類的史詩中，衆神與英雄的關係一向難以截然劃分。《大戰詩》裏的般度族五英雄，還有詩中其他衆多的角色，父母原來都屬天神，他們本身也具有神性。這五位英雄，分別又在人間驗證了其父母在神界所具有的三重功能：至高無上的權威、力量，以及豐饒。根據杜美吉爾的說法，在《大戰詩》中，印度神話的整個架構業經「置換」成爲人間的情境，以便支撐人物的事功，作爲刻劃他們的準據。世界末日行將來臨之際，發生在神話裏的地獄的打鬥，則已爲《大戰詩》及其他無數的印歐史詩所汲取，成爲詩中戰爭場面的源頭。《吠陀頌》裏古老的太陽神與風暴之神的對立，在史詩中亦經轉化爲著稱於世的日神之子卡那與因陀羅之子阿諸那的決鬥。了解到史詩人物及其冒險事蹟的這一層面，也就等於認識到「古代印度的神話」了。史詩神話或許有錯置的現象，不過仍然保存衆多的原貌，難怪杜美吉爾會說：我們認識中的此類史詩的形成方式，「不啻就是很多社會裏『宗敎史』形成的方式。」

當然，印度並非學者汲取文學資源以探討宗教的唯一國度。希羅多德在他的著作裏有一段著名的話：「荷馬和賀希德（Hesiod）爲我們訂定諸神的譜系，描繪出諸神的形象。同時又賦與諸神名銜，制定其活動的範圍，並規範其權力的大小。」雖然荷馬和賀希德勾勒出來的衆神的形象，有待荷馬頌、史德希可洛士（Steisichorus）、品達與悲劇詩人來補正，但是希羅多德的話仍然不失公允。

賀希德的《希臘神譜》大約寫於紀元前七百年以後，其中有一部分詳細鋪寫地獄的情況。根據他的描繪，古希臘人對於亡魂世界確曾有一份深刻的興趣，也願意冥思設想其中的狀況和地獄的所在。希臘人對於地獄題材的愛好，曾經透過《奧德賽》第十一卷影響到希臘文化之後的西方詩人如但丁、味吉爾等。《希臘神譜》的書名，恰如其分的反映出此一著作的中心關懷必然會牽涉到諸神如何顯現的問題。當然，諸神如何發展出彼此之間的差異，以及神界層級結構如何成形的問題，也會一併論列在內。這本書對於宙斯的出身及其獲致權力的過程，著墨尤多。此一奧林帕斯山上的主神，實則源出印歐神話的大系統，集天神與風暴之神的特色於一身。由於他的地位是如此之重要，因此，《希臘神譜》除了把注意力集中在與宙斯關係密切的衆神身上外，也花費了相當多的心思細寫宙斯改朝換代的過程。不但述及宙斯與克倫諾斯、希凱特之間的爭執，也呈現出他與普洛米修斯及一羣神魔巨靈間的齟齬。詩人的關懷既然局限於此，《希臘神譜》當然就不遑多述奧林帕斯圈內極其惹人注目的十二巨神了。儘管這部鉅作開頭的篇章集中在混沌初開，宇宙草創的過程，詳加敍述天神烏朗納斯和地母吉亞初分天地的情況，但是稍後部分就開始縷陳宙斯和一些女人間的情史，按照時序一一道及他與米蒂斯、提米斯、尤里娜米、妮摩辛和希拉等天仙海神的聯姻。宙斯的這些「婚姻」和風流軼史，含有顯著的宗教「聖婚」的特色，也具有政治層面的意義。愛里亞德說得好：「宙斯把希臘文化之前的女神一一據爲己有，從而取代了她們從史前以來卽廣泛爲人崇奉的地位。他一旦得遂己願，便又開啓了希臘宗教史上相異神祇互爲融合的過程，譜出宗教風格演進的新曲。」宙斯的地位得以形成的原因，以及他爲鞏固此一地位而贏得的種種勝利，在《伊里亞德》和《奧德賽》各自所寫的史詩英雄身上，也可以看到對應的描寫。荷馬的史詩英雄都源出地域性的崇拜，再化身而爲千古傳揚的詩歌中以汎希臘文化爲背景的英雄豪傑。

衆神一旦位列太廟，具備不死的地位，荷馬的詩總會搶先一步追溯他們的出身，而且面面俱到，足供後人採擷參考。前述的兩部史詩非但處理到宙斯的問題，抑且論及諸如雅典娜、希拉、阿波羅、波賽登等戰爭與地獄神祇的來源。像賀米斯及赫法斯特斯等具特殊功能的神，詩中也會談到他們的由來。這些神所扮演的角色，還有他們屢會出人意表的行徑，同時反映出神人關係上的一些矛盾處，如：神既遙遠又易親近，既仁慈又殘暴，既公正而又自私等。

談到希臘的英雄，希羅多德認爲他們「在埃及的宗教上佔無一席之地。」這句話不啻是說：對於已死的英雄或名媛的崇拜，不論是出自事實或想像，都是希臘文化特有的事例。雖然如今我們已經知道：這一羣英雄名媛在印歐其他的史詩中也曾經繁衍不止，但是在荷馬筆下，他們的行徑確實爲史詩投下一層怪異而又出色無比的光彩，使得這些史詩既屬文學上的傑作，又是宗教上的見證。史詩英雄一方面是地域性崇拜的對象，再方面又爲汎希臘史詩頌揚的人物。此一事實，正足以說明他們何以不能僅具宗教層面的原因。這些希臘英雄所以能夠進入人心，予人深刻印象，並非因爲他們和諸神十分接近，也不是因爲他們出身若非半神就是全神，一向爲人崇奉不已，而是因爲在「人性」上，他們經常表現得撲朔迷離，令人聞之膽戰心驚：既身爲神子，爲何又表現如人？這一點，是阿基力士所以不同於普洛米修斯的原因，也是他們的性格常令人孳生困擾的緣故。

荷馬史詩中的神祇，一向著稱於世。詩人每以人類的德性和惡習來鑄造他們，致令其行事險峻難卜，情感時或毛躁不堪。雖然如此，這種神人同形的色彩，卻不應讓我們忽略希臘古典文學經常令人感到十分無奈的一個事實：神人之間確實有一道天定的鴻溝。儘管奧林帕斯諸神一直都是天地間的不朽者，受人焚香祝禱，但是人類卻是宇宙中的蜉蝣，天神一日間製造出來的可憐蟲。在《伊里亞德》裏，阿波羅說過這樣的話：人類「只要服食地上的果物，就會像綠葉般成長，待時日推移，又會隨著生命的逝去而歸於虛空。」

只有勇於對抗人生苦短，毅然超越人類的渺小，我們才能看到史詩英雄的德性最爲強烈的表現。他們的奮鬥與痛苦，才能令人刻骨銘心。也只有在面對訓令，遏止人類逾越本分的一刻，爲了追尋神性，人類才不會忘掉自己終將與時俱化的事實。在上述的情況下，英雄詩中習見的形容詞——「如神一般的」——才能獲致完整但又充溢反諷力量的表現。荷馬與悲劇詩人眼中的衆神，不但可因一時興起就任意贊同或否認人間諸事，而且還會肯定或欺騙人類，幫助或摧毀他們，全然不受客觀因素的左右。衆神甚至會因自然因素或理想觀念的一致而與人類結爲一體，如阿波羅之於海克特，雅典娜之於奧廸修斯者然。然而，即使是在這種「天人合一」的狀況下，神也難以全盤爲人信賴：《奧德賽》裏的潘妮羅波在苦候奧廸修斯歸來之後，對著丈夫說道：「諸神所以嫉妒我們，只因我們從黑髮到白髮，居然都是那麼卿卿我我。」不過，潘妮羅波的話雖顯哀婉，語氣卻無怨懟。史詩中非但沒有露出絲毫不滿衆神的痕跡，更沒有指斥他們只要宅心仁厚，生命就會變得更爲美好的事實。《奧德賽》中極力讚揚的，反而是在時運不濟之下，人所表現出來的智慧、潛能和勇氣。《伊里亞德》裏，海克特在告別親友，踏上征途之際，表現出來的是這種不屈不撓的精神；普萊姆獨自與阿基力士面對面談判時，也表現出同樣不卑不亢的精神。如此說來，我們就更有理由珍惜史丹納（George Steiner）在《巴別塔傾圮之後》一書裏所稱的「荷馬的種種——《伊里亞德》和《奧德賽》所擁抱的一切。」我們也可以將這些「種種」或「一切」，視爲「西方心靈主要態勢的泉源」。而我們雖或會如史丹納所說的，「像阿基力士一般的暴躁，或像尼斯托一樣的蒼老」，但是「我們的返鄉之旅，卻也是奧迪修斯的返鄉之旅。」

提到諸神的嫉妒心和他們各自的意志，便不啻是在說作品中的角色隨時都得面對自己有限的生命。早在荷馬式的詩歌中，「人生無常」的問題，即已讓人類困擾異常。不過，對於此一問題最仔細的探討，卻要等到悲劇詩人出現之後。這個問題的根本癥結在於：人生所以會受苦受難，到底是因爲人類作惡而必加嚴懲呢？還是因爲諸神蓄意合謀的結果？就特洛伊城的毀滅來講，倒是因爲派里斯多行不義，引發諸天憤怒所肇致的。

英雄豪傑面對失敗所表現出來的那種力難迴天的奮鬥，是希臘悲劇留傳給西方文明最永恆的場景：不但容易吸引觀衆，也讓他們低迴讚嘆。這種場景，是悲劇的第一個弔詭。悲劇中的男女，如亞傑克斯、菲拉克提茨、奧廸帕斯與米蒂亞等，不僅原本位居高津，而且出身高貴，按理都該成就豐功偉業。然而，悲劇卻時常粉碎我們的這種聯想，抑且會如雷德菲(James Redfield)所謂的在直陳「快樂之獲得，僅賴美德是猶有不足的」。至於悲劇的第二個弔詭，則源出一種似是而非的論調，以爲英雄的隕滅，是觀衆「愉悅之感」的來源出處。亞里士多德的《詩學》，便企圖爲我們解釋這種弔詭。亞氏首先強調悲劇的內在結構，探討其表現宇宙共相特質的方式，再把注意力分佈到此一結構的設計究竟應該如何影響觀衆的問題上。姑且不論亞氏所稱的「悲劇淨化」（*katharsis*）眞正的意蘊爲何，對現代的詮釋者來講，此一名詞確實是想要了解亞氏所稱「悲劇快感」的人不可或缺的叩門磚。悲劇在美學上的吸引力，便是存在於這種文類能夠「中和」或「淨化」所謂「憐憫」與「恐懼」的能力上。而上述這兩種情感得以形成的原因，則和劇情的進展有關；其形成的方式，又十分類似文學或模擬媒介必得依賴紓解「自然事物」加諸其上的痛苦才能引人愉悅的情形。話雖如此，若要認識悲劇的美學力量，就不能不解除悲劇的第一個弔詭。這也是亞里士多德爲何極力強調「悲劇缺憾」（*hamartia*）的原因。亞氏認爲「好人」——不是「完人」——所以會面臨失敗，並非因爲他們曾經犯下過失，亦非因其品行不端有以致之，而是由於一時不察，無知肇禍使然。

諸如此類的情節模式，反映出哲學家亞里士多德所洞察到的世事：人類對其行爲所負的責任，未必會和行爲所造成的結果形成平衡。易言之，悲劇英雄固然不應因受苦而怨天尤人，亦不應因之而趾高氣揚。他的性格也不該是全然無知，更不應惡劣到家。在《修辭學》裏，亞里士多德提到，只有在不該受苦而受苦，或在懲罰不公的時候，才會引起悲劇必然產生的憐憫之情。不論是在認知或在情感上，觀衆若是想要對悲劇有所反應，必然得對英雄的處境有所認識，能夠正確地予以評判。至於英雄的處境是否能夠爲人得悉，全賴悲劇是否能揭開罹致悲劇的原因而定。悲劇裏的「不幸」，固然可以歸咎於英雄的認識不清，更常因其對處境不熟，致使苦難接踵而來。雖然亞里士多德喜歡用人類的行爲和動機來解釋悲劇中的不幸，但是劇本本身在這方面的闡發卻模糊不清，而且經常暗示神意的介入，才是人類社會罪惡的根本肇因。

在荷馬式的宗教裏，儘管 *atē* 這個字一向指「欺騙」而言，而且是喜怒無常的神祇所唆動的「欺騙」，令人既敬且畏，但是，賀希德、索倫（Solon）、提阿格尼斯（Theognis）與品達諸人，習慣上卻把此一字眼解釋爲對人類的自大和暴行所施加的「懲罰」。這兩種解釋所強調的地方，都可以在悲劇詩人的神學裏見到幅湊的中心點。此方說，伊斯奇勒士《波斯人》中的澤克西斯（Xerxes），不但本人是神魔的犧牲品，而且也犯有「驕傲」（*hubris*）之罪。神魔促使澤克西斯的行爲更爲殘暴，更走極端，但是眞正讓他犯下驕傲之罪的卻是 *atē*。《奧勒斯提亞》三部曲裏的宙斯，可謂無所不知，無所不能，不僅爲萬事萬物的肇端者，也是正義的化身。但是《普洛米修斯》一劇卻不對大父宙斯作如是觀，反而認爲他是暴君，心堅如鐵石，毫無理性可言，甚且無睹於他人的哀求。這種「天地不仁」的看法，在索福克里斯和優里匹底斯的劇作中，亦可一見。在後者的《赫拉克里斯》裏，更可以找到神祇目盲，胡亂斷命的極端例證。在這一齣戲中，麗莎奉希拉之命顯靈，終使虔誠的赫拉克里斯發瘋，誤認自己的妻兒是尤里斯西斯之子而予以殺害。

即使在不用「機關神」（*deus ex machina*）等煽情技巧的劇作裏，神祇之介入人類事務的模式也一再出現。諸神的介入，常令人爲之目迷心惑，陷入災難中而猶不自知。當代的詮釋者因而認爲悲劇作家語彙中的 *atē*，實爲平衡亞里士多德的「悲劇缺憾」所不可忽視的力量。雖然 *atē* 不能赦免人類的罪愆，也不能紓解他們的責任，但是具有助人「想像那不可能想像之事」的功能。引發災難的大錯誤，不能僅用人類缺乏理性來塞責，也不能用人類的過激之情和知識上的局限性來解釋。如果置身困境裏的悲劇人物在冥冥中察覺似有某種敵意潛藏在周遭，作家便會指出其中確有肇禍的神祇，以便爲英雄行事所以不能順暢作反諷性的說明。奧廸帕斯急於拯救自己城市的欲求，黛安妮拉送給丈夫的禮物，以及費德拉受制於愛神而策動的計謀等，都是這種悲劇設計下的結果。這一類具有明顯模式的悲劇，正如呂刻（Paul Ricoeur）在《罪惡的象徵》一書中簡潔指出的，實「意味著宗教意識的自我毀滅」，早令柏拉圖感到十分震異。這一點也可以說明罪惡源出神意的觀念，爲何不能見容於正式神學中具備反省能力的智慧，也不能在儀式崇拜和理性言談之中立足的原因。只有透過具體而又迂迴的藝術，這一類的觀念才能進入人心。然而，神乃罪惡化身的看法，並不是希臘人獨有的文化困惑；歐孚蕾爾蒂（Wendy Doniger O'Flaherty）在《印度神話中罪惡的起源》一書中指出，印度傳統亦有不同程度的這類現象：有人爲神意本善辯護，但也有人持相反的看法。如此說來，儘管悲劇中涵攝的神學可能會驚世駭俗，但文學資料和宗教研究關係匪淺的事實，卻也不容辯駁。不論是原始的犧牲祭儀，或是現代宗教史上的異例如鍾斯城（Jonestown）事件等，都可以從文學作品中見出端倪，獲致了解。

如果希臘宗教確實深遠廣泛的影響了古典文學裏的主要文類，那麼基督教加諸西方文學傳統的力量，可就更常爲人道及，層面甚且遠邁希臘宗教。柯契斯（E.R. Curtius）在《歐洲文學與拉丁中世紀》裏，曾經就基督教的影響力提出過深刻的觀察。他說：「書本所以具有神聖的地位，乃是透過基督教的影響形成的。基督教是《聖經》的宗教，而基督是古代藝術透過經卷來顯耀的唯一的神。基督教初興之際就有聖書神典；在其早期的發展上，創作神典的現象尚且不斷的延續著。這些記錄信仰的作品，不僅包含有福音書、使徒書信以及啓示錄等，還含括了諸如殉道記、使徒行傳和禮拜書等一類的文獻。」然而，希臘古典文學和基督教作品之間仍有一重要的分野：希臘文學所反映的雖說是單一文化裏的宗教精神，但是基督教文學卻不是單一文化體的產物。即使從作品的形式和語言立論，基督教文學也繼承了早先的猶太教和希羅宗教的遺緒。二世紀的教父特塗里恩（Tertullian）在爲基督教獨特作風辯護時，曾經問道：「雅典和耶路撒冷之間到底有什麼關係？」由於特氏對於基督教有一種狂熱的情感，從而輕易忘卻了一個事實：耶路撒冷並不僅是基督一教信心的象徵，還是回教和猶太教的聖城。在基督教長久的歷史裏，此一宗教常和周際的文化以辯證的方式共同發展，分分合合，有獨創也有接受，當然有分歧也有和諧。

這一類融合情形，在基督教文學發軔之際就已十分明顯，具現於〈新約〉裏的二十七件文獻上面。實際上，〈新約〉裏的四種主要文學體裁——福音書、使徒行傳、書信集和啓示錄——雖然十分弔詭的擁有一己獨特的風格，但是在另一方面，這些文件又和自其誕生的文學與文化有類似與投合的地方。如就〈福音書〉的形式整體來看，這一部分的經文可以視為早期基督教團體自創的新文類，原因是〈福音書〉的體裁糅雜了敍事故事、傳記、歷史、對話，以及證道的資料等等，很難予以單獨歸類。如再從歷史的角度，或是借用形式批評的手法來分析，〈福音書〉裏有很多構成上的基本單元儘管篇幅短小，但都可以在希臘化世界裏的文獻中找到可資比較的對象。這些希臘化的文獻，包含曾在哲學和宗教運動裏一度廣泛出現過的口語和言辭表達方式。請舉例言之：〈福音書〉中，有一些賢人智者在生命顚峯時講出來的警語與表現出來的睿智，也有一些擅製奇蹟者的故事，或是身體正在康復中的英雄的軼史。這些故事與軼史，在美索不達米亞的宗教中亦可找到類似的敍述。一代宗師耶穌的寶訓，大多彙集在他個人經常使用的寓言裏，價值可謂歷久彌珍。但是，這種寓言的講述方式，猶太人早就知曉，廣泛應用在律法的教導上面。耶穌的寓言雖然有其傳統上的創新處，與猶太用法有若干差異，但是他在身教言教中所使用的語言，卻顯示出編纂耶穌寓言的人必然十分熟稔古典修辭學和文學的形式，意義自是不凡。這一點，可以從耶穌在論至福的介紹詞中所使用的連串著名疊句和疊字上面，亦可從〈路加行傳〉的導論裏他刻意藻飾的言辭之中，求得證實。

上述這種原創性與傳統互相融合的現象，也是〈新約〉中不論具名與否，或是曾經冠以假名的書信作品的特色。研究聖保羅書信的學者，都知道其中不乏具有此類特色的例子。他們常常強調這些特色，因使〈保羅書〉開頭業經基督教化了的稱謂，以及保羅在抨擊他人時所用的特殊言辭，在在成爲研究上的主要課題。當然，研究者也不會放過書信中生動的傳記；保羅有所關懷時不經意流露出來的親暱、屬於個人化的口氣，還有他基於信仰所形成的強力文體，也一再成爲學者研究的對象。不過，爲使上述的研究取向不致過於偏頗，我得立卽指出：這些書信體的文獻並非傳統與創新結合的唯一例證。在上古之時，使用書信的目的甚多，其一卽在闡發思想。諸如伊比鳩魯之論哲學，阿基米德與伊拉多斯西尼士之論科學，黑里卡那薩斯的戴奧尼索斯之論文學批評等，都是用書信來傳揚他們的觀點。這些人的作爲，不僅可爲研究基督教書信文學的學者提供歷史背景方面的說明，也使得當代學界對於〈新約〉的了解與日俱增。學者如今已經知道，保羅所受過的教育，可能包括羅馬法庭中爲辯論案件而發展出來的修辭學。他也十分了解希臘巡遊哲學家的論述；對於希臘書信作家的技巧，亦有精湛的研究。儘管貝玆（H.D. Betz）在注〈加拉太書〉時，曾從古典「辯護」文類的角度來研究保羅致加拉太人的書信，並曾就其中的序文、敍述、衍釋、提證，以及結尾的章法等，仔細分析，但是，米克斯（Wayne A. Meeks）的《聖保羅的作品》一書，卻指出〈哥林多前書〉第十三章有倣效希臘人頌揚美德作品的現象出現。他又指出：在〈哥林多後書〉第十一章之中，保羅不顧文法關係強行並列事物的寫作方法，可能受到心力克與斯多葛式漫罵語（Cynic-Stoic diatribe）的影響，其中顯然也有皇家「英雄事蹟」（*res gestae*）文體的痕跡。

在〈新約〉以後數世紀的基督教時代裏，「異教學問」和新興的基督教文學之間，仍然存在著明顯無比的張力。米爾頓的《再得樂園》對於基督所持的某些看法，早經前此千餘年的《使徒寶訓》(*Didascalia apostolorum*) 一書詳加指陳。後書又以莊嚴肅穆的語調教導信徒道：

> 且迴避所有的異教典籍……。汝若有意一讀歷史，當讀〈列王紀〉諸篇。若欲知哲人與賢者，有〈預言書〉可供研究。若能寖假其中，汝當得悉一切智慧，且比哲人與賢者更多。汝若希冀一探詩歌，當讀大衛的詩篇；若欲知鴻濛之初，當讀大摩西的〈創世紀〉。如思及律法與戒令，則有上主光榮的大法。一切異典外道之書，皆有悖於上列諸作，汝當避之唯恐不及。

聖徒的教訓可謂昭然焯然，但由於此時一般教育觀念仍然堅持希羅的傳統，加以受教育者改宗基督教的例子逐日增多，往昔教內人士狹窄的見地，便不得不面臨調整了。奧古斯丁在《論基督教義》(*De doctrina christiana*)裏大逞辯才，發出如下的問題之時，實則已把上述態度轉變撮述而出：「雄辯之才雖然在招引罪惡或在伸張正義上都具有極大的價值，但是，如果這種才能本身並無自主性，我們爲何不轉化之而爲善良所用，或爲眞理服務呢？」基督徒一旦願意開始思考這類乍看平庸，但對藝術而言卻顯得十分有利的辯護時，他們即已爲自己找到採擷異教文化的推動力。他們一旦體認到「美」亦可爲信仰所用時，便會開始寫出更多具有原創性的作品。英國詩人赫伯特（George Herbert）在十七世紀時，曾用詩行來回應前引奧古斯丁的問題。他質詢自己的上帝道：「難道披上維納斯外衣的詩句／僅僅能爲她服務而已？／我主爲何不自製些商籟／置諸汝香煙裊裊的神壇前？」正是由於時人對異教與基督教的結合持有如許開放的態度，我們對於天主教冥思技巧以及基督教分析《聖經》的理論，居然也爲英國文藝復興貢獻出不少優秀抒情詩的事實，才不會感到驚訝不置。

奧古斯丁等一類古教父的散文，仍然多屬教條性的陳述，若非爲辯護宗教而作，便是證道解經的結果。其中有某些，則爲主教寫給教區教衆的專論。雖然如此，早期基督教作家對於文學語言在發展上的轉變，確曾有過顯著而又持久的貢獻。像米留西斯・費里克斯及賽普里恩等一類的作家，就曾以忠實而又不失技巧性的方法來提昇古典文學的地位。特塗里恩抑且透過翻譯，在作品中大量借用希臘與拉丁語彙。他又引入拉丁俗語，爲文學延續鑲鑄了一種全新的體裁。聖・傑魯姆（St. Jerome）更以密集的方式迻譯《聖經》，撰寫出衆多的書信、使徒傳記與旅遊觀感等。他亦曾爲教會歷史家尤西比爾斯（Eusebius）的年譜續作，不斷的在古典與基督教文學之間居中調合。

在這種接續與轉變的情境中，奧古斯丁之所以會具有樞紐般的地位，可以說是一點也不唐突。他不僅爲基督教的神學開啓了成熟深邃的視境，垂數世紀而不墜，而且心思敏捷，思慮宏大，直接爲中古繽紛多色的文學發展奠下新猷，影響且拓展到科學與美學的領域。在基督教早期的歷史中，沒有人能像奧古斯丁這樣夠格能爲異教與基督教的結合作示範。不論是異教的智慧或是基督教創新的地方，他都能從思想、文體、意識形態和語言等方面加以調合，而且成效卓著，幾近完美。如同奧爾巴哈嚴密的分析所顯示的，奧古斯丁的證道詞實爲西賽羅式的雄辯最傑出的翻版。這位希波（Hippo）的大主教一向擅於取譬設喻，而且能爲他的手法熔注深刻的新情感，使之具有宗教熱忱與特質。由於奧古斯丁式的所謂「謙卑的證道詞」（*sermo humilis*）目的是要反映「卑降情況」（*humilitas*）裏的三種層次，把耶穌化身爲人的事實、基督教團體的文化，以及《聖經》語言頗爲簡樸的現象，一一展現出來，所以上古時寫作上所用的第三種文體——所謂的「低級文體」（*parva*）——如今也具有前所未見的崇高風格，使用上更有新的彈性。對後世而言，奧古斯丁的《懺悔錄》毫無疑問是活水泉源，不但開啓往後追尋精神信仰的傳記作品的先河，更爲記錄俗世享樂的傳記現身說法。他的《上帝之城》，是基督教的歷史哲學和歷史撰述作品中一個難以超越的範例。同樣的，《論基督教義》一書，無論是從歷史的角度著眼，或是從詮釋理論出發，也都是十足的新里程碑。他對於修辭學、詮釋學，以及詩與寓言的了解，又曾深刻影響到中世紀的文學理論，從而具現在下列諸人的批評觀念中：西維爾的伊希朵爾（Isidore of Seville）、多勞斯的維吉爾（Vergil of Toulouse）、貝德（Bede）、愛爾昆（Alcuin）、拉柏那斯・摩瑞斯（Rabanus Maurus）、伊瑞吉那（John Scottus Eriugena），以及聖・多瑪斯（Thomas Aquinas）

等。奧古斯丁精深廣博的神學，主要關懷的對象如下：「創造」的問題、神人同形的理論、「墮落」的問題、耶穌化身爲人的問題、選民說、救贖論、歷史觀、天命論，以及永恆與短暫的對比等。這些神學課題，還有奧古斯丁羅列出來的獨特「救贖之道」（*ordo salutis*），不但迴響在基督教詩人如史賓賽與米爾頓的著作中，也可以在浪漫派詩人和現代人中間聽到共鳴。

至於詩，就不像散文了。其發展在基督教文學之中較爲遲緩，乃爲不爭之事實。雖然希伯來聖典中的〈約伯記〉、〈詩篇〉，以及〈箴言書〉等作品基本上都是詩，其他的歷史和預言諸作也有巨幅的篇章充塞著詩文，但是〈新約〉中可以稱得上是「詩」或「韻文」的作品，卻只有零星的一些片段。基督教得俟諸千年之後，才能看到洋溢著宗教情愫、深刻而又強烈無比的詩作。〈哥羅西書〉的作者曾有一段名言，要求讀者吟唱「詩章、頌詞和靈歌」。其中頌詞的誦吟，顯然是早期基督徒共有的崇拜儀式。不過，此類頌詞或詩歌的原始形式，如今根本無由得悉。即使是保存在〈路加福音〉第一章中的〈瑪麗亞的讚美詩〉（Magnificat），也顯然曾受到希伯來思想和語言的影響，其中的基督教情感反而略失風采。《聖經》之外，早期基督徒用古典語文譜下的詩歌，可以在寫於一至五世紀的下列作品中看到：㈠僞西比神喻；㈡亞歷山卓的克里蒙特（Clement）《信教初階》（*Paidagōgos*）一書末尾由匿名作者寫就的詩行；㈢美索廸斯（Methodius）部分屬寓言體的《十處女之對話》；㈣普魯登提爾士（Spaniard Prudentius）的《殉道者》（*Peristephanon*）、《慶典頌詩》（*Cathemerinon*），以及《靈魂之戰》（*Psychomachia*）；㈤謝杜里爾斯（Sedulius）的《基督傳》（*Carmen Paschale*）；以及㈥朱文卡斯（Juvencus）和維克多（Marius Victor）分別用詩行來衍述《聖經》的《福音證道史》（*Historia evangelica*）和《神的證言》（*Alethia*）等書。除了普魯登提爾士的作品外，上述諸作的歷史意義如今都已超過其文學價值。五世紀後的卡洛林時代（The Carolingian Age），無論是在音律的精緻上，或是在數量的浩繁上，也都曾產生過重要的基督教詩作，而且題材變化的程度很大。雖然寫這些作品的詩人沒有一位足以永垂不朽，但其著作之多，卷帙之龐大，即使以今日出版物的容量來說，仍然可以化爲皇皇四鉅册而猶有過剩。至於世俗文學裏的史詩如《羅蘭之歌》、《貝爾武夫》，以及《維加格林姆士傳奇》等，一向就廣爲學者注意。他們不斷辯論其中屬於異教的英雄作風和定命思想，到底在多大的程度上曾經受到基督教的美德觀和虔信熱誠的影響。

若是和前人的成就相互比較，但丁、史賓賽和米爾頓的詩才無疑要出色得多了。前人的作品過於粗糙簡略，但是基督教傳統若失去但丁等人的作品，相信便會黯淡不少。由於但丁等人的著作都是傑出的神學詩篇，早已卓爾有名，引發的詮釋和評論不知凡幾，任何人若想持一己之見而成一家之言，難免都會招致膚淺之譏。後人之所以公認這些詩人在西方宗教詩史上的偉大性，當然不僅止上述的原因。他們的作品不但原創性強，而且卷帙浩繁。僅以思慮之精深而論，亦足以在宗教史上占據一席地位。話雖如此，《神曲》、《仙后》或是《失樂園》卻不是冥思或轉述經文的著作，亦非教義上的論文，更不是未經消化咀嚼即把各種詩體和各色宗教內涵聚集在一處的大雜燴。這些作品所具現的，反而是詩人信仰的全部，有其體系與脈絡可尋。每一部著作雖然各有獨特的寫法，但都是但丁在論及自己傑作時所謂的「聖歌／天地齊加頌揚的聖歌」。不過，要衡量這些偉構的光彩，揭開其中隱藏的神聖性，倒也不能僅憑其涵攝的傳統爲準，還必須一探詩人對於傳統的挑戰，了解他們更新傳統的方式，才能竟其全功。以但丁爲例，他認爲自己的詩具有「認知上的功能」，而且這種功能還「是煩瑣哲學否認一般詩所具有的」（柯契斯語）。因此，但丁顚倒了《神學大全》（*Summa*）裏的論調。若按照奧爾巴哈在《但丁：世俗世界的詩人》一書中所稱，但丁還認爲「神的眞理，就是人類的命運，是犯錯者的知覺中形成『存在』的基本要素。」至於米爾頓爲神性本善所作的辯護，意義尤其重大。他改變古教父和宗教改革派的教條，極力頌揚「神的形象」（*imago dei*）本身就是一個強而有力的觀念的假設。他又強調在墮落與救贖的戲劇中，所謂「自由意志」和「人類之愛」所具有的眞諦。但丁和米爾頓對於經文的解釋，對於傳統的藻飾，可謂傑出無比，也爲《神曲》和《失樂園》提供解經學和神學上的新義。他們的著作，一如其他足以「醫療信心」的作品一樣，都盡力投入信仰最稱原始的層面，進而揭開啓示的奧秘，予以闡揚，加以解讀。

## 二

前文僅就宗教史與文學史稍作綜覽，目的是要把個別作品、人物、文類、運動，以及時代如何得以爲宗教學者提供重要研究資料作一說明。我所以特別強調傳統上的材料，原因是傳統的適用性對於現代宗教和文學都有相當的局限。我的概述，足可顯示歷史發展和文化現象的一些無可否認的轉變。然而，由於宗教研究常含蓋對於文獻的認識，其研究取向就不可能偏廢文學上的了解。如就這層意義而言，宗教或文學研究都會無可避免地涉及語言分析。後者包含的層面既深且廣，當然也不能自外於所有人類的知識。

在詮釋作品之前，必先有該作品的完善版本。此點或爲老生常談，但強而有力的提醒我們一個事實：文藝復興時代的學者爲了追求善本所發展出來的「版本學」，如今已廣泛地應用在古典文學的研究、《聖經》的詮釋與作品技巧的分析上。絕大多數的宗教團體，並不像耶穌末世聖徒會那樣幸而擁有自己教派的經典原稿。末世聖徒會不僅藏有《摩門經》的部分手稿，全稿又可在教派所承認的支會中看到。但是，對猶太教徒、基督教徒，以及佛教會衆而言，有關啓示的原始文獻若非僅見於學者重建的所謂「原本」（*Urtext*）上面，就是只能在一組「最佳本子」上看到。所謂「最佳本子」，實爲過甚其詞的說法，頂多在暗示這些本子業經學界認可，或曾予以校勘補正，理論上較爲接近原稿的面貌罷了。所以，如果從根本上著眼，研究宗教典籍必然會用到一些超越宗教傳統，凌駕在教派起源之上的方法和程序，毋庸贅言。〈提摩太後書〉的作者在該書第三章第十六節裏曾經說過：「《聖經》全本皆因神的默示而寫就。」雖然如此，宗教典籍並未因此而能保存得當，可幸免於歷史的蹂躪或俗人的毀壞，更不用說會因讀者率性求解與時間的腐蝕，而終至不忍卒讀了。馬克剛恩（Jerome J. McGann）在《當代版本學述評》一書裏，因而針對這種情形說道：「要避免歷史的破壞」，必須借用「歷史的方法來修補。」所以任何宗教聖典或相關的文獻，都必須依賴此種萬人景從的人文訓練來維持典籍的完整，使之發揮宣教的功能。

但是，這種訓練若僅含括機械化的編輯與校讎之學，或僅爲版本學上經典的運用而已，其所汲汲追尋的成果，恐怕就和研究目的沒有那麼密切的關係了。雖然如此，學者卻早已從某些事例中，體認到版本批評確能深刻有力的影響到作品的批評。所以淵源之學終究會介入詮釋之學，乃爲不爭的事實。此一事實，可以從兩方面再作補充說明。第一，批評上決定閱讀方式的推理模式和決定言辭意義的方法，若非一致，便是十分接近。這一點，證諸解經學或翻譯，亦然。第二，單字的差異或整個版本的不同，也會改變我們對整部作品的詮釋，而且程度相當大。例如〈羅馬人書〉第五章第一節一向版本紛雜，有其不同的傳統，而不論編校者是用直述語氣，選擇 *echomen* 來構設章句，或是使用祈使語氣，改用 *echōmen* 來傳達文意，這兩個僅有一筆之差的字彙，都會影響到《聖經》的一個詮釋傳統：基督徒「透過信仰來釋罪」後，到底是「已經」和上帝和平共處了呢？還是「即將」和上帝和平共處？再舉一例說明。康斯特堡本的標準版《梅爾維爾作品集》上有一句話："Soiled fish of the sea"（「海裏沾汚了的魚」），就曾讓美國大批評家馬西善（F.O. Matthiessen）犯下一個無心之過。馬氏依據標準版上的句子，因而有如下的評論：「『潔淨』的媒體與『污穢』出乎意料之外的結合，只能源出一種想像力；這種『想像力』深刻的捕捉到『深度』所帶來的恐怖。」然而不幸的是，稍後有手民發現美國和英國初版的梅氏著作中的這一句話，第一個字均作 coiled（盤繞著的），而不是標準版上的 soiled。如此一來，馬西善雄辯滔滔的詮釋，終因一字母之差而全盤皆墨。一九八四年新出的《評論對觀版悠力西斯》（*Ulysses: A Critical and Synoptic Edition*），曾針對舊版提出多達五千處的校訂和補正。毫無疑問，這部新版的當代經典，也會迫使批評家重新檢視《悠力西斯》的批評和詮釋。

版本學冀圖回復作品的原貌，使之不致因時間的推移而毀壞。由於具有此一目的，有人認爲作品的詮釋，實濫觴自版本學。然而，這種論調時而似是而非，因爲版本校讎也會限制住詮釋的活動。一般人在討論版本時，常假定最純最權威的本子必然和作者的創作意圖最爲接近，因此忽略了一個問題：作者的意圖到底是應與「手稿」上的文字一致，還是應與「初版」一致？上述的認識，雖然對不少現代作品而言或有其貼切之處，但是，如果牽涉到的是中古或更早的作品，這種情況恐怕便要改觀。起源駁雜的作品，更是如此。且引馬克剛恩的話說明：

> 這些作品最初的「完整」形式，多少全在作者的掌握之中。然而，如其一旦成為屬於某一層級的作品，則編輯觀念中所謂的「意圖」，便會毫無意義可言。易言之，我們指稱

的「意圖」，只有在藝術家的作品開始和社會結構掛鈎，具備社會功能的一刻，才會以相當弔詭的方式形成力量。最具權威的版本，在這種情況下，恒為社會的產物。也因此，批評上構成「權威性」的標準，就不能僅由作者或其意圖來加以考慮了。

就前引〈羅馬人書〉第五章的兩個希臘字而論，即使我們能夠回復原稿用字的面貌，恐怕亦無濟於決定作者眞正的意圖爲何。原因是希臘字有同形異義的現象，傳抄〈新約〉的文書人員，可能早就受到這種現象的影響，從而有一己獨特的拚字方式。再者，基督教的使徒也可能知曉這類的情形，乃起而倣效之。聖保羅就是一例。就算我們能夠不假手他人，輕而易舉的回復保羅書信中的用字，前舉的例子，仍然可以有兩種同樣値得信賴的讀法。所以，我們若忽略赫許(E. D. Hirsch) 所謂文字上的「共同經驗，用法的特色，以及意義上的期許」，則保羅所使用的語言符號的眞正意蘊，便會無從探悉了。既然不能辨明文字的基本涵意，我們又怎麼知道作者的意圖？不過，作品的意義之所以無法決定，與其歸咎於造就我們理解力的歷史知識，還不如歸咎於作品在形成意義時所受到的歷史影響。

哈特門（Geoffrey Hartman）在《形構主義之外》一書裏，曾經努力提昇當代文學批評的「言談」(discourse)，欲使之「再度加入聲音活生生的集會裏」。他想讓「藝術如《聖經》一般尖銳的面對經驗，以便恢復解經學以往的面貌。」不幸的是，哈特門此一高貴的計劃，並沒有清楚指出「恢復以往面貌」後的解經學在面對經驗時到底已有多「尖銳」。更要緊的是，哈特門的計劃忽略了一個事實：像其他宗教上的解經學一樣，《聖經》解經學在整個歷史的發展上，也一直不斷的和「作品」(verbal texts) 讀法以及「語言」解法等問題搏鬥。我所謂的「語言」，是指從單一字彙到寫成整本書所用的語言。柯莫德 (Frank Kermode) 在《神秘之源起》一書內，曾謂晚近的《聖經》批評家若是願意「望出樊籬，一探世俗人士的方法和成就」，那麼他們就會發現上述《聖經》解經學的傾向，實在和亞歷山大學派剽竊費羅尼寓言 (Philonic allegory) 來詮釋基督教經典的方法，並無太大的差異，和宗教改革派人士用人文學上的字源學來促進他們解經學的發展，並提昇其中歷史和語法層面分析的作法，亦無絕對的區別。有些當代的《聖經》學者，爲了防範因故意或不經意的時代錯置而誤讀經文的現象，強烈的懷疑目前在某些地區十分盛行的詮釋運動。這種運動主張視《聖經》爲文學作品，可以借用世俗觀念和文學分類予以解析。

把希伯來的敍事故事和荷馬史詩相互比較，或借用情節與人物的觀念來分析耶穌的寓言，也許眞的產生不了多大的意義，但是以往尊爲事實，必得視《聖經》爲神的啓示或上帝之「道」(Word) 的看法，卻同樣也沒有爲我們說明語言在《聖經》中的運用情形。產生這種困擾的原因，是我們過早將文學與「虛構」或「虛構性」混爲一談。虛構或虛構性容或爲文學共有的現象，卻不過是文學衆多的本質中較爲特出的一個罷了。另一方面，拒絕視《聖經》爲文學，也沒有挽狂瀾於既倒，把《聖經》的讀者從和語言現象搏鬥的事實中解救出來。語言現象和《聖經》

本身一樣，既廣泛又深邃，難以爲人遽然理解。難道希伯來的〈律法書〉（Torah）、基督教的〈新約〉和佛教的《妙法蓮華經》不都是用人類的語言撰就的嗎？如果是，我們應該具備何種文學能力，或運用哪些具有體系的閱讀成規來探究這些宗教典籍？

一部《聖經》解經學的沿革史，充滿了詮釋上的改變。這些改變，皆隨閱讀理論的假設和技巧之轉變而變。比方說，古教父作家由於對語言有獨到之認識，從而便能了解〈創世紀〉第一章第六節中諸如「形像」（image）和「樣式」（likeness）等字詞的意涵。對伊瑞納斯（Irenaeus）而言，前者實指「理性的靈魂」（*anima rationalis*），而後者則爲「天賦的超自然才能」（*donum superadditum supernaturale*）。但是，稍後主張宗教改革的詮釋者，卻認爲上述由天主教發展出來的「神的形像」觀，有違希伯來人喜歡使用平行句的傳統，因而橫加攻擊。其實，改革派所提的詮釋，本身亦難逃過分教條化之譏。再如基督教的儀式中有一句在領受聖餐時必須講出來的話：「此即爲余之軀體，……余之血液。」這句話眞正的意蘊，長久以來一直令詮釋者茫然不解，也令基督教世界分裂達數世紀之久。原因很簡單：沒有人敢確定這句話究竟應按字面解釋，或應從修辭譬喻的層面著手探討。易言之，詮釋這句話所牽涉到的，若非語言現象就是神學上的問題。

上舉這兩個解經學上的例子，可以強化司來馬赫（Friedrich Schleiermacher）的一個基本洞見：特殊或宗教上的詮釋學，「僅能就一般詮釋理論加以了解」。職是之故，宗教學者在原則上應對所有的文學理論和批評文化同感興趣。由於用文學撰就的文獻常屬宗教學者研究的對象，這些學者也應如愛爾特（Robert Alter）在《聖經的敍事藝術》一書內所稱的，對下列諸事有所了解與注意：「語言的藝術層面，思想的變遷過程，成規的遞嬗，以及語氣、聲效、意象、句構、敍事觀點、文章結構等的轉變」。這些批評要素的變革，在文學上可謂多彩多姿，極富於變化性。如果要再借助美國和歐陸過去三十年來的批評言談來規範，上述批評範疇最後一項，由於本身並無特定的形式，當然也可以涵攝一些架構雖大，但爭議亦復不少的課題，例如現象學、哲學性的詮釋學、女性主義文學批評、文類理論、接受理論、溝通與資訊理論、語言學、結構主義、解構主義，以及心理分析等等。雖然本文的篇幅不允許我多談這些新近「武裝了的視境」，但是稍微回顧一下「作品意義」產生所在的問題，或許對讀者不無裨益。

在新批評全盛的時代，批評家極力爲文學的存在模式辯護，爲榮耀文學的內在價值而奮鬥。他們認爲「意義」可以視爲「文本」（the text）本身。文學語言恰和科學用語相反：後者僅供傳遞訊息，是指示性的語言，但是前者卻爲反省性的語言，有其自我指涉性。因此，單一作品的「周長」，即爲其意義結構的範圍，而「意義」的生發，當從「文本」的形式而來，或由其言辭結構產生。這些形式或結構，用布魯克斯（Cleanth Brooks）在《精造之瓶》中的話來講，都「類似建築或繪畫的形式與結構，本身即爲一精密周全的模式。」更由於「詩」是本體與實踐最精當的結合，不僅是「宣言的宣言，也是宣言的實現」，所以詩的涵意固然可以很弔詭的爲人攫獲，但基本上卻是不能轉述的。同樣的，詮釋的目的是要「確定建立一首詩的方式……，確定一首詩的形式在詩人內心成長的過程」。但是，由於決定詮釋的因素除了「文本」之外別無其他，所以，即使批評家的評論涉及詩的起源或其影響上的諸般問題，新批評家也會認爲徒勞無益，和批評的本質風馬牛不相及。他們稱呼這種評論爲「意圖和影響的謬論」。此外，由於「文本」是傳達「意義」的唯一工具，因此，其完整性只有在詮釋者能夠泯除個人成見，摒棄自己的價值觀和信仰時，才能絲毫無損的保存下來。在另一方面，即使批評家已經盡力達成上述「高貴」的要求，批評的活動仍然會像唐吉訶德的追尋一樣，勞而未必有功。批評的自足性，永遠也難以超越詩的自足性。

然而，過去三十年來文學理論的發展，卻在很多方面都屬於對新批評的反動。新興的理論馬不停蹄的以穩當的腳步對新批評施加撻伐，其勢態嚴峻異常，火力則多集中在新批評家對「文本」與詮釋者的看法上。布特曼（Rudolf Bultmann）和伽達瑪（Hans Gadamer）在從事翻譯時，從海德格的哲學中構設出「體前理解」（*Vorverstädnis*）的觀念。此一觀念指出：完全客觀、杜絕成見的批評，不可能會存在，因爲「知」的活動難以在沒有「預知」（pre-knowing）的狀況下完成。而所謂「預知」，是隨個人的興趣和接受到的文化形成的。事實上，如果從馬克思主義派的批評理論來看，或是從馬克思主義者和佛洛伊德派的詮釋立場出發，「文本」和詮釋者的歷史「視境」（horizon），也都會因意識形態和僞知覺的影響而遭受蒙蔽，或會因情緒壓抑下語言所受到的毀害而有所不足。新批評家所稱的「細讀」，其純粹感與客觀性原本是建立在一種天眞而又富於服從性的批評意識上，但是，這種「細讀」的觀念和功效一旦爲人推翻，「文本」與批評家的語言就不會具有曩昔的權威。新興的文學理論又指出，「語言」可能藏有「欺騙」和「慾望」的特質，也有「強制」和「暴力」的傾向在內。「文本」果若不再如赫許所稱的是作者架設意義的工具，則其意義之產生當決定於讀者或讀者羣。再不然，便要經由「文本」與閱讀過程互動所衍生的辯證來決定。同理，我們若欲知曉一首詩的意義，除了可藉揭開該詩隱藏的語意、句構和現象的深層結構，以探討其中的「對等」和「相斥」因子外，亦可經由「視境」的描寫或對投射在「文本之前」的「世界」的分析來具現意義。沙可洛夫斯基（Victor Shklovsky）更指出，細察我們既感熟悉又覺得陌生的「文類符碼」(generic codes)，也是呈現意義的另一方法。

「文本」和「意義」之間的問題最爲激進的處理方式，允爲德利達（Jacques Derrida）及其從者所提出之「解構主義」。傳統的西方文化，把語言看成是模倣性的，可以忠實地反映出心靈與自然之間的關係，甚至可以呈現神人的交流。然而，解構主義的理論，卻極力質疑索緒爾(Ferdinand de Saussure) 語言學所提出來的「意符」(signifiers) 和「意旨」(signifieds) 的對稱統一性。其原因正如伊果頓(Terry Eagleton)在《文學理論概述》一書中所說的：「所謂『船』這個意旨，實際上是意符與意符之間的複雜交互作用的產物。此一交互作用永無止境。『意義』則爲『意符』不斷在強而有力的運作之下所『紡織』出來的東西，並非緊附在意符的尾巴形成的……。我不能機械化的僅憑文字的堆砌，就能了解一個句子的涵意，因爲能夠產生清晰完整意義的字眼，都會帶有在其之前字眼的痕跡，也會把一己公開在隨後的字眼之前」，以便讓這些字眼據以形成新義。因此，在德利達式的觀念中，夠格的「意義」必然會具有如下諸特點：㈠「延異」(*différance*)：此字有「不同」和「延散」之意；㈡「空無」(absence)：指符號永遠不足「表呈」(make present)個人的內在經驗，亦不足「表呈」現象物；㈢「脫中心」(decentering)：指拒絕「超越性的意旨」(the transcendental signified)而言，或指「作爲慾望的產物」的「固定起源」(the fixed origin)的觀念的再度觀念化，包含對於形而上的「基本存在」(*Urgrund*)的觀念之重鑄。由於「意義」必須具有上述特徵，因此，談論「文本意義」的穩定性和決定性無甚意義，一如視詩的語言爲詩的全盤架構的作法到頭來也會是一場空。一首詩的意義架構，實乃包含和該詩的語言有關的所有領域的歷史。用卡勒(Jonathan Culler)在《論解構主義：結構主義之後的理論和文評》一書中的話來講：「『意義』有其架構上的範圍，問題是，『架構』本身實無範圍可言。」所以，「意義」的觀念最後必然會與尼采所謂「自由運作」的觀念不謀而合。不但錯綜複雜，而且毫無限制。至於「詮釋」，則並非積極性模倣的結果，而是另一種形式的冥思和錯置，是把一組意符換成另一組意符的過程。

解構主義在文學研究上的功能，如今業已引起廣大的爭論，是否能爲宗教研究所用，尚有待積極的探討。如果宗教研究致力一探的，是一種「不可溯至其社會與心理學層面的神聖性」(the irreducibly sacred)，如果這種研究所要澄清的，是此一神聖性所含括的語形學及其永無休止的變化性，那麼，這種訓練必然也會充滿對於「理體中心主義」（logocentrism）的探討。這樣說來，德利達的理論雖顯怪誕，其聲音亦有如卡珊卓（Cassandra）的預言，但是對於宗教研究者的挑戰，卻是顯而易見，力量十足的。

**附記**：本文原題“Literature and Religion”，刊載於 Mircea Eliade, ed., *The Encyclopedia of Religion*（New York: Macmillan, 1987），VIII, 558-69。中譯稿發表於《當代》，第二十三期（一九八八年三月），三〇—四八。又本文所中譯的人名與書名之原文，除必須附於正文中者外，餘請參見本書〈索引〉部分相關條目。

# 後記

余國藩

收在這本集子裏的幾篇蕪文，多數係以《西遊記》研究爲主軸。衆所周知，我曾經花費漫長的時間，致力於《西遊記》英譯的工作。職是之故，此時此地回顧一下我從翻譯中學到的一些教訓，或許不失妥善。一思及此，三項心得迅即乘輿而來。

首先要說明的是：《西遊記》的內容洋洋大觀，複雜無比，要英譯如此傑作偉構，耗時費神尤可想見。而我從翻譯中學到的第一個教訓，便是在中英這兩種語文的交互運作上，有了入木三分的體會。這是我在正規教育過程裏，從未夢想得到的事。

自孩提時代起，我對語言的魅力便有特別的感受，不過我不曾立意要當個翻譯家，更甭說敢碰像《西遊記》這樣的說部。中文——尤其是廣東話——當然是我的母語，然而，因爲家庭背景之故，我也是一出人世就開始接觸英文。五〇年代初期我隨家嚴家慈自香港跨海入臺之後，便思及早練好國語的口語能力。但一再的嘗試，挫折感卻使我認識到一件事情：即使乍看下是單一的語言，其間也有語音語法上的巨大歧異。十來歲時，我就讀於臺北美國學校，教授拉丁文課程的先生，起先是一些美國外交官夫婦，然後是兩位道明會（Dominican Order）神父。我陷入三種語言的堂奧之中，這些課程可能是始作俑者。不過我對文法、句構及措詞上的不同，倒是興趣益然。此一經驗，如今已為我驗證了胡適的高瞻遠矚。他在〈國語文法概論〉裏指出：欲求語言運作之法與語言規律功能的駕輕就熟感，非賴吾人與異於母語的語言接觸不可①。此種接觸會強令我們做出比較，從而確定某一語言是否具備某種意義。因此之故，此種接觸亦具教育功能，正是任何比較文學訓練不可化約的正確基磐。

大學及研究所時代，我仍然繼續在鑽研外國語言。這一方面是課程要求使然，再方面也是出諸個人興趣。我修習的神學課程，規定要念希臘文和希伯來文。對我來講，前者非僅結構謹嚴，詞意高雅，我更因此立意加緊研習，對其文學亦保有終生的愛好。研究所時代所下的工夫，以及爾後我理論上應走的教書路子，雖然目的主要僅在利用古典與現代歐語從事讀書研究，但種種的經驗，卻對我突然致力的《西遊記》英譯工作，有價值不可小覷的助益。

雖然如此，《西遊記》的英譯計劃，對我還是構成了截然不同的挑戰。我昔日在外語方面的

---

① 見《胡適文存》，第一集（臺北：遠東圖書公司，一九五三年重印），頁四四六—四七。

經驗，並無異於一般的莘莘學子，總是企圖用熟悉的語言如中英文等，來化不懂的為懂的，以解明疑義。但英譯《西遊記》時，整個奮鬥的過程卻反轉過來。小說中多數的章回均包含大量的佛教與煉丹術語，甚至是異國花草和藥石之名。這些都有賴我從事技術性的研究予以解決。儘管因此耗去不少時日，我同時仍得承認：小說中絕大部分的語詞，至少表面上我還算熟悉。話說回來，正因多數內文看似淺顯易懂，問題乃隨之孳生。使用母語的人——誠如語言學家經常指明的——每有一種困擾：他們由於罕能以批評態度反省自己的語言，因此便和母語保有某種距離，反而不易對之有透徹的認識。

不過，嚴肅的翻譯工作可以轉變這種種狀況。苟要透徹了解各式語言結構的細微差別，過去的「想當然耳」，如今就得受到嚴謹的檢驗。我多年翻譯，受益終生。此刻要我坦承此點，更不猶豫。比起我在中國及英國語言文學上的正規課程，我拜翻譯所賜的無疑更多。我和《西遊記》的接觸並非一朝一夕，因此更能欣賞其作者的才華與中國語言的優異。後者意涵深廣，開闔自有其錘煉上的巧妙。其精簡凝鍊、生動活潑與層次分明，並不會因缺乏某些特徵（舉例言之，我不相信中文有真正的被動語態），而有所局限。我所通曉的西方語文，在各種情況下，均難望其項背。比如《西遊記》第五十八回眞假猴王競鬥，作者說他們「飛雲奔霧，打上西天」②。這句話筆力萬鈞，英文就難以掌握其效果，因其句構實難再現中文的凝鍊。

② 吳承恩，《西遊記》（北京：作家出版社，一九五四年），頁六七一。

我從翻譯所學到的第二個教訓，可謂第一個教訓的延伸。我過去曾因譯事進度遲緩，分外感到沮喪。芝加哥大學同事卜特南（Hans von Buitenen）還在人世時，有一次便試著鼓勵我道：「如果譯得得體，翻譯是我們能力可及最好的『細讀』之法。」這位至交本擬譯出全本《大戰詩》（*The Mahābhārata*），惜乎生前未竟全功。雖然如此，他所譯就的部分，才情高妙，早已讓他蜚聲國際。我即使在尚未如數譯畢《西遊記》之前，也已經深感上引這位摯友勉勵我的話所見甚是。

話雖如此，我並不想辯稱翻譯與文學批評是一碼事。很多批評家語言程度精湛，然而本身卻是個拙劣的譯者。在一般文學批評的範圍裏，很多譯家也會像批評家一樣東施效顰。即使如此，我仍然敢撂下一語：以另一種語言逐字逐句重製或再現一部作品的經驗，可能是我們「閱讀」作品最具啓發性的訓練方法。從最簡單的文字到最困惑人的怪異文體或模稜的語意，都是我們的理解及伴此而來的詮釋所要照顧的對象。理解與詮釋的過程，又是持續不斷一氣呵成的。批評家面對作品時，焦點必須擺在「經篩選過」的部分，以成其對作品的討論或作爲概述之用（徹頭徹尾「複述」作品，是一種「背誦」的行為，不是批評），但譯家在原則上可就不能享有此種特權。作品中任何細微與困難之處，他都得一一照應，像煞一位謹愼將事的音樂家：樂譜上的任何音符，不管是明白譜上或暗寓其中，後者都得鉅細靡遺一一「奏出」。我如今若能更機敏的「看出」作品的意義，則這種批評眼力，不能不說是拜翻譯之賜。

作品對譯家的要求是「全面性」的。因此之故，譯家不能從作品隨意取材，妄下斷語，更不能威儀十足的說：某些地方「甚具意義」或「無關緊要」。我從《西遊記》譯事中學到的第三個相關教訓，便存乎此等體認之中。下面我不憚舊話重提，再舉小說中的內丹名詞爲例，稍作說明。明清之際的《西遊記》編次者及評點家，多把心力放在丹道的詮解上。然而一向行事謹愼的胡適，對此卻頻表疑慮，從而斷定小說既無「微言人義」，亦無足以支撐此種解讀的地方③。遺憾的是，我在英譯《西遊記》時，胡適的批評定論並未爲我解決任何疑難雜症。我倘要如實英譯一五九二年版的《西遊記》，就得把書中的秘術名詞及其運作方法譯出。也就是說，書中「金公」、「木母」一類的名詞，我都別無選擇，不能「跳過」不解。拙譯首卷出版後，美國一位著名華裔教授，倒曾如此見告：他每讀《西遊記》，丹道名詞一律視而不見。

對我所認識不全的題材與內容進行密集的研究之後，我逐漸改變自己原先對《西遊記》性格的看法。我研究這部小說的首篇專文，是〈英雄詩與英雄行：論《西遊記》的史詩層面〉④。撰寫此文時，我仍因胡適洞見的啓迪，渴望一探小說的「史詩」特質，所以致力所在，多屬人文而

③胡適，〈《西遊記》考證〉，在《胡適文存》，第二集（臺北：遠東圖書公司，一九五三年重印），頁三九〇。另請參較本書頁㈡—㈢，一〇〇—〇三，一七四，以及二一一—一二。

④Anthony C. Yu, "Heroic Verse and Heroic Mission: Dimensions of the Epic in the *Hsi-yu chi*," *Journal of Asian Studies*, 31 (1972): 879-97，並請見本書頁七八—九九。

非宗教上的語詞。但隨後因每日翻譯，要求詮解，乃在佛教道教上多下工夫，知識漸長。此時，我不得不改變自己的看法了。對我所了解的小說題材與本質，甚至包括世界文學中其所能對應的作品，我都得適度調整已見，梳理比較。

一九五六年，我初抵美國，入大學就讀。此時我少年氣盛，一心只想在西方思想與文學的領域裏接受強而有力的訓練。買棹橫渡太平洋的一刻，我讀了費正淸（John K. Fairbank）一小篇節錄的文章，深覺西人苟能以嚴肅態度從事有關中國的學術工作，我實無理由不能自反方向做類似的研究。我從未後悔下過這個決心，可是我也得向芝加哥大學深致謝忱。只有在這樣的學府裏，我才能順利的開展自己的學術生涯。我並無正式的漢學學位，然而一旦了解自己對於此一領域也是十分關心後，芝大隨卽能提供我教學相長的機會，甚至是著書立說的優異環境。我更從《西遊記》受益匪淺：這部鉅製不僅加深我對傳統中國文學和宗教的認識；在從事西方或比較文學的研究時，我也因這種認識而獲得相當大的助力。

七〇年代初期，我開始翻譯《西遊記》。此時有關此一小說的英文論著，泰半由夏志淸、柳存仁及杜德橋（Glen Dudbridge）所撰。將近二十年的歲月過去了，源流考證及版本論釋可想必有長足改變。然而新知與不同的體會，並沒有磨滅上述諸君對《西遊記》的貢獻。不過，本世紀二〇年代初期關乎猴王出身的一場論爭，如今塵埃恐怕非得落定不可。孫悟空究爲本國土產抑爲源出印度羅摩（Rāmāyaṇa）故事套集的舶來品？梅維恒（Victor Mair）一九八六年十二月在臺北第二屆國際漢學會議上宣讀的論文，對此一問題有權威性的發現⑤。他窮源搜流，結論力量甚強，杜德橋稍後雖仍有懷疑之鳴，我接受得卻是一無困礙：羅摩故事早爲中國史上所悉，因此，至少是漫漫長史中悟空角色塑造的間接力量。在梅氏論證的考驗之下，我必然得改寫拙譯本《西遊記・導論》有關悟空源流的一段話⑥。

各方爲適切了解《西遊記》，正縷縷不絕在重建其文化與歷史情境。日本漢學界一向生生不息，近年來更有開展，令人敬畏。中野美代子一九八四年新著《西遊記の秘密》⑦，當可澄清小說和某些知識史之間的關係，亦可讓我們更充分的認識其中許多象徵用法。長年研究《西遊記》的結果，早已使我確信一點：我們在傳統中國文學傑作上所下的工夫，恐怕才剛開始搔著一些表面上的癢處，因此，再也不能固步自封，以管窺天了。中國人的精神和物質文化，不管年代有多淹遠，內容有多奧秘，正有待我們變換角度，面面俱到的加以探討。倘能如此，奇果斬獲必纍纍

---

⑤梅氏這篇鴻文題目如下："Suen Wu-kung＝Hanumat? The Progress of a Scholarly Debate"。全文現已收入 *Proceedings of the Second International Conference on Sinology*, Section on Literature (Taipei: Academia Sinica, 1989), pp. 659-752。

⑥Anthony C. Yu, trans. and ed., *The Journey to the West*, vol. I (Chicago and London: The University of Chicago Press, 1977), pp. 9-11。另見本書頁六一—六四。

⑦東京福武書店出版。此外，中野氏稍早的《孫悟空の誕生》（東京：玉川大學出版部，一九八〇年）之中，也有論述精彩的章節。日本學界近年來的《西遊記》專著，還有太田辰夫方法比較傳統的文集《西遊記の研究》（東京：研文出版社，一九八四年）一書。

然。

在譯輯拙文成書，將之貢獻給中文讀者之時，李君奭學已證明他不僅是一位優秀的譯者，也是一位甚具眼力的合作夥伴。信達雅的高貴理想，他都一一躬行實踐。不僅如此，他也爬梳文體，修正內容，補充新資料，爲拙作增光不少。李君首議譯輯本書，並且爲之慨然投下數年心力，幾達忘我之境。他的熱心，當是拙作能夠「回生」祖國的直接動力。對李君，我永懷謝忱。

一九八九年七月四日・芝加哥大學

# 索　引

## 二　　劃

丁晏　72
二郎神　61-63, 67
刀圭　42, 121-22
十二生肖　122
卜特南　(Hans von Buitenen) 294
八駿馬　㈥, 31-34

## 三　　劃

三木勝見　102
《三國志》(《演義》、《平話》) 72, 81, 131, 195, 242-43, 246-47
《三教開迷歸正演義》　195注㉗-96續注
大禹(禹王)　62, 74, 117
《大唐三藏取經詩話》(《詩話》) 57-60, 105, 125-26
《大唐三藏法師傳》(《法師傳》) 57, 125, 198
大梵天王宮　58-59, 125
《大智度論》　79, 133注⑽
《大戰詩》(*The Mahābhārata*) 261-63, 294
山丘班扎 (Sancho Panza)　215
《水滸傳》　73, 115, 137, 196, 232, 246-48
女人國　58-59, 164, 198

## 四　　劃

不空　199-200
五行　90, 103-04, 110, 121-22, 173, 186, 210, 241-43
元稹　193
《太平廣記》　57, 189
太田辰夫　㈥　61注⑿, 297注⑦
尤西比爾斯 (Eusebius)　275
尤里娜米 (Eurynome)　264
尤里斯西斯 (Eurystheus)　269
毛宗崗　242, 247
王國維　58注⑱
王喆　205
王陽明　169
王慶昇　120
王瑤　186
王德威　245注52

王鶚　241注㊻
中野美代子　㈢-㈢, 297
內田道夫　㈥
丹圖（Arthur Danto）　253-54
爪威達文學（Dravidian literatures）　262
牛奇章　74
六耳獼猴（假猴王）　203-04, 293
六賊　132-33
文殊　㈦, 59, 126
《文殊師利問經》　126, 133注⑽
火焰山　130, 164, 175
巴爾扎克（Balzac）　93
幻（*māyā*）　106, 135, 190, 193, 250
孔子（《春秋》、《論語》）　215, 225-28, 235-36, 240-41

## 五　劃

世親（《唯識三十頌》）　55
布特曼（Rudolf Bultmann）　287
布雷克（William Blake）　244
布魯克斯（Cleanth Brooks，《精造之瓶》〔*The Well Wrought Urn*〕）　286
卡戎（Charon）　151
卡那（Karna）　263
卡姆斯特（Peter Comster）　194
卡珊卓（Cassandra）　290
卡勒（Jonathan Culler，《論解構主義：結構主義後的文論和文評》〔*On Deconstructionism: Theory and Criticism after Structuralism*〕）　289
卡斯特維區（Castelvetro）　187
卡繆（Albert Camus）　㈤
史丹納（George Steiner，《巴別塔傾圮之後：語言與翻譯面面觀》〔*After Babel: Aspects of Languages and Translation*〕）　46-47, 267
史考特（Sir Walter Scott）　94
史威夫特（Jonathan Swift）　215
史賓賽（Edmund Spenser，《仙后》〔*The Faerie Queene*〕）　㈢-㈣, 215, 277-78
史德希可洛士（Steisichorus）　263
田中謙二　102
田中嚴　㈢, 72-73
田立克（Paul Tillich）　㈢
《四遊記》　68
目蓮　64
包伊夏斯（Boethius）　78
包德英（Derk Bodde）　188
白居易　192-93
《永樂大典》　64-65

司來馬赫（Friedrich Schleiermacher） 229, 285
司馬遷（《史記》） 45, 225-26, 241, 243
尼采（Friedrich Nietzsche） 289
尼斯托（Nestor） 99, 267
皮爾登（Robert D. Pelton） 218

## 六　　劃

列士基（Albin Lesky，《希臘文學史》〔*Geschichte der griechischen Literatur*〕） 259
吉亞（Gaia） 264
《朴通事諺解》 65-66
艾伯華（Wolfram Eberhard） 184
艾略特（T. S. Eliot） 157-58
老子（《道德經》） (四), (七), 209, 220
西比（Sibyl） 258, 277
西行 258
《西遊記》
　三教歸一 (〇)-㈢ 106, 196, 201
　五聖關係 (二), 93, 105, 111, 114, 118, 121-24, 132, 135, 173, 210
　內化旅行 (三)-(四), 172-80, 210-11
心的寓言 (四)-㈢, 40, 100-01, 103, 106, 113, 119, 132-35, 169-71
史詩特質 ㈦-㈧, 88注⑥⑤, 93-94, 100, 161
百回本（世德堂本） (〇), 2-3, 6-8, 11, 23-24, 28, 56, 58-61, 63-65, 67-70, 73, 100, 105, 126, 162-63, 170
作者問題 ㈥, (〇), (六), ㈢ 24, 70-78, 103
佛教寓言 ㈥, (五)-(九), 125-37, 165-70, 177-78, 201-04, 213-19
佛道相爭 173-74, 199-200
批評略史 ㈥-㈦
版本問題 ㈢, (〇)-(二), 1-29, 65-70
故事源流 ㈥, ㈢, 56-67
政治寓言 (六)-(七), 126-27, 137
宗教小說 (六)-(八), 100-36, 194-200
幽默 95-99, 102, 107, 117, 131, 166, 176, 214-15
創世紀神話 246
插詩 34-7, 78-100, 123
結構 1-30, 69-70
道教寓言 ㈥, (三)-(五), (九), 25-27, 100-24, 127-28, 136,

171-77, 179, 204-11, 219
儒教寓言 (六), 18-27, 101, 169-71, 202-03
翻譯問題 (一), (三)-(五), (二), (三)-(三), 31-47, 83-86, 291-96
《西遊記龍門釋義》 (六), 172, 174
《西遊記雜劇》 59, 66-67, 162
西維爾的伊希朶爾 (Isidore of Seville) 276
西賽羅 (Marcus Tullius Cicero) 276
因陀羅 (Indra) 263
任二北 191
伊比鳩魯 (Epicurus) 273
伊拉多斯西尼士 (Eratosthenes) 273
伊果頓 (Terry Eagleton，《文學理論概述》〔*Literary Theory: An Introduction*〕) 288-89
伊斯奇勒士 (Aeschylus，《波斯人》〔*The Persians*〕，《奧勒斯提亞》〔*The Oresteia*〕，《普洛米修斯》〔*Prometheus Bound*〕) 269
伊瑞納斯 (Irenaeus) 285
伊瑞吉那 (Eriugena) 276
全眞教 (六), (三), 205-06
印度對中國語文之影響 189-91, 198
多勞斯的維吉爾 (Vergil of Toulouse) 276
朱士行 49
朱文卡斯 (Juvencus) 79, 278
朱鼎臣 (《唐三藏西遊釋尼〔厄〕傳》) 2, 7-8, 12, 28, 68-69
朱熹 169, 203注㉝
米克斯 (Wayne A. Meeks，《聖保羅的作品》〔*The Writings of St. Paul*〕) 273
米蒂斯 (Metis) 264
米爾頓 (John Milton) (五), 125, 274, 277-79
陳士斌 (悟一子，《西遊眞詮》) (六), (三), 7, 22-23, 101

## 七 劃

克里特斯 (Stephen Crites) 253
克倫諾斯 (Kronos) 264
邦尼費斯 (Boniface) 158
戒賢 54
李白 194
李辰冬 (七)
李柯勒 (Jean Leclerq) 146
李約瑟 (Joseph Needham) 43, 204, 208-10, 237-38
李提摩太 (Timothy Richard) (三)

李斯　260
李逵　115
李道純　㈩
李豐楙　㈢
李贄（卓吾）　㈥, 73-74
杜美吉爾（Georges Dumézil，《神話與史詩》〔*Mythe el épopée*〕）　262-63
杜維明　184
杜德橋（Glen Dudbridge）㈥, ㈧-㈨, ㈢, ㈡, 1-2, 4-7, 11-12, 22-25, 28, 56, 59-70, 72, 103, 126, 134-36, 296-97
車遲國　㈢, 65, 134注⑪, 174, 199, 211
呂布　31, 115
呂刻（Paul Ricour，《時間與敍事文學》〔*Temps et récit*〕，《罪惡的象徵》〔*Symbolism of Evil*〕）　㈢　221, 230-32, 239注③, 253-54, 270
吳玉搢　72
吳承恩　㈢, ㈡, 21, 71-78, 102-04, 107, 141, 194
吳昌齡　66
吳筠　㈣
吳曉鈴　㈥, 62注㉘, 64
《吠陀頌》（*Vedas*）　260-61, 263
《貝爾武夫》（*Beowulf*）　278
貝德（Bede）　276
但丁（Dante Alighieri，《神曲》〔*Commedia*〕）　㈨, ㈢-㈣, 94, 139, 141-61, 165-66, 168, 173, 175, 177-78, 180, 194, 215, 263, 278-79
伽利略（Galileo）　237
佛洛伊德（Sigmund Freud）　287
余英時　㈢, 184, 203注㉝, 228注⑬, 234注㉛, 254注㉛
伽達瑪（Hans Gadamer）　287
希拉（Hera，天后）　181, 185, 264-65, 269
希凱特（Hekate）　264
希臘與中國史學之比較　㈢, 226-32
希羅多德（Herodotus）　224-25, 239, 263, 265
狄百瑞（Wm. Theodore de Bary）184, 203注㉝
亨利四世（Henry IV）　145
沙可洛夫斯基（Victor Shklovsky）288
沙悟淨（沙僧、沙和尚）　4, 9, 11, 28, 42, 59, 97-99, 110-11, 114-16, 121-23, 125, 128, 130, 167, 207, 213-14
沃恩（Henry Vaughan）　192
汪澹漪（《西遊證道書》）　7-8,

12, 22
辛格騰（Charles Singleton）
153-54
辛棄疾 76
君士坦丁大帝（Constantine I）
52, 142
《妙法蓮華經》（《法華經》）
㈢ 80, 96, 285

## 八　　劃

亞西莫夫（Issac Asimov） 174
亞伯拉姆玆（M. H. Abrams）
152
亞里士多德（Aristotle） (一〇),
22, 187, 232, 268-70
亞傑克斯（Ajax） 267
亞歷山卓的克里蒙特（Clement of
Alexandria） 277
兩界山 111
拉克坦提爾斯（Lactantius） 193
拉伯雷（Rabelais） ㈧, 78, 215
拉鐵摩爾（David Lattimore）
㈣-㈤
《抱朴子》 (一四) 45
林語堂 ㈠-㈢
《尙書》 227, 235
廸馬克（Edward C. Dimock）
259
《易經》 46, 101, 239
味吉爾（Virgil，《羅馬建國錄》
〔*The Aeneid*〕） 88注㊸, 149,
151-54, 159, 168, 258, 263
伊克（G. Ecke） 60, 61注㉓
周敦頤 (一九)-(二〇), 203
邱長春（處機） 72, 205
《金剛經》 ㈢, 126
《金瓶梅》 70, 81, 104, 195,
246-47
金聖嘆 232
京房 119
宗教與幽默 (一六)—(一八) 215-18
宙斯（Zeus） 263, 265, 269
波克特（Manfred Porkert）
43-44
波那士（Jocobus Bonus） 80
波那溫提拉（Bonaventura） 146
波拉女史（Lady Paula） 143
波賽登（Poseidon） 265
波儞尼（Pāṇini） 260-61
法顯 52
武則天 240-41
空（*śūnya*，空性〔*śūnyatā*〕）
105-06, 134-35
妮摩辛（Mnemosyne） 264
《孟子》 (一八), 202, 239
孟尼帕斯（Mennippus） 78
孟喜 120
邵雍 169
阿育王 52
阿波羅（Apollo） 181-82, 185,

265-66
阿基力士（Achillieus） 32, 265, 267
阿基米德（Archimedes） 273
阿溫諾（Louis Avenol） ㈣
阿諸那（Arjuna） 263

## 九　劃

威里（Arthur Waley） ㈣-㈤, 50注④, 82, 102, 163注㉟
威廉生（George Williamson） ㈡
威爾瞿（Holmes Welch） 44
《封神演義》 70, 82注㉒-83續注, 104, 115, 243
耶穌（Jesus） 142, 155, 272, 276-77, 284
拜伊（Miram Bai） 192
柳存仁 ㈥, 75, 83注㉒續注, 205, 296
柏拉圖（Plato） 146, 270
柯契斯（E. R. Curtius，《歐洲文學與拉丁中世紀》〔*Europäische Literatur und lateinisches Mittelalter*〕） 271, 279
柯莫德（Frank Kermode，《神秘之源起》〔*The Genesis of Secrecy*〕） 284
柯羅爾（Paul Kroll） 193
柯靈烏（R. G. Collingwood） 229-30
胡適 ㈠, ㈥, ㈢-㈢, ㈢, 59注⑲, 62注㉘-63, 71-72, 101-02, 125, 174, 189-90, 211, 292-93, 295
英蓮 249
哈奴曼（Hanumat） 63-64, 261
哈姆雷特（Hamlet） 17
哈特門（Geoffrey Hartman，《形構主義之外》〔*Beyond Formalism*〕） 283
品達（Pindar） 263, 269
段柯古（成式，《酉陽雜俎》） 74-5
派里斯（Paris） 239, 267
美索廸斯（Methodius） 277
迦那達文（Kannada） 262
《紅樓夢》 ㈨, ㈢-㈢, 81, 104, 182, 235, 245-55

## 十　劃

夏志清 ㈢, ㈦-㈨, ㈢, ㈥, 83, 106, 113-14, 119, 134, 185, 296
格列哥里教皇（Gregory II） 145, 194
格林（David Grene） ㈡
班文尼斯提（Emile Benveniste） 253
班固（《漢書・藝文志》） 227

班度（Pāṇḍu） 261
班揚（John Bunyan，《天路歷程》〔*The Pilgrim's Progress*〕）㈣, 78, 215
荒井健 102
秦少游（觀） ㈢, 75-77
秦始皇 31, 243
秦眞人 109
秦家懿 184
索倫（Solon） 269
索福克里斯（Sophocles） 269
索緒爾(Ferdinand de Saussure) 288
馬丹陽 205
馬幼垣 222-23
馬米格里亞諾（Arnaldo Momigliano） 226, 230注⑳
馬西善（F. O. Matthiessen） 282
馬伯樂（Henri Maspero） 43
馬克思（Marx） ㈥, 287
馬克剛恩（Jerome G. McGann，《當代版本學述評》〔*A Critique of Modern Textual Criticism*〕） 281-83
馬拉雅蘭文（Malayalam） 262
馬瑞志（Richard Mather） 44
馬鳴（Asvaghosa） 189
恩奇度（Enkidu） 259
哪吒（三太子） 11, 25, 61-62, 67
修西底地斯（Thucydides） 225, 228-30, 234, 239
倪若尼（Neroni） 187-88
悟空（史上僧人） 50, 105
烏朗納斯（Ouranos） 264
烏雞國王 15, 17-18, 176
特納(Victor and Edith Turner) 140注①, 180
特塗里恩（Tertullian） 271, 275
《般若波羅蜜多心經》（《心經》、《多心經》） ㈥, 12, 57-58, 119, 125, 133, 170-71, 203
般若揭婆諦（*Prajāpati*） 260
脂硯齋 245
鬼子母 58-59
唐三藏(玄奘、金蟬、江流、聖僧)
　《大唐西域記》55, 163-64, 198
　史上人物 12-13, 49-57, 91, 104-06, 112, 125, 127, 161-65, 175, 194-95, 200, 202, 208, 211-12
　虛構英雄 ㈢-㈦, 2-28, 37, 56, 64-65, 67-70, 87, 91-92, 95, 105-06, 108, 110-14, 118-19, 121-37, 163-72, 175, 177, 179, 195-97, 200-02, 207, 210, 213-14, 219
唐太宗 2-3, 6, 13, 54-55, 59, 70, 108, 125, 163-64, 195

唐王遊地府（夢斬涇河龍） 13-14, 65, 70, 110, 125
唐光祿 70-71
唐吉訶德（Don Quixote） 215, 287
唐高宗 55
高山寺 57-58, 63-64
高辛勇 (二)
高昌王 54-55
高洛柯羅夫（V. Kolokolov） (四)
高攀龍 169
容格（Carl G. Jung） (二)
席文（Nathan Sivin） 43-44, 242
浮士德（Faustus） 17
海伊斯（Helen Hayes） (三)-(四)
海克特（Hector） 266-67
海德格（Martin Heidegger） 287
浮爾斯塔夫（Falstaff） 215
孫悟空（齊天大聖、猴王、行者、石猴）
  虛構英雄 (四)-(五), (七), 4, 6, 9, 15, 19-21, 27-28, 31, 44, 59, 69-70, 82, 89, 92-93, 95-97, 105-06, 110-15, 117-23, 126-37, 165-67, 169, 171-72, 176, 196, 199, 202-03, 207, 213-19, 246, 296-97
  源流問題 59-64, 67, 296-97
孫楷第 6, 66
韋伯（Max Weber） 183-84

## 十一劃

《曹山本寂禪師語錄》 218-19
曹仕邦 198注㉘
曹雪芹 249-50, 254
梅維恒（Victor Mair） 190, 296-97
理學（新儒學） (六)-(七), (八), 169-71, 202
《莊子》 216, 222注②
莎士比亞（William Shakespear） (五), 242
荷馬（Homer） (六), 88注㊺, 91, 97, 99, 132, 146, 224, 239, 259, 263-67, 284
  《伊里亞德》（*The Iliad*） 264, 266-67
  《奧德賽》（*The Odyssey*） 263-64, 266-67
畢翠絲（Beatrice） 153-57, 168
敏特諾（Minturno） 187
脫骸 18-19, 136, 177, 213
烏巢禪師 (五), 169
康士林（Nicholas Koss） (六), 83注㊷續注
《淮安府志》 (二), 71, 73, 75,

77
深沙神　59, 125
梁武帝　52
梁啓超　49注①, 50注②, 54注⑪
章學誠（《文史通義》）　227-28, 232-34
許倬雲　(一六)
許愼　260-61
張心滄　187
張伯端（《吾眞篇》）　(三), 207-08
張書紳（《新說西遊記》）　7-8, 101, 171
張靜二　(二), (二六), 173注㉞
陳元之　70, 100-01
陳光蕊　(一〇), 1-4, 6-7, 12-13, 18-23, 28, 68, 70
陳明新　102-03
陳炳良　(六)
陳寅恪　(六), 63注㉚, 191注⑮
陳觀勝　53
陰陽　101, 103-04, 110, 119, 186, 241
陶潛　193

## 十二劃

提米斯（Themis）　264
提阿格尼斯(Theognis)　269
提納（George Theiner）　(四)
彭海　(二六)
彭致中　108
惠能　(一七)
《森林書》(*Āraṇyakas*)　261
菲拉克提茨（Philoctetes）　267
華格納（Wagner，《譚海瑟》〔*Tannhäuser*〕）　143-45
華茲生（Burton Watson）　184, 226注⑩
華陽洞天主人　70
菩提　218
達陀拉斯陀（Dhṛtarāṣṭra）　261
雅克愼（Norman Jakobson）　36
雅典娜（Athena）　265-66
黃太鴻（《西遊證道書》）　68, 72
黃宣範　(二五)—(二七)
黃風嶺（洞）　14, 37-38, 87
黃庭堅　193
黃肅秋　(六)　2-3, 6, 11-14, 24
喀爾文（John Calvin）　126
普洛米修斯（Prometheus）　218, 264-65
普萊姆（Priam）　267
普實克（Jaroslav Průšek）　93-94
普魯登提爾士（Spaniard Prudentius）　277
普賢　(一七), 59, 126
黑里卡那薩斯的戴奧尼索斯（Dionysius of Halicarnassus）

273
傅奕　125
傅述先　㈡, 19, 173注㉞
傅勤家　107
傅萊（Northrop Fry）㈡, 244, 261
喬叟（Geoffrey Chaucer）㈧, 161, 215
猶推古（Eutychus）　201
稀柿衕　㈢, 136, 175, 211
智慧仙（Sapientia）　178
無支祈　62-63
焦竑　169
焦贛　120
須菩提　44, 69, 101, 105-07, 133, 173注㉝, 219-20
寒山　182, 191, 193, 218
溫特尼茲（Maurice Winternitz）79
《涅槃經》　52-53
敦煌變文　78-80, 190
童思高　㈥
《評論對觀版悠力西斯》（*Ulysses: A Critical and Synoptic Edition*）　282
馮師尊　108
隋文帝（楊堅）　51-52
費尼斯（Phoenix）　99
費正清（John K. Fairbank）296
費里克斯(Minucius Felix)　275
費德拉（Phaedra）　270
賀西德（Hesiod，《希臘神譜》〔*Theogony*〕）　263-64, 269
賀米斯（Hermes）　265

## 十 三 劃

塔米爾文（Tamil）　261
《楞迦阿跋多羅寶經》（《楞迦經》）193, 252
楊致和（《三藏出身全傳》）　68-69
楊景賢（言）　66
瑜伽宗　53-54, 106
《瑜伽師地論》　54-55, 125, 163
董仲舒　226, 241
葛羅提斯（Hugo Grotius）　193
達沙（Sura Dasa）　192
甄士隱　249, 251
聖女露西（Saint Lucy）　154
聖母瑪麗亞（Mary）　154, 277
聖多瑪斯(St. Thomas Aquinas，《神學大全》〔*Summa theologica*〕）㈣, 147-48, 276, 279
聖彼得（St. Peter）　158-60
聖保羅（St. Paul）　158, 201, 215, 272-73, 283
〈聖教序〉　13, 55, 125, 163, 195
聖傑魯姆（St. Jerome）　143, 275

聖奧古斯丁（St. Augustine） 145-47, 253, 274-77
《聖經》（含〈新約〉及〈舊約〉諸章） 141-45, 150-52, 160, 185, 215, 239, 244, 260, 271-78, 280-81, 283-86
聖數 45-46, 167
賈雨村 249, 251
賈寶玉（通靈） 251-52
雷德菲（James Redfield） 267
雷伊羅吉士（Roy Rogers） 32
業報 ㈤ 102, 129, 161, 167, 191, 262
虞道園 72
虞翻 119
路易士（C. S. Lewis） 124
奧廸帕斯（Oedipus） 258, 267
奧廸修斯（Odysseus） 99, 132, 218, 266-67
奧野信太郎 9-10, 118, 131
奧森（Elder Olson） ㈠, 36注③, 47
《奧義書》（*Upaniṣads*） 261
奧爾巴哈（Erich Auerbach） 94, 147, 257-58, 276, 279
鄒衍 241
愛里亞德（Mircea Eliade） ㈣ 259, 264
愛爾昆（Alcuin） 276
愛爾特（Robert Alter，《聖經的敍事藝術》〔*The Art of Biblical Narrative*〕） 286
鈴木大拙 135
詹森（O. S. Johnson） 43
煉丹 43-44, 75, 90, 98, 101, 103-04, 106-07, 110, 114, 118-23, 136, 171-76, 186, 193, 204-11, 219-20, 293, 295
福克納（William Faulkner） ㈤
《新雕大唐三藏法師取經記》 57-58
維特利亞（Vittoria） 17
《鳩格米西史詩》（*Epic of Gilgamesh*） 259

## 十 四 劃

蒲安廸（Andrew H. Plaks） ㈡-㈢ 103-04, 136, 170, 212, 221注①
蒲伯（Alexander Pope） 97
赫伯特（George Herbert） 192, 275
赫法斯特斯（Hephaestos） 265
赫拉克里斯（Heracles） 269
赫許（E. D. Hirsh） 283
《鳴鶴餘音》 108-09
鳳仙郡 130, 167
漢布爾吉（Käte Hamburger） 253
熊羆怪 23, 90, 129

《維加格林姆士傳奇》(*Viga-Glimssaga*) 278
維克多 (Marius Victor) 278
《維摩詰所說經》 79, 80, 133注⑲

## 十 五 劃

撒旦 (Satan) 182, 185
慧嚴 52
歐孚蕾爾蒂 (Wendy Doniger O'Flaherty，《印度神話中罪惡的起源》〔*The Origins of Evil in Hindu Mythology*〕) 270
歐陽修 57
蔣大器 247
輪廻 (二十), 23, 53
墨翟 237
劉一明（《西遊原旨》） ㈥, ㈢, (二十四), (十九), (三十), 212注㊾, 219
劉克莊 60
劉知幾（《史通》） 227, 236, 244
劉紹銘 (十七)
德山宣鑒禪師 (十七)
德利達 (Jacques Derrida) 255注㊗, 288-90
魯迅 ㈥, 62注㉘, 102
《摩門經》(*Book of Mormon*) 280
摩瑞斯 (Rabanus Maurus) 276
鄭明娳 ㈥
鄭振鐸 ㈥ 63注㉚, 191注⑮
潘妮羅波 (Penelope) 266
鄧維寧 (Victoria B. Cass) ㈡

## 十 六 劃

歷史與文學 (三十), 221-55
豬八戒（豬悟能、淨壇使者） 4, 6, 9, 11, 18, 24-28, 37, 42, 66-67, 97, 110, 114-17, 122-23, 128-31, 135-36, 166-67, 178, 196, 198, 207, 213-15
賴特 (Arthur F. Wright) 51-52注⑥, 127
霍克 (Alfred Forke) 43
霍克思 (David Hawkes) 181-83, 185, 191, 206
霍瑞 (Bernard Faure) 218
曇無讖 52, 189
盧格契夫 (A. Rogačev) ㈣
錢新祖 (二十四)注㊽
錢鍾書 (二十六), 192注⑱, 228注⑭
澤克西斯 (Xerxes) 239
禪宗 (十七), (十八), 170, 192-93, 202-03注㉝, 216-18
龍彼得 (Piet van der Loon) 236, 243-44
龍馬 9, 67, 112, 114, 128-29, 167, 196, 198-99, 201

## 十 七 劃

戴密微（P. Demiéville） 60-61 注㉓
戴維斯（Tenney L. Davis） 43
優里匹底斯（Euripides，《赫拉克里斯》〔*Heracles*〕，《米蒂亞》〔*Medea*〕） 267, 269
儒家與中國文學 181-85
黛安妮拉（Deianira） 270
賽普里恩（Cyprian） 275
賽萬提斯（Cervantes） ㈧
謝佛（Edward Schafer） 193
謝杜里爾斯（Sedulius） 80, 277-78
謝靈運 193

## 十 八 劃

薩孟武 ㈦, 126注⑯
韓愈 203注㉝
魏伯陽（《參同契》、《繫辭傳》） 119-20, 179, 208

## 十 九 劃

麗莎（Lyssa） 269
羅公遠 200
羅拔李（Robert Lee） 32
羅振玉 58注⑱
羅恩郎格（Lone Ranger） 32
羅貫中 72, 246
羅欽順 169
《羅蘭之歌》（*Chanson de Roland*） 278
蟻垤（Vālmiki，《羅摩傳》〔*Rāmāyaṇa*〕） 63-64, 261, 296-97
關羽 115
懷特（Hayden White） ㈢, 230

## 二 十 劃

蘇軾 76
嚴復 ㈤
覺賢 52
釋迦牟尼（佛祖、佛、如來、世尊） ㈦, 9-10, 52, 69-70, 79, 93, 111, 126-29, 131-33, 166-69, 171, 176-79, 191, 197-98, 201, 204, 208, 214-15

## 二十一劃

《攝大乘論》 52-53
鐵流枯文（Telugu） 262
辯機 55

## 二十五劃

觀音（大士） 5-10, 54, 57, 59, 62, 67, 69-70, 95, 111-12, 128, 133-34, 167-68

# 余國藩西遊記論集

2021年4月二版　　定價：新臺幣600元


著者　余國藩
編譯者　李奭學

出版者　聯經出版事業股份有限公司
地址　新北市汐止區大同路一段369號1樓
叢書主編電話　(02)86925588轉5305
台北聯經書房　台北市新生南路三段94號
電話　(02)23620308
台中分公司　台中市北區崇德路一段198號
暨門市電話　(04)22312023
台中電子信箱　e-mail：linking2@ms42.hinet.net
郵政劃撥帳戶第0100559-3號
郵撥電話　(02)23620308
印刷者　世和印製企業有限公司
總經銷　聯合發行股份有限公司
發行所　新北市新店區寶橋路235巷6弄6號2F
電話　(02)29178022

副總編輯　陳逸華
總編輯　涂豐恩
總經理　陳芝宇
社長　羅國俊
發行人　林載爵

行政院新聞局出版事業登記證局版臺業字第0130號

本書如有缺頁，破損，倒裝請寄回台北聯經書房更換。　ISBN 978-957-08-5734-4 (精裝)
聯經網址 http://www.linkingbooks.com.tw
電子信箱 e-mail:linking@udngroup.com

國家圖書館出版品預行編目資料

余國藩西遊記論集 / 余國藩著．李奭學編譯．二版．新北市．
聯經．2021.03．346面．14.8×21公分．
含索引
ISBN 978-957-08-5734-4 (精裝)
[2021年4月二版]

1.西遊記 2.研究考訂

857.47 110002789